天下第一奇書

紫青雙劍錄 1

俠女・神劍

倪匡 新著

還珠樓主 原著

目錄

【新序】

他的確是天下第一奇書

在和讀者對談會上，有人問：一生中影響你最大的是什麼書？想都沒有想，脫口便答：《蜀山劍俠傳》。

當時的氣氛有點怪異，幾百個人本來笑聲不絕，突然靜了下來。估計有一大半不知有這部一直被我認為是「天下第一奇書」的神怪劍仙武俠小說，一小半雖知，卻對於他竟被推崇至此而感到錯愕，所以都靜了下來。

接著，便是一陣私議之聲。立刻想到的是：哈哈，錯過了一次「建

立良好形象」的大好機會：應該回答是什麼什麼先賢偉人的煌煌大作，以顯自己受大人物的感召，或至少學問深邃啊，怎麼就說出一部怪誕不經的小說來了呢？然而在大家回過神來之後，又加重語氣說：蜀山劍俠傳，還珠樓主著……對他作了簡單的介紹。

效果如何，不得而知。的而且確的是：自從七十年前開始接觸這部奇書以來，受他影響，直到如今，在言行思想都發揮作用，在工作上，明眼人更可以很容易就看出這個「師父」無處不在的影子。

正由於真正覺得這部小說的偉大，所以才發願要將他更大眾化，這才有了《紫青雙劍錄》，和原著的差別之處，初版序言已說得十分清楚了，茲不再贅。多年來，想起那六年做這樁工作的辛苦，猶是惡夢，但總算夢醒之後可以鬆一口氣，提起《蜀山劍俠傳》，就可以向沒有看過的人說：看《紫青雙劍錄》，比較容易接受，全書精華都在。至於這部天下第一奇書究竟精彩到什麼程度，實在是無法介紹的，再詳細的介紹，也難及萬一，要領略，只有看他，至少，要看《紫青雙劍錄》。

——倪匡

【總序】

這是一部包羅萬有的小說

一直都把這部書稱為「天下第一奇書」，這個稱號，理應有許多許多人的認同，因為他的確是天下第一奇書。

這部書原名《蜀山劍俠傳》，經過增刪、續寫之後，改名《紫青雙劍錄》，原書恣肆汪洋，如天馬行空，頗多並不好看的題外文字，全都刪去，約刪了五分之三——餘下的精華，精彩之處，絕不能介紹，一定要細看原著，才能盡得其奧秘，方知其奇妙。

這是一部包羅萬有的小說，情節已曲折離奇，想像力之豐富，世界上沒有其他小說可出其右，而在結構上，自成段落的特點，也使得一部大部頭著作，可以分成若干小部來讀，不會有前後不連貫之感，每一片斷，都可以看得人津津有味。這就是為什麼再次重新整理，便於閱讀的原因。

在每一本的開始，都會對這一本的主要內容作極簡單的介紹——無非是略為提高興趣，真正可以得到無窮閱讀樂趣的，是你細看這部天下第一奇書！

——倪匡

【本冊簡介】

第一回開宗明義的「俠女」，可以是單指李英瓊一人而言，也可以指許多俠女。全書中，有許多俠女，看熟了——這是一本可以一看再看，百看不厭的小說，隨便數數，就可以數出好幾十個來，而李英瓊在書中，自然最重要。這一冊寫她得紫郢劍的經過，熱鬧非凡，閉起眼睛來設想一幕電影畫面，其樂無窮。

紫郢、青索兩柄仙劍，是書中威力最大的法寶，書名《紫青雙劍錄》，就是說的這一雙神劍。

這一冊故事中，還包含了十分奇特的天狐寶相夫人的故事，和天

狐的兩個女兒寒萼、紫玲與「苦孩兒」司徒平的情緣交纏，情節極神奇熱鬧。

在全書之中，最窮凶極惡的一個邪派妖人——綠袍老祖，也在這一冊中出現，這個妖人被寫得令人看了寒毛凜凜，駭人的效果極高。原著中不久便死去，改寫後變成在地底潛修。綠袍老祖是書中邪派人物中極具氣勢的一個，有匪夷所思的描寫，西方野佛發現受了重傷後的老妖，更是精彩紛呈；加上「五鬼天王」尚和陽和他的白骨鎖心鎚，又神奇又有妙趣，寫得出色之極，看得人又是吃驚，又是好笑；而「怪叫化窮神」凌渾打破水晶球，更是奇幻之尤！這是好看小說的最大樂趣。

——倪匡

第一回
金眼神鵰　俠女奇緣

四川峨嵋山，是蜀中有名的　個勝地。

昔人謂西蜀山水多奇，而峨嵋尤勝，這句話實在不假。西蜀神權最盛，山上的廟宇寺觀不下數百，每年朝山的善男信女，不遠千里而來，加以山高水秀，層巒疊嶂，氣象萬千，那專為遊山玩景的人，也著實不少。

清康熙二年，一日傍晚，有一艘小船，從巫峽溯江而上。除操舟的船夫外，舟中只有父女二人，一肩行李，甚是單寒。那老者年才半百，鬚髮已是全白。抬頭看人時，雙目精光四射，一望而知不是普通的老人。那少女年才十二、三歲，出落得非常美麗，依在老者身旁，問長問短，顯露出一片天真與孺慕。

這時候已經暮煙四起，暝色蒼茫。從那山角邊掛出了一盤明月，清光四射，鑑人眉髮。

那老者忽然高聲說道：「那堪故國回首月明中！如此江山，落入了滿人之手！」言下淒然，老淚盈頰。

那少女道：「爹爹又傷感了，天下事各有前定，徒自悲傷也是無益，還請爹爹保重身體要緊。」

正說時，那船家過來道：「老爺子，天已黑了，前面有村鎮，我們靠岸歇息，上岸去買些酒飯。」老者道：「好，你只管去，我今日有些困倦，不上岸了。」船家說著，已然到了目的地，便各自上岸去了。這時月明如畫，父女兩人自己將帶來的酒菜擺在船頭對酌。

正在無聊的時候，只見遠遠樹林中，走出一個白衣人來。月光之下，看得分外清楚，那人一路走著，一路唱著歌，聲調清越，可裂金石，漸漸離靠船處不遠。老者一時興起，便叫道：「良夜明月，風景不可辜負，我這船上有酒有菜，那位老兄，何不下來同飲幾杯？」

白衣人正唱得高興，忽聽得有人叫他，抬頭看來，神色倏然變得十分怪異，身影一晃，白衣飄飄，人已掠到了船上。船上老者也站了起來，二人定睛一看，忽然抱頭大哭起來。

那少女在一旁看著，一臉英氣，神情透著剛烈，但又不失穩重，並不發問。

老者和白衣人淚痕滿面，老者長嘆一聲，道：「京城一別，誰想在此重逢？人物依舊，山河全非，怎不令人腸斷呢！」

白衣人道：「揚州之役，聽說大哥已化為異物，誰想在異鄉相逢！這位姑娘，想就是令嬡吧？」

老者道：「我一見賢弟，驚喜交集，也忘了教小女英瓊拜見！」

老者隨向少女招手道：「瓊兒過來，與你周叔叔見禮！想當年我『通臂神猿』李寧與你二位叔父『雲中飛鶴』周琅、『神刀』楊達，在齊魯燕豫一帶威名赫赫，人稱『齊魯三英』。你楊叔父自明亡以後，因為心存故國，被仇人陷害，如今只剩下我與你周叔父二人了！」言畢泫然。

那少女過來，向白衣人行了一禮。

白衣人對老頭說道：「我看賢侄女滿面英姿，大哥的絕藝一定有傳人了。」

老頭道：「賢弟有所不知，愚兄因為略知武藝，所以鬧得家敗人亡，我抱定庸人多厚福的主意，又加以這孩子兩眼煞氣太重，學會了武藝，將來必定多事。天下異人甚多，所學不精，反倒招出殺身之禍。愚兄只此一女，實在放心不下，所以一點也未傳授於她。」

白衣人道：「話雖如此說，我看賢侄女相貌，決不能丫角終老，將來再看吧。」

那女子聽了白衣人之言，不禁秀眉軒起，喜形於色；望了望她年邁的父親，不禁又露出了幾分幽怨。

當下問明白周琅在離京之後，一直隱居峨嵋山，並易名「周淳」，在附近村落教蒙館。李寧和李英瓊也有歸隱之意，難得劫後重逢，索性不再分開，商議好三日後一起上山。言談片時，不覺日已沉西，大家用過晚飯，便各自歇息。

只有英瓊，聽了白日許多言語，在床上翻來覆去睡不著。時已三鼓左右，忽聽屋外有破空之聲傳來。英瓊輕輕起身，在窗隙中往外一張望，卻是白衣人周淳在月下舞劍，當下屏息靜觀。

只見初舞時還看得出一些人影，後來越舞越急，只見一團瑞雪銀光閃閃，在院中滾來滾去。舞到酣處，忽然疾起一團白影，隨帶一道寒光，如星馳電掣般飛向庭前一株參天桂樹，「喀嚓」一聲，將那桂樹向南的一枝大枝椏削將下來。樹身突受這斷柯的震動，桂花紛紛散落如雨。

英瓊定睛一看，周淳早已淵渟嶽峙站在當地。在這萬籟俱寂的當兒，忽然一陣微風吹過，簷前鐵馬兀自「叮咚」，把一個英瓊看得目定神呆。如是者三日，周淳夜夜練劍，英瓊也夜夜俱起來偷看。

英瓊看得心癢難禁，幾次三番對她父親說要學劍。李寧被她糾纏不過，又經周淳勸解，心中也有點活動，便對她道：「劍為兵家之祖，極不易學。第一要習之有恆；第二要練氣凝神，心如止水。有了這兩樣，還要有名人傳授。你既堅持要學，等到了山中，每日清晨，先學養氣的功夫及內功應做的手續，二、三年後，才能傳你劍法，只怕你沒那耐心。」

英瓊正要開口，周淳插言道：「你父所說甚是有理，要學上乘劍法，非照他所說練氣歸一不可，你想必因連夜偷看我練劍，覺得好玩輕易。我因見你偷看時那一番誠心，背地勸過你父多少次，才得應允。你父親劍法比我強得多，他所說的話絲毫不假，賢侄女當記在心上。」

英瓊得償心願，除喜悅已無其他，聽罷忙道：「瓊兒受教！」

光陰易過，不覺到了動身的那一天。三人買了些應用雜物，同往峨嵋進發。

俱都是無掛無牽的人，一路上遊山玩景，慢慢走去，走到日已平西，方才走到山腳下，逕自向山上行去。

起初雖走過幾處逼仄小徑，倒也不甚難走。後來越走山徑越險，景致越奇，白雲一片片只從頭上飛來飛去，有時對面不能見人，英瓊直喊有趣。

再走半里多路，已到了捨身崖，回頭向山下一望，只見一片溟濛，哪裡看得見人家？連山畔的廟宇都隱在了煙霧中。頭上一輪紅日，照在雲霧上面，反射出霞光異彩，煞是好看。

三人一直向高處走，又過了幾個峭壁，約有三里多路，才到了周淳隱居的山洞門首。

只見洞門壁上有四個大字，是「漱石棲雲」。進洞一看，只見這洞中共有石室四間，三間作為臥室，一間光線好的，可作為大家讀書養靜之所。真是避亂隱居的好所在。

第二天清晨起來，李寧便與英瓊訂下練功的課程，先教她練氣凝神，以及種種內功。英瓊本來天資聰敏異常，不消三年，已將各種柔軟的功夫一齊練會，只因她生來性急，每天纏著李、周二人教她劍法，周淳見她進境神速，也認為可以傳授。惟獨李寧執意不肯，只說未到時候。

有一天，周淳幫英瓊說情，李寧道：「賢弟只知其一，不知其二。我難道不知她現在已可先行學習麼？你須知道，越是天分高的人，根基越要紮得厚。瓊兒的天資，我絕夠不上當她的師父，所以我現在專心一意，與她將根基紮穩固，一旦機緣來到，遇見明師，便可成為大器。現在如果草率從事，就把我平生所學一齊傳授與她，也不能獨步一時，再加上她的性情激烈，不肯輕易服人，天下強似我輩的英雄甚多，一旦遇見敵手，豈不吃虧？我的意思，是要她不學則已，一學就要精深，雖不能如古來劍仙的超神入化，也要做到塵世無敵的地步才好！」

周淳聽了此言，也就不便深勸。

李周二人因怕懈散了筋骨，每日起來，必在洞前空地上練習各種劍法拳術。英瓊因他二人不肯教她，便用心在旁靜看。等他二人不在跟前，便私自練習。

這峨嵋山上猿猴最多，英瓊有一天看見猴子在山崖上奔走，矯健如飛，不由打動了她練習輕功的念頭。她每日清早起來，將繩子兩端拴在樹上，在繩上練習行走，又逼周、李二人教她種種輕身之術。她本有天生神力，再加這兩個名手指導，不但練得身輕如燕，並且力大異常。

在山中住得久了，英瓊的膽子也越來越大，攀山過崖，遠處也敢去。

這一日，李寧和周淳在山洞對弈，英瓊閒著無聊，正在山間遨遊，忽聽一聲鵰鳴，抬頭看時，只見左面山崖上站著一隻過半人高的大鵰，金眼紅喙，兩隻鋼爪，通體純黑，更無一根雜毛，雄健非常，望著英瓊「呱呱」叫了兩聲，不住剔毛梳翎，顧盼生姿。

李英瓊看了，心中高興，暗忖：「這類猛禽大都通靈，若能收服來養，豈非佳事？」

她又怕大鵰不服，先翻腕將佩刀擎在手中，卻不料刀才在手，忽覺耳旁風生，跟前黑影一晃，一個疏神，手中佩刀竟被那金眼鵰用爪抓了去。

那鵰將刀抓到爪中，只一擲，便落往萬丈深潭之下，隨即飛向適才山崖角上，快疾無比，仍舊剔毛梳翎，好似並不把人放在心上。

英瓊惟恐那鵰飛走，不好下手，輕輕掩了過去。那鵰像是已看見英瓊持著兵刃逼了過來，可是不但不逃，反睜著兩隻金光直射的眼睛，斜偏著頭望著英瓊，大有藐視的神氣。惹得英瓊性起，一個箭步，縱到離那鵰丈許遠近處，左手連珠弩，右手金鏢，同時朝著那鵰身上發將出去。

英瓊這幾樣暗器，平日得心應手，練得百發百中，無論多靈巧的飛禽走獸，遇見她從無倖免。誰想那鵰見英瓊暗器到來，並不飛騰，抬起左爪，只一抓便將那只金鏢抓在爪中。同時張開鐵喙，將英瓊三枚弩箭橫銜在口中，然後又朝著英瓊「呱呱」叫了兩聲，好似非常得意一般。

那崖角離地面原不到丈許高下，平伸出在峭壁旁邊，崖右便是萬丈深潭，望不見底。英瓊一時忘了崖旁深潭的危險，把偷學來的六合劍中「穿雲拿月」的身法施展出來，一個箭步，連人帶劍飛向崖角，一劍直向那鵰頸刺去。

那鵰見英瓊朝牠飛來，倏地兩翼展開，朝上一起。英瓊刺了個空，身到崖角，還未站穩，被那鵰展開門扇一般的雙翼，飛向英瓊頭頂。英瓊見那鵰來勢太猛，知道不好，急忙端劍，正待朝那鵰刺去時，已來不及，被那鵰橫起左翼，朝著背上掃來，一下打個正著。

大鵰兩翼上撲起的風勢，已足以將人扯起，英瓊一個立足不穩，從崖角上墜落向萬丈深潭，身子輕飄飄地往下直落。只見白茫茫兩旁山壁中積雪的影子，照得眼花繚亂，知道這一下去，便是粉身碎骨，性命難保，想起石洞中的老父，心如刀割。

正在傷心害怕間，猛覺背上隱隱作痛，好似被什麼東西抓住似的，速度減低，不似剛才投石奔流一般往下飛落。急忙回頭一看，正是那隻金鵰，不知在什麼時候飛將下來，將自己束腰絲帶抓住。

英瓊猜那鵰不懷好意，但一則自己寶劍業已剛才墜入深潭；二則半懸空中，使不得勁，又怕那鵰在空中用嘴來啄，只得暫且聽天由命，索性等牠將自己帶出深潭，到了地面再作計較。定了定神，用手一摸身上，且喜適才還剩有兩只金鏢未曾失落，不由起了一線生機。便悄悄取在手中，準備一出深潭，便就近給那鵰一鏢。

誰想那鵰並不往上飛起，反一個勁直往下降，兩翼兜風，平穩非凡，慢慢朝潭下落去。英瓊不知那鵰把她帶往潭下作甚，好生著急，情知危險萬狀，事到其間，也就不作求生之想了。

下降數十丈之後，雪跡已無，漸漸覺得身上溫暖起來，只見一團團、一片片的白雲，由腳下往頭上飛去，有時穿入雲陣之內，被那雲氣包圍，什麼也看不見；有時成團成絮的白雲，飛入襟袖，一會又復散去，再往底下看時，視線被山雲遮斷，簡直看不見底。

那雲層穿過了一重又一重，忽然看見腳下面，有一個從崖旁伸出來的大崖角，上面奇石如同刀劍森列，尖銳嶙峋。心想：「這一落下去，還不身如齏粉？」

英瓊目閉心寒，剛要喊出「我命休矣」，那鵰忽然速度增高，一個轉側，收住雙翼，往那峭崖旁邊一個六、七十尺方圓的山洞口鑽了過去。

英瓊滿以為必死無疑，及至不見動靜，身子仍被那鵰抓住往下落，不由再睜雙目看時，只見下面已離地只有十餘丈，隱隱微聞木魚之聲。心想：「這萬丈深潭之內，哪有修道人居此？」不禁好生詫異。

這時那鵰飛的速度，越發降低。英瓊留神往四外看時，只見石壁上，青青綠綠、紅紅紫紫，佈滿了奇花異卉，清香馥郁，直透鼻端。面積也逐漸寬廣，簡直是別有洞天，不由高興起來。身子才一轉側，猛想起自己尚在鐵爪之下，吉凶未卜，即使能脫危險，這深潭離上面不知幾千百丈，如何上去？況且老父尚在洞中，不知如何懸念自己，又不禁悲從中來。

那鵰飛得離地越近，便看見下面山阿之旁，有一株高有數丈的古樹，樹身看去很粗，枝葉繁茂。那木魚之聲忽然停住，一個小沙彌從那樹中走將出來，高聲喚道：「佛奴請得嘉客來了嗎？」

那鵰聞言，仍然抓住英瓊，在離地三、四丈的空中，盤旋不肯下去。離地漸近，英瓊早掏出懷中金鏢，準備相機行事。

那鵰不住在高空盤旋，這時自然回翔，不比得適才是借著牠兩翼兜風的力，平平穩穩的往下降落，人到底是血肉之軀，任你英瓊得天獨厚，被那鵰抓住，幾個回轉，早已鬧得頭昏眼花，天旋地轉，那小沙彌在下面高生喊嚷，她也未曾聽見。

那鵰盤旋了一會，倏地一聲長鳴，收住雙翼，弩箭脫弦般，朝地面直瀉下來。到離地三、四尺左右，猛把鐵爪一鬆，放下英瓊，重又沖霄而起。

這時英瓊神智已半昏迷，倒在地上，只覺心頭怦怦跳動，渾身酸麻，動轉不得。停了一會，聽見耳旁有人說話的聲音，睜開秀目看時，只見跟前站定一個小沙彌，正在問她道：「佛奴無禮，檀樾受驚了！」英瓊勉強支持，站起身來問道：「適才我在山頂上，被一大鵰將我抓到此間，這裡是什麼所在？我是如何脫險？小師父可知道麼？」

那小沙彌合掌笑道：「女檀樾此來，大有前因，不過佛奴莽撞，又恐女檀樾用暗器傷牠，所以才累得女檀樾受此驚恐，少時自會責罰於牠。家師現在雲巢相候，女檀樾隨我進見，便知分曉。」

這時英瓊業已看清這個所在，端的是仙靈窟宅，洞天福地。只見四面俱是靈秀峰巒，高崖處一道飛瀑，降下來匯成一條清溪。前面山阿碧岑之旁，有一株大楠樹，高只數丈，樹身卻粗有一丈五、六尺，橫枝仰椏，綠蔭如蓋，遮蔽了三、四畝方圓地面。樹後山崖上面，藤蘿披拂，許多不知名的奇花，生長在上面綠苔痕中。在山崖上，隱隱現出「凝碧」兩個方丈大字。

英瓊雖然神思未定，已知道此間決少凶險，便隨那小沙彌，直往樹前走來。

見那樹身業已中空，樹頂當中，結了一個茅篷，心想：「這人在這大樹頂上住家，倒好耍子。」及至離那山崖越近，那「凝碧」兩個摩崖大字，越加看得清楚。忽然想起江湖上的傳說，不禁脫口問道：「此地莫非是凝碧崖麼？」

那小沙彌笑答道：「此間正是凝碧崖。」

英瓊心頭怦怦亂跳，揉了揉眼，再向崖上的「凝碧」兩字，望了一眼。

在未到峨嵋山之前，她就聽得江湖上傳說，峨嵋後山凝碧崖，是峨嵋派劍仙所居。峨嵋劍仙有時也遊戲人間，但是人卻如同神龍一現，見首不見尾，難覓蹤跡。劍仙的本領，已遠遠超乎普通武學的範疇之上，御劍飛行，出入青冥，簡直已是神仙一流。

在到了峨嵋隱居之後，李英瓊不是沒有想過，能找到一位飛行絕跡的劍仙，拜之為師，但是她父親李寧卻諄諄告誡，說由人到仙，路途艱難，若不是夙緣註定，絕不是人力所能強求的事。英瓊聽了父親的話，口上雖然唯唯，但心中一直在想，只要能一睹劍仙風采也是好的，卻料不到剛才處境如此凶險，轉眼之間，因禍得福，身臨仙境。

李英瓊正在想著，忽聽一聲佛號，面前一晃，業已多了一個高僧。那高僧生得慈祥無比，白眉如雪，一身袈裟，潔淨得纖塵不染。項際一串念珠，看來非金非玉，隱隱有祥輝繚繞。

英瓊一見，又立時想起：江湖上俗人也都知道，有三大高僧，不知他們年紀多大，只知他們佛法無邊，大慈大悲，專渡有緣之人。其中之一，眉如白雪，法號「白眉和尚」，最易辨認，眼前這位高僧，看來一定就是他了！

英瓊一想及此，立時跪拜了下去。那高僧語音慈祥動人，道：「你父親應是佛門中人，也與我有緣，我想將他渡入空門，今日才命佛奴前去接引。牠野性未馴，因見你起意，想同你開開玩笑，一個不小心，竟然將你打入深潭，牠才把你帶到此地同老僧見面。」

李英瓊怔了怔，一時之間，又悲又喜。喜的是難得自己父親有此機緣，這位老禪師定是仙佛一流；悲的是父親若是身入空門，父女分離，何日再能相見？不由得心酸起來。

她想了一想，又叩了下去，仰起頭來，眼中已是淚水滿盈，道：「弟子與父親，原是相依為命，家父承師祖援引，得歸正果，實是萬千之幸。只是家父隨師祖出家，拋下弟子一人，伶仃孤苦，年紀又輕，如何是了？望師祖索性大發慈悲，使弟子也得以同歸正果吧！」

那高僧笑道：「你說的話，談何容易？佛門廣大，難渡無緣之人，況且我這裡從不收女弟子。你根行秉賦均厚，自有你的機緣，纏繞老僧，與你無益。快快起來！」

英瓊見這位高僧嚴辭拒絕，不敢再求，只得遵命起來。

高僧又道：「老僧名叫白眉和尚，這凝碧崖，乃是七十二洞天福地之一，四時常春，十分幽靜，現為老僧靜養之所。你和上面遠隔萬丈深潭，還得借佛奴背你上去，牠隨我多年，頗有道術，你休要害怕。」

那旁邊小沙彌聞言，忽然噘口一呼，其聲清越，如同鸞鳳之鳴一般。一會兒功夫，便見碧霄中隱隱現出一個黑點，漸漸現出全身，飛下地來，正是那隻金眼鵰。

這時英瓊細看那鵰站在地下，竟比自己還高，兩目金光流轉，周身泛起黑光，神駿非凡。正在驚異不已，那鵰來到白眉和尚面前，趴伏在地，將頭點了幾點。

白眉和尚道：「你既知接她前來，如何令她受許多驚恐？快好好送她回去，以贖前愆，以免你異日大劫當頭，她袖手不管。送她回去之後，立時接她父親來我處，不得耽誤！」

那鵰聞言，點了點頭，便慢慢一步一步地走向英瓊身旁蹲下。

白眉和尚所說的話，什麼「異日大劫臨頭」等語，李英瓊此際，全然不明，但是神鵰一送她回去，就要將父親接走，英瓊卻是聽懂了的，更急於和父親去相會。

白眉和尚從身旁取出三粒丹藥，付與英瓊，說道：「此丹乃我採此間靈草煉成，你留在身旁，日後自有妙用。現在各派劍仙物色門人，你正是好材料，不久便有人來尋你。急速去吧。」英瓊正要答言叩謝，一轉眼間，白眉和尚已不知去向。只得朝著茅篷跪叩了一陣。

當下謝別小沙彌，坐上鵰背，雙手緊把著那鵰翅根，一任牠健翮沖霄，破空而起。眨眨眼工夫，下望凝碧崖，已是樹小如芥，人小如蟻。

飛了有好一會兒，漸漸覺得身上有了寒意，崖凹中也發現了積雪，知距離上面不遠。

果然一會兒工夫，飛上山崖，已回到李英瓊父女隱居的山洞之前。這時日已銜山，金眼神鵰在斜暉中束翅穩穩下降。英瓊向洞口奔去，只見李寧穿束停當，等在洞口，竟像是知道父女將要別離一樣。

李英瓊天性極厚，一想起父母別離，不知何日再行相見，不禁抱住父親，流下淚來。

李寧撫著英瓊頭頂，笑道：「癡兒，我去後不久，你也有仙緣巧合，你常自詡是女中英豪，哀哀何為？如今各派劍仙，都在廣收門徒，還怕沒機會麼？」

英瓊漸收了哭聲，仍依依不捨。問起周淳，才知道也有了女兒周輕雲的消息，已拜在黃山餐霞大師門下，周淳也下山去了。

李寧又叮囑了幾句，吩咐英瓊小心，又答應讓神鵰回來陪伴，跨上鵰背，沖霄而去。英瓊仰頭目送，直到什麼也看不見了，才垂下頭來，心中好生悵惘。

當晚，英瓊一人在洞中睡了，睡到第二天巳末午初，才醒轉過來。

忽聽耳旁有一種輕微的呼吸之聲，猛想昨日進來時，忘記將洞門封鎖，莫不是什麼野獸之類的闖了進來？輕輕掀開被角一覷，只歡喜得連長衣都顧不及穿，從石榻上跳將起來，心頭怦怦跳動，奔過去將那東西長頸抱著，又親熱、又撫弄。

原來在她床頭打呼的，正是那隻金眼神鵰，不知何時進洞，見英瓊安睡，便伏在她石榻前守護，這時見英瓊起身，便朝她叫了兩聲。英瓊不住的用手撫弄牠身上的鐵羽，問道：

「我爹爹已承你平安背到師祖那裡去了麼？」

那鵰點了點頭。回過鐵喙，朝左翅根側一拂，便有一個紙條掉將下來。

英瓊拾起看時，正是李寧與她的手諭。大意說：見了白眉師祖之後，已蒙他收歸門下。由師祖說起，才知白眉師祖原是李寧的外舅父。其中還有一段很長的因果，所以不惜苦心，前來接引，又說英瓊不久便要逢凶化吉，得遇不世仙緣。那隻神鵰曾隨師祖聽經多年，深通靈性。已蒙師祖允許，命牠前來與英瓊做伴，不過每逢朔望，要回凝碧崖去聽兩次經而已，叫英瓊好好看待於牠，早晚要用功保重。

英瓊見了來書，好生欣喜，自有神鵰為伴，山居也不寂寞。

那一日，正在後崖閒步，忽然聞得一陣幽香，從崖後吹送過來。跟蹤過去看時，原來崖後一株老梅樹，已經花開得十分茂盛，寒香撲鼻。英瓊大是高興，便在梅花樹下，徘徊了一陣。

其時天色已漸黃昏，不能再攜鵰出遊，便打算進洞去練功，剛剛走到洞口前面，忽見相隔有百十丈的懸崖之前，一個瘦小青衣人，在那冰雪縱橫的山石上面，跳高縱遠，步履如飛，直往崖前走去。

李英瓊心中不禁大奇。她所居的石洞，因為地形的關係，後隔深潭，前臨數十丈的峭壁斷澗，天生成的奇險屏障，人立在洞前，可以將十餘里的山景，一覽無遺。而從山崖上來，通到這石洞的這一條羊腸小徑，又曲折又崎嶇。春夏秋三季，灌木叢生，蓬草沒膝；一交冬令，又佈滿冰雪，無法行走。自從來此之後，從未見一人打此經過。

如今英瓊見那青衣人毫不思索，往前飛走，好似輕車熟路一般，暗暗驚異，心想：「這條冰雪滿布的山石小徑，又滑又難走，一個不小心，便有粉身碎骨之虞。自己雖然學會輕身功夫，都不敢走這條道上下。這人竟有這樣好的功夫，定是劍仙無疑。莫不是白眉師祖所說的仙緣巧合，就是由此人前來接引麼？」

正在心中亂想，那青衣人轉過了一個崖角，竟自不見。正感覺奇怪之間，又見離崖前十餘丈高下，一個人影，縱了上來。那鵰見有人上來，一個迴旋，早已橫翼凌空，只在英瓊頭上飛翔，並不下來，好似在空中保護一般。

英瓊見那上來的人，是一個和自己年紀相仿的少女，穿著一身青，頭上也用一塊青布包頭，身材和自己差不多高下，背上斜插著一柄長劍，面容秀美，裝束得不男不女，心中已自有了幾分好感。

正要張口問時，那人已搶先說道：「我奉了家師之命，來採這凌霄崖的宋梅，去佛前供奉。不想姊姊隱居之所就在此間，可稱得上是幸遇了。」說時，將頭上青布包頭取下，現出螓首蛾眉，秀麗中隱現出一種英姿傲骨。

英瓊常聽說，有道之士，真實年齡，絕看不出，往往看來只是少年，實際上道行極深，是以那少女現身之際，心中儘管有好感，卻也不敢隨意。而今聽得那少女這樣稱呼自己，分明是和自己一樣的少女，不由得大喜。

英瓊自和父親分離，勞苦憂悶，獨處空山，忽然見她來做不速之客，又見人家有這一身驚人的本領，一種敬愛之心油然而生。自己正感寂寞的當兒，無意中添了一個山林伴侶，正好同她結識，彼此來往盤桓，先陪她到崖後去採了幾枝梅花，然後到洞中坐定。

兩人當下就交談起來，一問之下，才知道那少女姓余，名英男，原是一個孤兒，身世極苦，因為受不住虐待，逃進山中來，蒙峨嵋前山解脫庵廣慧師太收留，作了記名弟子，學了基本的氣功，也一心嚮往練劍修道，可是未有機遇。

英男因見她孤身一人，便問：「尊大人往哪裡去了？」

英瓊聞言，不由一陣心酸，幾乎落下淚來，便把李寧出家始末說了一遍，英男也陪她流了幾次熱淚。

英瓊又道：「只顧同姊姊說話，我的金眼師兄還忘了給姊姊引見呢。」說罷，照著近日習慣，嘬口一呼，那鵰聞聲便飛將下來，睜著兩隻金眼，射在英男面上，不住地打量。

英男笑道：「適才妹子說老伯出家始末，來得太急，也不容人發問，當初背妹妹去見白眉師祖的就是牠麼？有此神物守護，怪不得妹子獨處深山古洞之中，一絲也不害怕呢。」說罷，便走到那鵰面前，去摸牠身上的鐵羽。那鵰一任她撫摸，動也不動。

兩人越說越投機，成了好友，時有來往。英瓊得英男時相來往，攜手同遊，二人一鵰，頗不寂寞。每日興高采烈，舞刀弄劍，只苦於冰雪滿山，不能到處去遊玩而已。

這天早起，忽聽得洞外鵰鳴，急忙出洞，見那佛奴站在地上，朝著天上長鳴，抬頭看時，大空中也有一隻大鵰，與那神鵰一般大小，正盤旋而下。仔細一看，這隻鵰也是金眼鋼喙，長得與佛奴一般大，只是通體潔白，肚皮下面和勾嘴卻是黑的。神鵰佛奴便迎上前去，交頸互作長鳴，神態十分親密，宛如老友重逢的神氣。

英瓊一見大喜，便問那神鵰道：「金眼師兄，這是你的好朋友麼？」

神鵰朝著英瓊長鳴三聲，便隨著那隻白鵰沖霄飛起。英瓊不知佛奴是送客，還是被那隻白鵰將牠帶走，便在下面急得叫了起來。那神鵰聞得英瓊呼聲，重又飛翔下來。

英瓊見那白鵰仍在低空盤旋，好似等伴同行，不由心頭發慌，一把將神鵰長頸抱著，問道：「金眼師兄，我蒙你在此相伴，少受許多寂寞和危險，現在你如果是送客，少時就回，那倒沒有什麼。如果你一去不回，豈不害苦了我？」

那鵰搖了搖頭，把身體緊傍英瓊，作出依依不捨的神氣。

英瓊高興道：「那麼你是送客去了？」

那鵰卻又搖了搖頭，英瓊又急道：「那你去也不是，回也不是，到底是什麼呢？」

那鵰仰頭看了看天，兩翼不住地扇動，好似要飛起的樣子。英瓊忽然靈機一動，說道：「想是白眉師祖著你同伴前來喚你去聽經，你去聽完經仍要回來的，是與不是？」

神鵰將頭點了點，英瓊這才把心放下。

那白鵰在空中好似等得十分不耐煩，長鳴了兩聲。

那神鵰在英瓊肘下，猛地把頭一低，離開英瓊懷抱，長鳴一聲，破空而去。

第二回 綠毛殭屍 紫郢神劍

英瓊眼望那兩隻鵰比翼橫空，雙雙升入雲表，不見蹤影。英瓊天真爛漫，與神鵰佛奴相處多日，情感頗深，雖說是暫時別離，也不禁心中難受已極。偏偏英男又因庵中連日有事，要等一二日才來，一個人空山吊影，無限悽惶。悶了一陣，回到洞中，取出父親的長劍，到洞外空地上，練習起來。

正練得起勁之際，忽聽身後一陣冷風襲來，連忙回頭看時，只見身後站定一個遊方道士，黃冠布衣，芒鞋素襪，相貌生得十分猥瑣。

英瓊見他臉上帶著一種嘲笑的神氣，心中好生不悅。怎奈平日常聽父親說，這山崖壁立千仞，與外界隔絕，如有人前來，定非等閒之輩，因此不敢大意。當下收了招數，朝那道人問道：「道長適才發笑，莫非見我練得不佳麼？」

那道人聞言，臉上更現出鄙夷之色，狂笑一聲，道：「豈但不佳，簡直還未入門呢！」

英瓊見那道人出言狂妄，不禁心頭火起。暗想：「我爹爹和周叔父，也是江湖聞名的大俠，縱橫數十年，未遇過敵手，劍法即便不佳，怎麼連門也未入？這個窮老道，竟敢這般無禮！分明見我孤身一人在此，前來欺我。」

她正在心想著，那道人好似看出她的用意，說道：「小姑娘，你敢莫是不服氣麼？你小小年紀，我如真同你交手，即使勝了你，也被各派道友恥笑。我讓你占一個便宜，我站在這裡，你儘管用你的劍向我刺擊，如果能沾著我一點皮肉，便算我學藝不精，向你磕頭陪罪。如果你的劍刺不著我，我只要朝你吹一口氣，便將你吹出三丈以外，那你就得認罪服輸，由我將你帶到一個所在，去給你尋一位女劍仙作師父，你可願意？」

英瓊聞言，正合心意，答道：「道長既然如此吩咐，恕弟子無禮了。」說畢，立時右手掐著劍訣，朝著道人一指，腳一蹬，縱出去兩三丈遠，使了一個「大鵬展翅」的架勢，倏地一聲嬌叱，左手劍訣一指，起右手，連人帶劍，平刺到道人的胸前。

這原是一個虛招，敵人如要避讓，便要上當，如不避讓，就勢實刺過來，一樣可以傷人。

那道人見劍到，形若無事，並不避讓。英瓊心想：「這個道人不躲我的劍，必是倚仗他有金鐘罩的功夫，他就不知道我爹爹這口寶劍，是吹毛斷鐵的利器！他雖然口出狂言，但與我並無深仇，何苦傷他性命？莫如點他一下，只叫他認罪服輸便了。」

說時遲，那時快，英瓊想到這裡，便將劍尖微微一偏，朝那道人左肩上劃去。劍離道人身旁，約有寸許光景，忽覺得劍尖好似碰著什麼東西被擋住，這擋回來的阻力，有剛有柔，難以捉摸，非常強大，幸喜自己只用了三分力，否則受了敵人這個回撞力，恐怕連劍都要脫手！

英瓊心中大驚，知道遇見了勁敵。腳一點，「燕子穿雲」勢，縱起兩丈高下，倏地一式「黃鵠摩空」，旋身下來，又往道人肩頭刺去。

可是這次竟與上次一樣，劍到近道人身上，便撞了回來，休說傷人皮肉，連衣服都挨不著一點。英瓊又要防人家還手，每一個招勢，俱是一擊不中，就連忙飛縱出去。似這樣刺了二三十劍，俱都沒有傷著道人分毫，英瓊又羞又急，不知如何是好。

她見每次上前去，道人總是用眼望著自己。及至劍刺向他，他又回轉身來，只不還手而已，英瓊忽然大悟，心想：「這道人不是邪法，定是一種特別的氣功，他見我用劍刺到哪裡，他便將氣運到哪裡，所以刺不著他！」一想及此，登時想出一個急招來。

這一次出手，故意用了十分力量，先一式「野馬分鬃」，暗藏「神龍探爪」之勢，刺向道人胸前。劍離道人寸許光景，已將進力收回，猛的提氣，縱起二丈高下，又換一式「魚鷹入水」，看上去好似朝道人前面落下，重又用劍來刺，其實內藏變化。

那道人已目不轉睛，看英瓊是怎生刺來。英瓊離那道人頭頂三、四尺左右，倏地將右腳踏在左腳背上，已變成「燕子三抄水」之勢，借勁一起，反升高了尺許。招中套招，借勁使勢，身子一偏，猶如風吹落花，疾如鷹隼，一個倒踢，頭朝下，腳朝上，起手中劍，使了五成力，一招「織女投梭」，刺向道人後心。這幾下倏起倏落，佳妙絕倫。

英瓊心想：「這次定然成功。」忽見一道白光一晃，耳聽「鏘」的一聲，手中寶劍，好似撞在什麼兵刃上面，心中大驚，一式「猿猴下樹」，手腳同時沾地一翻，倒縱出去有三丈遠近，仔細看手中劍時，且喜並無損傷。

英瓊心中驚疑不定間，那道人已走將過來，說道：「我倒想不到你小小年紀，會有這般急智，竟看出我用混元氣功夫禦你的寶劍，設法暗算我。若非我用劍護身，就幾乎中了你的詭計！現在你的各種絕招都使完了，你還有何話說？快快低頭認輸吧！」

這時李英瓊已知來人必會劍術，要照往日心理，遇見這種人，正是求之不得。不知今日怎的，見了這道人，心裡老是厭惡，知道要用武力對付，定然不行，暗恨神鵰佛奴：「早不走，晚不走，偏偏今天走了，害我遇見這個無賴老道，沒有辦法。」心中一著急，幾乎流下淚來。

那道人又道：「你敢莫是還不服氣麼？我適才所說，一口氣便能將你吹出數丈以外，你可是要試驗之後，再跟我去見你的師父麼？」

英瓊這時越覺那道人討厭，漸漸心中害怕起來，哪裡還敢試驗？便想用言語支吾過去，想了一想，說道：「弟子情願認罪服輸。弟子自慚學業微末，極想拜一位劍仙作師父，但是家父下山訪友，尚未回來；二則我有一個同伴也恰好離去，我意欲請道長寬我一個月的期，等家父回來，稟明了再去，道長你看如何？」

那道人聞言，哈哈笑道：「小姑娘，你莫要跟我花言巧語了。你父親與你重逢，至少還得二、三十年，你想等那個扁毛畜生回來保你駕麼？憑牠那點微末道行，不過在白眉和尚那裡聽了幾年經，難道說還是我的對手麼？」

英瓊心中更驚，那道人又道：「你莫要誤會我有什麼歹意，你也不知道我的來歷。現在告訴你吧，我的道號叫赤城子，是『崑崙九友』之一。我生平最不願收徒弟，這次受我師姊陰素棠之托，前來渡你到她門下。這是千載一時的良機，休要錯過了，異日後悔！」

英瓊見他說出自己來歷，知道不隨他去，一定無法抵抗。他雖然討人厭煩，也許他說那個女劍仙是個好人，也未可知，莫如隨他去見了那女劍仙，再作道理。主意打定後，便道：「道長既然定要我同去見那位女劍仙，我也無法，只是這位女劍仙，是個什麼來歷，尚請告知！」

赤城子道：「那女劍仙名喚陰素棠，乃是崑崙派中有名的劍仙。隱居在雲南邊界修月嶺、棗花崖。」

英瓊又問：「那女劍仙陰素棠，她可能教我練成飛劍，在空中飛行麼？」

赤城子道：「怎麼不能！」

英瓊靈機一動，道：「我想起來了，你是她的師弟，當然也會飛劍，你先放出來我看一看，是什麼樣子？如果是好，不用你逼我去，我一步一拜，也要拜了去的。」

赤城子呵呵笑道：「這有何難？」說罷，將手一揚，便有一道白光滿空飛舞。

那道白光，冷氣森森，寒光耀眼。再將手一指，白光飛向崖旁一株老樹，只一繞，將老樹憑空削斷，倒將下來。一截斷枝飛到一株老梅旁邊，打落下無數梅花來。花雨過處，白光不見，赤城子仍舊沒事人一般站在那裡。

這一番奇景看了，歡喜得英瓊把適才厭惡之念一概打消，興高采烈，當下便改了稱呼，喊赤城子做「叔叔」，又急著問上雲南得去多少天？

赤城子笑道：「哪用多少日子？你緊閉雙目，休要害怕，我們要走了！」說罷，一手將英瓊挾在脅下，喊一聲「起」，駕劍光騰空飛去。

英瓊見赤城子有這麼大本領，越發深信不疑。她向來膽大，偷偷睜眼往下界看時，只見白雲繞足，一座峨嵋山，縱橫數百里，一覽無遺，好不有趣。不消幾個時辰，也不知飛行了千百里，越過無數的山川城郭，漸漸近黃昏，尚未到達目的地。

天色黑下來，天上的明星，比較在地面看得格外明亮。英瓊自出世以來，幾曾見過這般奇景。正在心頭高興，忽見對面雲頭上，飛過來數十道各種不同顏色，閃亮奪目的光彩，就像赤城子的劍光一樣。赤城子喊一聲「不好」，急忙按下劍光，到一個山頭降下。

英瓊舉目往這山的四面一看，只見山環水抱，秘谷幽奇，遍山都是合抱的梅花樹，完全是江南仲春天氣。迎面崖角邊上，隱隱現出一座廟宇。

赤城子又向天空望了一望，急忙忙的帶了英瓊，轉過崖角，直往那廟前走去。

英瓊近前一看，這廟並不十分大，廟牆業已東坍西倒，兩扇廟門中有一扇倒在地下，受那風雨剝蝕，門上面的漆已脫落殆盡。

走進去一看，院落內有一個鐘樓，四扇樓窗，也只剩下兩扇。樓下面大木架上，懸著一面大鼓。鼓上的紅漆，卻是鮮豔奪目。隱隱還可望見殿內停著幾具棺木，陰森可怖。這座廟想是多年無人主持，故而落得這般衰敗荒涼。

赤城子在前走，正要舉足進廟，猛看見廟中這面大鼓，「咦」了一聲，面色一變，忙又縮腳回來，伸手夾著英瓊，飛身穿進鐘樓裡面。

英瓊正要問他帶自己到此作甚？赤城子連忙止住，低聲說道：

「適才在雲路中，遇見我兩個對頭，少時便要前來尋我，你在我身旁多有不便，莫如我迎上前去。這裡有兩枝何首烏，是罕見的仙藥，你餓時吃了，可以三五日不饑。三日之內，千萬不可離開此地，如果到了三日，仍不見我回來時，你再打算走。往廟外遊玩時，切記不可經過樓下庭心同大殿以內。此處已是雲南，這山名為莽蒼山，這座廟並非善地，遇見什麼凶險，我無法分身來救，不可任意行動。要緊，要緊！」

說完，放下兩枝巨如兒臂的何首烏，不俟英瓊答言，一道白光，凌空而去。

英瓊心高膽大，見赤城子的行動，果然是一位飛行絕跡的劍仙，已經心服口服，本想問他對頭是誰，為何將自己放在這座古廟內時，赤城子業已飛走。無可奈何，只得在鐘樓中，等候他回來再說。

當下目送白光去後，回身往這鐘樓內部一看，只見蜘網在牖，四壁塵封，當中供的一座佛龕，也是殘破非常。英瓊幾次想到廟外，去看看山景，都因為赤城子臨行之言，不敢妄動。

漸漸天色更黑，赤城子還未見回轉。覺著腹中饑餓，便將何首烏取了一枝來吃，一入口滿嘴清香甜美，非常好吃，才吃了半枝，腹中便不覺餓了。

英瓊恐怕赤城子要三二日才得回來，不敢任意吃完，便將餘下的一枝半何首烏，仍藏在懷中，將佛前蒲團上的灰塵掃淨後，坐在上面歇息。

其時一輪明月，正從東山角下升起，清光四射，照得廟前空地上，千百株梅花樹上，疏影橫斜，暗香浮動，一陣陣幽香，頓覺心曠神怡。

英瓊畢竟是孩子心性，老想到廟外去，把這月色梅花賞玩個飽。待了一會，終忍耐不住。

鐘樓離地三、四丈，梯子早已坍塌，但英瓊自在峨嵋練輕身之術，受了她父親的高明指點，早已練得身輕如燕，哪把這丈許高廟牆放在心上？當下站起身來，腳一蹬，已由樓窗縱到廟牆，又由牆上縱到廟外。見這廟外的明月梅花，果然勝景無邊，有趣已極。

這時明月千里，清澈如畫，只有十來顆疏星閃動，月光明亮，分外顯得皎潔。英瓊來到梅花林中，穿進穿出，好不高興。

直觀賞到半夜，赤城子還未回來，李英瓊心中也有點焦急，緩緩走回破廟去，才走到鐘樓面前，便看見架上那一面大可數抱的大鼓，鼓上面好似貼著一些字紙，看來十分怪異。

英瓊暗想：「這座破廟內，到處都是灰塵滿布，單單這面大鼓，紅漆如新，上面連一星星灰塵俱都無有，真是奇怪。」又見那鼓槌掛在旁邊，看來又大又重，便想去取過來看看。

才欲舉步，猛聽得殿內「啾啾」兩聲怪叫。夜靜更深，荒山古廟之內，聽見這種怪聲，不由得令她毛髮直豎。猛想起剛才進廟時，彷彿看見廟中停有幾具棺材。赤城子臨行時，又說此非善地，越想心中越覺害怕。

她忍不住偷眼往殿內看時，月光影裡，果然有四具棺材，一具的棺蓋已倒在一邊，但是並無動靜。英瓊略覺放心，也無心再去玩那鼓槌，正要返回鐘樓時，適才的怪聲又起，「啾啾」兩聲，便有一個黑東西飛將出來。

英瓊大吃一驚，不管三七二十一，只一縱，便上了牆頭，定眼往下看時，原來飛出來的是一隻大蝙蝠，倒把自己嚇了一大跳，不禁「呸」了一聲，連自己也覺好笑。

她心神甫定，隨即又有一陣奇腥隨風吹到，耳旁微聞一種「咻咻」的呼吸聲。

英瓊此時已是風聲鶴唳，草木皆兵，當下圓睜雙目，四下觀看，卻並無動靜，只道自己神虛膽怯，正要由牆上縱到鐘樓上去，忽聽適才那一種呼吸聲，就在腦後，越聽越近，猛回頭一看，不禁嚇了一個膽裂魂飛！

原來在她身後，正站著一個長大的骷髏。那骷髏兩眼通紅，渾身綠毛，白骨嶙峋，伸出兩隻鳥爪般的長手，在她身後作勢欲撲！那廟牆缺口處，只有七、八尺的高下，正齊那怪物的胸前。

英瓊本是要拔身向樓上縱去的，陡地看到那怪物，嚇了一驚，腳便落了空。幸喜身子原是往上縱出的勢子，忙亂驚惶中，頓生急智。趁雙腳還未著地之際，左腳在右腳上面，借勁使勁，身子仍疾拔而起，蜻蜓點水似地到了鐘樓上面。

英瓊剛剛把腳站穩，便聽見下面殿內的棺木，發出「軋軋」之聲，響了一會，又聽見「砰」地一聲大響，那是棺蓋落地的聲音。接著又是三聲巨響過去，再看剛才那個綠毛紅眼的怪物，已繞道前門，進到院內，直奔鐘樓跳來，口中不住的「吱吱」怪叫。

一會兒功夫，殿內也跳出三個同樣的怪物，俱是綠毛紅眼，白骨嶙峋，一個個伸出鳥爪，朝著英瓊亂叫亂蹦，大有欲得而甘心的神氣。

英瓊雖然膽大，在這種情形下，也不由得嚇出了一身冷汗，幸喜那鐘樓離地甚高，那四個怪物看來雖然兇惡，身體卻不靈便，兩腿筆直，不能彎轉，這樣朝上直跳，離那鐘樓還有丈許，就不得不落下來。

英瓊見那些怪物不能往上高躍，才放了一些寬心。驚魂乍定後，便想尋一些防身東西在手上，以備萬一。轉身在鐘樓上到處尋覓，忽然看見神龕之內，那佛像的肚上，破了一個洞穴，內中隱隱發出綠光，極其異特。忙伸手往佛肚皮中一摸，掏出一個好似劍柄一般的東西來。

那東西上面有一道符籙，非金非石，形態古雅，綠黝黝發出暗藍光彩，其長不到七、八寸。

英瓊在百忙中，也尋不著什麼防身之物，便把他拿在手中再說。再回頭往樓下看時，那四個怪物，居然越跳越高，幾次跳離樓窗只有三、四尺光景，但差這數尺，總是縱不上來，八隻鋼一般的鳥爪到處，把鐘樓上的木板抓得粉碎。

那四個怪物似這般又跳了一會，見目的物終難到手，為首的一個好似十分暴怒，忽地狂嘯一聲，竟奔向鐘樓下面，去推那幾根木樁。看那情形，意在把鐘樓推倒，讓樓上人跌下地來，再行抓來嚼吃。

其餘三個怪物見為首的如此，也上前幫忙。

鐘樓年久失修，早已朽壞，那四個怪物又都是力大無窮，哪經得起他們幾推幾搖，早把鐘樓的木柱推得東倒過來，西倒過去，那一座小小鐘樓，好似遇著大風大浪的舟船，在怪物八隻鳥爪之下，搖晃不住，樓上的門窗木板，連同頂上的磚瓦，紛紛墜落下來。

英瓊見勢危急，將身立在窗台上面，準備鐘樓一倒，就飛身縱上牆去逃走。主意才得拿定，忽地「喀嚓」一聲，一根大柱已然倒將下來。

英瓊知道樓要倒塌，更不怠慢，腳一蹬，便到了廟牆上面。

她知道怪物不能跳高，見那大殿屋脊也有三丈高下，便由牆頭縱了上去，悄悄伏在殿脊上面。定神往下偷看時，忽聽「嘩嘩啦啦」之聲，接著震天的一聲巨響，一座鐘樓竟整個被怪物推倒下來！接著，又是「咚」地一聲，一根橫樑倒下，恰好插在那面紅鼓上面，將那光澤鑒人的一面大紅鼓，穿了一個大洞。

那四個怪物起初推樓時，一心一意在做破壞工作，不曾留心英瓊逃走，及至將樓推倒，便往瓦礫堆中尋人，只見八隻鋼爪起處，月光底下，瓦礫亂揚，斷木飛舞。

四個怪物翻了一陣，尋不見英瓊，便去拿那面鼓來出氣，連撕帶抓，早拆了個粉碎，同時狂叫一聲，似在四面尋找，忽然看見月光底下英瓊的人影，抬頭便發現了英瓊藏身所在。

這四個怪物互相吱叫了數聲，竟分四面將大殿包圍，爭先恐後往殿脊上面搶來。

有一個怪物，正立在那堆破鼓面前，大概走得心急，一腳踹虛，被那破鼓膛絆了一跤。

原來這四個怪物，是年代久遠的殭屍煉成，雖然行走如飛，只因骨架僵硬，除雙臂之外，其餘部分，俱都不大靈活，跌倒在地下，急切間不容易爬起。餘下那三個怪物，已有兩個抓住殿前瓦壟，要縱上殿脊去。

英瓊百忙中想不出抵禦之法，便把殿頂的瓦揭了一摞，朝那先爬上來的兩個怪物頂上打去。

只聽「叭嚓」連聲，打中了怪物，那怪物叫了兩聲，越加憤怒，但並不曾傷著他什麼，那殿年久失修，椽梁均已腐爛，那怪物因為抓住瓦壟，身子懸在空中，一使勁，整個瓦壟都被扯斷，連那怪物一齊墜跌下去。

英瓊這時知道身在險境，眼觀四面，耳聽八方，一見怪物跌下，剛打算覓路逃走，忽見在破鼓堆中跌倒的那個怪物，從那破爛鼓架之中，拾起一個三尺來長，四、五寸見方的一個白木匣兒來。匣兒上面，隱隱看得出畫有符籙。

這類殭屍，最是殘忍兇暴，見要吃的生人不能到手，又被那木匣絆了一腳，越加憤怒，不由分說，便把那木匣拿在手中，一抓一扯之間，分成兩半。

就在此時，只見木匣破處，滋溜溜一道紫光沖天而起，圍著那怪物腰間只一繞，一聲慘呼，那怪物已分成兩截，倒在地下！

從那房檐墜下的兩個怪物跌倒在地，立時爬起，正要還往上縱時，忽聽同伴呼聲，三個怪物一齊回頭看時，只見他們那個同伴業已被腰斬在地。月光底下，一團青絹紫霧中，現出一條似龍非龍的東西，如飛向他們而來。

那三個怪物想是知道厲害，顧不得再尋人來吃，一齊拔腿便逃，那條紫龍如閃電一般捲將過來，到了三個怪物的身旁，一捲一繞，立時一陣「軋軋」一聲，三個怪物便成了一堆白骨骷髏，拆散在地。

那龍殺了四個怪物，昂頭往屋脊上一望，箭也似疾地竄了上來。英瓊在屋脊上只顧看那怪物與龍爭鬥，竟忘了處境的危險，直到紫龍向上飛來，才想起：「那幾個怪物，不過是幾具死人骸骨，雖年久成精，又不能跳高縱矮，自己有輕身的功夫，還可以躲避，這條妖龍一眨眼的功夫，便將那四個怪物除去，自必更加厲害，還不逃走，等待何時！」

想到這裡，便用力一縱，先上了廟牆，再跳將下去。這時那條龍已縱到她身旁不遠處。英瓊只覺一陣奇寒透體襲來，大驚失色，一面打著寒戰，一面亡命一般逃向廟前梅林之中。

那條龍離她身後約有七、八尺光景，緊緊追趕。英瓊回頭看那龍，長約三丈，頭上生著一隻三尺多長的長鼻，渾身紫光，青煙圍繞，看不出鱗爪來。急於逃命，不敢細看，因為那龍身體長大，便尋那樹枝較密的所在飛逃。

這時已是二更過去，山高月小，分外顯得光明。廟前這片梅林約有三里方圓，月光底下，清風陣陣，玉屑朦朧，彩萼交輝，晴雪噴豔。這一條紫龍，一個紅裳少女，就在這水晶宮、香雪海中奔逃飛舞，只驚得翠鳥驚鳴，梅雨亂飛。那龍的紫光過處，梅枝紛紛墜落，「喀嚓」有聲。

英瓊看那龍緊追身後，嚇得心膽皆裂，不住地暗罵：「赤城子牛鼻老道，把我一人拋在此地，害得我好苦！」

正在捨命奔逃之際，忽見面前梅林更密，一株大可數抱的梅樹正在自己面前，便將身一縱，由樹椏中縱了過去。

她奔走了半夜，滿腹驚慌，渾身疲勞，下地時不小心，被一塊山石一絆，一個失足，跌倒在地，手足癱軟，動彈不得。再看那條龍，也從樹椏中竄將過來，不禁長嘆一聲，道：「我命休矣！」

這時英瓊神疲力竭，別說起來，連轉身都不能夠，只好閉目等死。誰知半天不見動靜，只聽風聲呼呼，前面的梅花樹劇烈震動，震得梅花如雪如霧，紛紛飛舞。定睛向前看時，那條龍想是竄得太急，夾在那大可數抱的梅樹中間，進退不得，正在猛烈來回搖擺，急於要脫身的神氣。

英瓊驚魂乍定，知道此乃天賜良機，顧不得渾身酸痛，站起身來，便想尋一塊大石，將那龍打死。可是這山上的石頭，最小的都有四、五尺高，千百斤重，無法趁手。英瓊看那龍越掙越疾，那株古梅的根也漸漸鬆動，眼看就要被牠掙脫！

她正在一塊大石旁邊，一著急，隨手將適才得來的劍柄，往那石上打了一下，一面說道：「糟了！」言還未了，鏘然一聲，那五、六尺方圓的巨石，竟自隨手而裂！

英瓊起初疑是偶然，又拿那劍柄去試別的大石時，無不應手而碎，才知自己在無意中，得了一個奇寶，心中高興莫名。

這時，那龍搖擺得越加厲害，左近百十株梅花，隨著龍頭龍尾上下起伏，好似雲濤怒湧一般。忽然，那龍首尾兩頭著地，往上一拱，那一株大可數抱、蔭被畝許的千年老梅，竟被帶起空中十餘丈高下！

那龍在空中一個盤旋，便把夾在牠身上的梅樹震跌下來，那未離枝的梅花，怎經得這般劇烈震撼，紛紛脫離樹枝，隨風輕颺，宛轉墜落，五色繽紛，恰似灑了一天花雨。月光下看去，分外顯得彩豔奪目，直到樹身著地之後約半盞茶時，花雨才得降完。

英瓊雖在這驚惶失措之間，見了這般奇境，也不禁神移目眩。說時遲，那時快，那龍擺脫了樹，頭一掉，便直往英瓊身畔飛來！

英瓊猛見紫光閃閃，龍已飛到身旁，知道危險之極，只得順手把手中拿的劍柄，當作平時用的金鏢，不管三七二十一，朝著那龍頭打去，依稀見劍柄脫手，化為一道火光，打個正著。只聽「噹噹」兩聲，紫光連閃，目為之眩，耳為之震。

英瓊明知這條妖龍決非這一下可以解決，手中又別無器械，正在惶急，猛見立地所在旁邊有兩塊巨石，交叉處如洞，高約數尺，當下也無暇計及那龍是否受傷，急忙將頭一低，縱了進去。

英瓊急於逃命，去勢極急，卻未料這洞甚淺，一縱進去，猛地撞在石上。她早已心力交瘁，精疲力盡，如何還經得起這一撞，連聲都未出，就昏了過去。

也不知過了多久，才悠悠醒轉，好似做了場大夢。睜開眼時，花影離披，日光已從石縫中射將進來，原來這洞前後面積才只丈許。英瓊還怕那妖龍在外守候未走，不敢輕易走出洞去，悄悄站起身來，猶覺著周身發疼。定了定神，偷偷往外一看，時間已交正午，梅花樹上，翠鳥喧鳴，空山寂寂，除泉聲鳥鳴外，更無別的絲毫動靜。

英瓊斂氣屏息，小心翼翼走出洞去，只見遍山梅花盛開，溫香馥鬱，直透鼻端，有時枝頭微一顫動，使有三兩朵梅花下墜，格外顯出靜中佳趣。

這白日看梅，另是一番妙境。在這危疑驚惶之中，也無心觀賞，打算由洞後探查昨日戰場，究竟是真是幻。

走不多遠，便看見地下泥土墳起，當中一個大坑，深廣有二、三丈，周圍無數的落花。又往前行不遠，果然那株大可數抱的古梅花樹橫臥地下，上面還臥著無數未脫離的花骨朵，受了一些晨露朝陽，好似不知根本已傷，元氣凋零，皮之不存，毛將焉附，而依然在那裡矜色爭豔，含笑迎人。草木無知，這也不去管它。

一路繼續走，盡是些殘枝敗梗，滿地落花，昨日的險境戰跡，歷歷猶在目前，這才知道昨晚並不是做夢。

走來走去，不覺走到昨日那座廟前，提心吊膽往裡一望，院前鐘樓坍倒，瓦礫堆前只剩白骨一堆，那幾個骷髏齜牙咧嘴，好不嚇人，不由出了一身冷汗，不敢再看，回頭就跑。一面心中暗想：「此地晚上有這許多妖怪，赤城子又不回來，自己又不認得路徑，在這荒山凶寺之中，如何是好？」

越想越傷心，便跑進梅林中痛哭起來。哭了一會兒，覺著腹中有些饑餓，想把身旁所剩的何首烏，取出嚼了充饑，便伸手往懷中一摸，猛想起昨晚在鐘樓佛肚皮中，得了一個劍柄，是一個寶貝，昨晚在百忙中，曾誤把它當作金鏢去打那妖龍，如今不見妖龍蹤影，想必是被那劍柄打退。此寶如此神妙，得而復失，豈不可惜？當下不顧腹中饑餓，便跑到剛才那兩塊大石前尋找。

剛剛走離那兩塊大石只有丈許遠近，日光底下，忽見一道紫光一閃！疑是妖龍尚未逃走，嚇得撥轉身，回頭便逃。跑出去百十步，不見動靜，心中生疑，又悄悄一步一步走近來看，只見那道紫光奪目無比，仍閃著耀眼的光芒，映日爭輝。

大著膽子近前一看，原來是一柄長劍。忙取在手中一看，那劍的柄竟與昨日在佛像肚中所得的一般無二，劍頭上刻著「紫郢」（注：「郢」音影，**古地名，今湖北省江陵縣附近，屈原九章中有「哀郢」篇，在這裡，「紫郢」是劍的名字。**）兩個篆字。

「這劍柄怎會變成一口寶劍？」英瓊百思不解，拿在手中試了一試，非常稱手，心中大喜，隨手一揮，便有一道十來丈長的紫色光芒，自劍尖直射出來，光芒之盛，把英瓊嚇了一大跳，幾乎脫手將劍拋去。

見這劍如此神異，又試了試，果然一舞動，便有十餘丈的紫色光芒發自劍尖，映著日光，耀眼爭輝！不禁狂喜莫名，只可惜這樣一口干將、莫邪般的寶劍，竟沒有一個劍匣，未免缺陷。

她在無意中得著這樣神奇之物，不由膽壯起來。心想：「既有劍，難道沒有匣？何不在這山上到處尋找？尋得著也未可知！」當下仍按昨日經行之路尋覓，尋來尋去，尋到那株臥倒的梅樹根前。

她已然走了過去，忽覺手中的劍，不住地震動，回頭一看，日光底下，見樹隙中好似一物放光。

近前一看，樹隙縫中，正夾著一個劍匣。這才恍然大悟，昨晚鼓中的龍，就是此劍所化，又是喜歡，又是害怕：喜的是得此神物，帶在身旁，從此深山學劍，便不畏虎狼妖鬼；怕的是萬一此劍晚來作怪，豈不是無法抵禦？一面想，一面仔細看那劍柄，卻與昨日所失之物，一般無二！

英瓊忽然記起：「昨晚曾用此劍柄去打妖龍，覺得發出手去，化為一道火光，莫非此寶便是收伏那龍之物？」想了一會，用手中劍一揮，將樹斬斷，落下劍匣，將劍插入匣內，恰好天衣無縫，再也合適不過。

她心中高興到了萬分，又將劍拔出練習劍法，只見紫光閃閃，起自劍尖，映著日光，幻出無邊異彩！

她練了一會，已是未末申初，赤城子卻還不見回轉，想起昨晚遇險情形，心中猶有餘悸，不敢在此停留，決計趁天色未黑，離開此山，往回路走。

她心想：「赤城子同那女劍仙既想收我為徒，必然會再到峨嵋尋我，我離開此地，實在為妖怪所逼，想必他們也不能怪我！」

主意拿定後，看了看日影，便由山徑小路往山下走。

她哪裡知道，這莽蒼山連峰數百里，綿亙不斷，她又不明路徑，下了一座山，又上一座山。有時把路徑走錯，又要辨明風向日影，重走回來。似這樣登峰越嶺，下山上山，她雖然身輕如燕，也走得渾身是汗。

直走到天色黃昏，僅僅走出去六、七十里。夜裡無法認路，只得尋了一個避風所在，歇息一宵。

這樣山行露宿了十幾天，依然沒有走出這片山去。且喜所得的紫郢劍並無變化，一路上也未遇見什麼鬼怪豺虎，而且這山景物幽美，除梅林常遇得見外，那黃精、何首烏、松仁、榛栗及許多不知名而又好吃的異果遍地皆是，英瓊就把這些黃精果品當作食糧。

多少日子未吃煙火，吃的又都是這種健身、益氣、延年的東西，自己越發覺得身輕神爽，舒適非常。只煩惱這山老走不完，何時才能回到峨嵋？想到此間，一發狠，這日便多走了幾十里路。

第三回 勇誅山魈 初遇良師

照例還未天黑，便須打點安身之所，誰知這日所上的山頭，竟是一座禿山，並無理想中的藏身之所。上了山頭一看，忽見對面有一座峰頭，看去樹木蓊翳，依稀看見一個山凹，正好藏身隱蔽，好在相離不遠，便連縱帶走地到了上面，一看果然是一片茂林。

最奇怪的是茂林中間，卻現出一條大道，寬約一丈左右，道路中間寸草不生，那大可二、三抱的老樹連根拔起，橫在道旁的差不多有百十株，道旁古樹近根丈許地方，處處現出擦傷的痕跡。

英瓊這一路上並未見過虎獸，膽子也就越來越大，雖覺深山古林之中，有這樣大道，於理不合，只覺奇怪，也未放在心上。

向前望去，見這條大路長約百十丈遠，盡頭處是一面小山壁，便不假思索，走近一看，原來孤壁峭立，一塊高約三丈的大石，屏風似地橫在道旁。

繞過這石再看，現出一個丈許方圓的山洞，心中大喜，只因連日睡的所在，不是崖谷，便是樹腹，常受風欺露虐，好容易遇見這樣避風的好所在，豈肯放過，不假思索地走了進去，恰好洞旁有一塊七、八尺寬的平方巨石，便在上面坐下，取出沿路採來的山果黃精，慢慢嚼吃。

一會兒工夫，一輪大半圓的明月掛在樹梢，月光斜照進洞，隱隱看見洞的深處，有一堆黑茸茸的東西，心中一動，漸漸回憶起前數日的險境，不由心虛膽怕起來。先取了一塊石頭，朝那一堆黑東西打去，「噗」的一聲，好似打在什麼軟東西上面，估量是一堆泥土，才放寬了心。便把包裹當了枕頭，將寶劍壓在身下，躺在那裡望月想心事。年輕人瞌睡原來得快，加以連日山行，未免勞乏，不知不覺間便沉沉睡去。

睡到半夜，英瓊彷彿聽見「鏘鋃」一聲，驚醒一看，天氣昏黑非常。自己心愛的那口寶劍掉在地下，紫光閃閃，半截業已出匣，心想一定是睡夢中不小心翻身時掉下的。

英瓊連日把那口寶劍愛逾性命，便將它還匣，抱在懷中。誰知那口寶劍才一入匣，「鏘鋃」一聲，一道紫光閃出丈許，把英瓊嚇了一跳，疑心那劍又要化龍飛去。

驚疑未定間，猛想起：常聽爹爹說過：凡是珍奇寶劍，遇到凶險事情發生，必定預先報警！此劍已深通靈性，剛才我睡夢之中，也曾鏘鋃一聲，莫非今晚又有什麼凶兆應在我的身上？

想到這裡，英瓊便對手中寶劍說道：「你如真有靈應，倘使我今晚要遇見什麼凶險的事，你就再響一聲！」

一言還未了，那劍果然又是「鏘鋃」一聲，出匣半截！英瓊大吃一驚，紫光映處，看見洞口一塊大石，暗想：「我記得這是昨日進來的洞口，哪裡來的石頭？」心中好生詫異，近前一摸，可不正是一塊大石，業將洞門封閉，用手盡力推去，這塊石頭怕沒有上萬斤重，恰似蜻蜓撼石柱，休想動得分毫！

英瓊急得出了一身冷汗，心中焦急，猛一回首，看見地下一道白光，又嚇了一跳，定睛看時，原來是太陽的光斜射進來。這才明白時間已是不早，由於洞門被石頭封閉，所以顯得黑暗，並不是天還未亮。

洞內有了日光，能依稀辨出洞中景物。昨晚自己認為是一個土堆的那一團黑東西，原來是一些野獸的皮毛骨頭，堆在洞的一角，約有七八尺高，一陣陣腥臭難聞。

英瓊見洞門被石頭封鎖，便想另覓出路，將紫郢劍取出，一路舞動，借著劍上發出的紫光和微弱的日光尋找出口，誰知將這洞環行了一遭，不禁大為失望，原來這個洞竟是死洞。

英瓊急得像鑽窗紙的蒼蠅一般，走投無路，明知此洞絕非善地，越想心中越害怕，坐在那塊石頭上，對著那石縫中射進來的日光尋思了一陣，忽然暗罵自己：「蠢東西！又不是不會爬高縱矮，何不從那石頭縫中爬了出去？」

那塊石頭立腳之處甚多，英瓊用手試了試，將身一縱，已攀住一個缺口，用手一比那個口徑，最寬的所在，才只不到四寸，望倒望得見外面，要想出去，卻比登天還難！從那缺口向外望時，猛看見對面山頭上，來了一個巨人。那巨人赤著上半身，空著兩隻手，看他腳下很快，正往這面山頭走來。

英瓊心中大喜，正要呼救，猛一尋思：「在此山行走多日，並未遇見過人，這山離那對面山頭，怕沒有半里多路，怎麼這人看去那樣巨大？而且那巨人並未穿著衣服，不是妖怪，定是野人！」

想到這裡，不敢出聲，正想之間，那人已走向這邊山上，果然高大異常，那高約數丈的大樹，只齊他胸前。英瓊不禁叫了一聲「噯呀」，嚇得幾乎失手墜了下去！

再看那巨人時，竟朝石洞這面走來。那沿路大可數抱的參天古樹，礙著一些腳步，便被他隨手一拔，連根拔起，倒在道旁。英瓊這才明白昨日路旁連根拔倒的那些大樹，便是這個怪物所為！雖然心中越發害怕，還是忍不住留神細看。

這時那巨人已越走越近，英瓊也更加看得仔細。只見這個怪物生得和人差不多，高大得嚇人。一個大頭，約有水缸大小，一雙大碗公大的圓眼，閃閃發出綠光，凹鼻朝天，長有二尺，血盆一般的大嘴，露出四個獠牙，上下交錯，一頭藍髮，兩個馬耳，長約尺許，足長有數尺，粗圓也有數尺，兩手大如屏風，渾身上下長著一身黃毛，長有數寸，從頭到腳，怕沒有十來丈高！

英瓊看得出了神，幾乎忘記害怕，忽然眼前一暗，一股奇腥刺鼻，原來那怪物已走近洞前。那洞只齊他膝部，外面光線被他身體遮蔽，故爾黑暗。英瓊猛覺得石頭一動，便知危機已逼，不敢怠慢，連忙縱下石來。

只聽耳旁一聲巨響，眼前頓放光明，洞口石頭已被怪物取開，忙將身縱到隱僻之所，偷偷往外看時，只見洞口現出剛才所見那個怪物的腦袋，兩眼發出綠光，衝著英瓊，齜牙一個獰笑，把英瓊嚇得躲在一旁，連大氣也不敢出。

幸喜那怪物的頭和身子太大，鑽不進來，只一望間，便即退去，但立時伸進一隻屏風般大，兩三丈長的手臂來。張開有五個粗如牛腿、長約數尺手指的毛手，往英瓊藏身之處抓來。英瓊嚇得心驚膽裂，急忙將身一縱，從那大毛手的指縫中，竄到了洞的左角。

那大毛手抓了一個空，便四面亂撈亂抓起來。英瓊到了這時，也顧不得害怕，幸喜身體瘦小靈便，只在那大手的指縫中鑽進鑽出，那怪物撈了半天，忽然縮回了手，又低下頭來看了看，重又將那大毛手伸進洞來，恰似小孩子在金魚缸中撈金魚一般，眼看到手，又從指縫中溜了出去，憤怒非常，震天動地般狂吼一聲，那隻毛手撈得越發加急起來。

英瓊在這危機一髮之間，越加不敢怠慢，在怪人毛手之間，縱過來，跳過去，只累得渾身是汗，腰中又帶著那柄長劍，礙手礙腳。忽然一個不留神，被那劍在兩腿中間一絆，險些栽倒！眼看那大毛手已離身旁只有尺許，稍一遲延，怕不被捏為齏粉！

直到此際，英瓊才猛想起：「此劍當初誅那四個殭屍並不費力，只一轉瞬間，四個殭屍就散成一堆白骨，他又能夠變化神龍，發出十來丈的紫光。這個怪人緊緊追逼，似這樣逃來逃去，何時是了？自己想是嚇糊塗了，竟會把這樣奇珍異寶忘記！」

想到這裡，手臂一招，寶劍出匣，握在手中，那劍想是知道今日英雄已有用武之地，劍上面發出來的紫光，竟照得合洞皆明！

劍才出匣，那怪人好似已有了警覺，毛手正待退出洞去。英瓊手中神劍，已不由英瓊作主，劍尖升芒，竟自動的捲了過去，紫光影裡，那怪物的大毛手指已被劍光斬斷兩個下來，血如湧泉一般，直冒起丈許高下。

那怪物受了重創，狂吼一聲，毛手迅速的退了出去。

英瓊看見洞口現出亮光，在這間不容髮之間，急智陡生，心想：「這洞內逼仄，又無出路，那怪物既怕這口寶劍，何不趁他大手退出時，縱到外面，與他分個死活？倘或僥天之倖將他除去，也好為這附近幾百里的生物，去一大害！」

想到此際，雄心陡起，把適才害怕憂愁之念，化為烏有。

英瓊生有異秉，心思異常敏銳，她這種念頭只在一轉瞬間，立時化為行動。那怪物原是蹲在地下，將手伸進洞中撈摸，被英瓊紫郢劍斬去二指，痛徹入骨。剛站起身來，英瓊已在他腿縫中間，竄了出去。

自古以來，深山大澤，杳無人跡的深谷古洞，常有許多山魈木客之類，盤踞其中。這個巨人便是山魈，歲久通靈，力大無比，英瓊所臥的那個石洞，便是他儲藏食物之所。他擒來山中野獸生物，便拿來儲藏在內，再用洞口那三丈高下的石屏風來封閉，以防逃逸。昨晚英瓊睡在洞中，被他今晨走過發現。當時不餓，防這小女孩逃走，才用石頭將洞門封鎖。

那石屏風甚重，何止萬斤，漫說英瓊，無論有多大力量的野獸，也休想推動分毫。他將洞口封閉時節，英瓊得的那口紫郢劍原是神物，忽然出匣發聲示警，將英瓊從夢中驚醒。等到英瓊發現洞門被石頭封鎖時，山魈業已回轉。

照往日習慣，那山魈先低下頭來看一看，再伸手進洞去撈將出來食用，不想會被英瓊紫郢劍削去二指。當下憤怒非常，暴跳如雷，兩個大毛腳頓處石破天驚，毛手起處樹飛根脫，這時正用左手拔起一株大樹，想塞進洞去，將仇人搗死，英瓊已從他兩腿中間溜了出來。

山魈低頭一看，怒髮千丈，張開屏風般大的毛手，便來捉英瓊，英瓊出來，先自將身連連數縱，已縱離那山魈數十丈遠，回頭一看，只見那怪物，真生得兇惡高大，自己的頭僅僅齊他腳踝，瞪著兩隻綠眼，張開血盆大口，伸出兩隻黃毛披拂的大手追將過來。

英瓊雖然仗著寶劍的厲害，知道山魈身材高大，力大無窮，倘一擊不中要害，被他抓著一點，便要身遭慘死！因此不敢造次，仗著身體靈便，只揀那樹林密處，滿樹林亂縱亂跑。

那山魈見英瓊跳縱如飛，撈摸不著，惹得性發如雷，連聲吼叫追逐，「砰訇」之聲，震動山嶽，英瓊雖然身靈性巧，從清早跳到這正午時分，也累得力盡神疲。

末後一次，那山魈好似有點氣力不佳，追逐漸慢，英瓊剛隱身在一株大樹身後，縱到那枝葉濃密處藏躲，山魈好似不曾看見，背朝著英瓊，在那四外尋找。英瓊暗喜那怪物不曾看見，正想喘息片刻，用一個什麼巧招，將他斬首。

誰知那山魈看似粗夯，極其狡猾，英瓊劍上的紫光，更是一個特別記號，人到哪裡，光到哪裡，他見英瓊縱上樹去，故意用背朝著英瓊，裝作向前尋找模樣，身子卻漸漸往英瓊藏身處退來。

這樹雖然高大，也只齊山魈頸邊，英瓊喘息甫定，見山魈退離樹旁，不過數丈，伸手可及，雖然以為怪物並未看見自己，卻也不敢怠慢，正要往別的樹上縱去，誰知山魈離樹已近，猛一回頭，狂吼一聲，伸開兩隻長有數丈的毛手，往那株大樹抱來！那樹被山魈一抱，樹枝「喀嚓」連聲，響成一片，紛紛折斷！

英瓊正站在離地三、四丈高下的樹枝上，剛要往上縱起時，忽見那怪物如飛一般旋轉身子，連人帶樹抱來，不由大吃一驚！知道中了怪物的詭計，急忙一個「鷂子翻身」溜下來，離地丈許，將兩腳橫起，往樹身一蹬，化為「水蛇撲食」之勢，橫著身子，斜穿出去。

那怪物緊抱樹身，正在找尋，並未發覺英瓊溜將下來，這正是絕好下手機會，稍縱即逝，怎敢怠慢！她腳剛沾地，便用力一蹬，一式「燕子穿雲」，將身縱起，有四、五丈高下，一橫手中紫郢劍，用盡平生之力，奮起神威，就勢朝那山魈身後攔腰斬去！

英瓊手才起處，那寶劍已化為一股十來丈長的紫光，脫手飛去。連那山魈和那株大樹，迅速一繞。英瓊在空中使不得力，原是借勁使勁，把吃奶的力氣，都使了出來，忽見手中寶劍，憑空脫手飛出，疑心自己使過了勁，一時失手，大吃一驚，「噯呀」一聲，一式「風捲殘花」，倒翻筋斗，剛要落下覓路逃生，耳旁猛聽那怪物狂吼一聲，嚇得英瓊心膽皆裂！

接著又是「轟隆叭嚓」幾聲巨響，樹身折斷，地下塵土騰起有兩、三丈高下，震得英瓊目眩神昏，心搖體戰，落地時節，一個站立不穩，仆在地上，嚇暈過去！

待了一會，她才蘇醒過來，覺得身旁腥味撲鼻，身上有好幾處濕乎乎的，疑是自己落在山魈手中。急忙偷眼一看，見那山魈業已齊腰斷成兩截，死在地下，身上的血竟像山泉一般，直往低窪處流去，她正倒在一個血泊之中，知那怪物，已被自己紫郢劍所斬，好不高興！

但一想到寶劍化為紫光飛出，只怕又化龍飛走了，心中又好生難過，掙扎站起身來，腰間劍匣點地，猛地見劍仍好端端在劍匣之中，抽出一看，紫光閃閃，耀目生花！這才知道自己所得的這口紫郢劍，是通靈的神物，更是欣喜莫名！

英瓊雖斬了山魈，但也不敢久留，急急向前走出，慌不擇路，山嶽連綿，也不知身在何處。等到肚子餓了，伸手一摸，懷中赤城子所給的何首烏已然失去，正在找尋山果充饑，忽然發現一個黑黝黝的孔穴，有六、七尺方圓，看去好似很深。那個孔穴旁邊，有一塊奇形怪狀的大石，石上面有一株高才尋丈，紅得像珊瑚的奇樹，朱幹翠葉，非常修潔。樹上面結著十數個血也似通紅、有桂圓般大小的果子。

英瓊奇怪那樹生平從未見過，如何會長在石頭上面？伸手採下果子，剖將開來，白仁綠子，鮮豔非常。食在口中，甘芳滿頰，可惜不多，只有十來個，一氣吃完，覺得滿腹清爽，精神頓長，把先時的疲勞，一掃而空，知是山中奇珍。

此際，她自然不知手上之物，便是道家所傳的「朱果」，凡人吃了，健身益魄，延年長生。三十年才一開花，也是她機緣湊巧，得以遇上。

吃了果子，英瓊再細看這塊奇石。只見這塊奇石約有兩丈高下，形狀突兀峻削，上豐下銳，遍體俱是玲瓏孔竅，石色碧綠如翠，非常好看。

英瓊一邊摩挲賞玩著，無心中轉到石後，只見有一截二尺見方的面積，上面刻著「雄名紫郢，雌名青索，英雲遇合，神物始出」四句似篆非篆的字，下面刻著一道細長人眉，並無款識，猛想起腰中的劍，正名「紫郢」，原來是口雄劍！還有口雌劍，名叫「青索」，「英」是自己的名字，那「雲」不知是何人？

她心中納罕，但也找不出答案，繼續向前走去，到了一處林外，休息片刻，覺得神清氣爽，使在草地上練起劍來。

正在興頭上，忽見遠遠空際，銀雁般的一個白點，朝峰頭飛來，漸飛漸近，英瓊已然看清飛來的是個白衣女子，知是劍俠一流。心中大喜，正要高聲呼喚，眼前一道電閃似的，那白衣女子已然降落下來，站在她面前，含笑說道：

「這位姊姊，俺是武當山『縹緲兒』石明珠，適才送義妹申若蘭回雲南桂花山練劍，路過此山，見姊姊舞劍，這劍光芒異特，看來竟比我的飛劍還要勝強十倍，並且叫妹子認不出是哪一家宗派來！是以不揣冒昧，下來相見，尚請原諒！」

英瓊見那白衣女子，年紀約有二十左右，英姿颯爽，談吐清朗，又有那絕跡飛行的本領，早已一見傾心。本想對她說了實話，因為常聽李寧說「人心難測」，這口寶劍，既然她連聲誇讚，比她飛劍還強，萬一被她起了覬覦之心前來奪取，自己別無本領，如何抵敵？不如先哄她一哄，然後見景生情，再說實話。

主意打定後，先將寶劍入鞘，然後近前含笑答道：「妹子李英瓊，師祖白眉和尚，偶從峨嵋來此閒遊，此劍名為紫郢，也是師祖所賜。請問姊姊師承何人？」

石明珠聞言，陡地一驚道：「原來姊姊是白眉老祖高足！家師武當山半邊老尼，尊劍名為紫郢，不知是否長眉真人舊物？聞說此劍已被長眉真人在成道飛升時，用符咒封存在一座深山的隱僻所在，除峨嵋派教祖乾坤正氣妙一真人外，無人知道地址。當時長眉真人預言，發現此劍的人，便是異日繼承峨嵋道統之人，怎麼姊姊又在白眉老祖門下？好生令人不解！姊姊所得如真是當年長眉真人之物，仙緣真個不淺，可能容妹子一觀麼？」

英瓊就是怕來人要看她的寶劍，偏偏明珠不知她的心意，果然索觀，心中雖然不願，但不好意思不答應，心想著明珠說話神氣，不像有什麼虛偽，只得大著膽子，將劍把朝前，道：「請姊姊觀看！」

明珠就在英瓊手中輕輕一拔，日光下一道紫光一閃，劍已出匣。這劍真是非常神妙，不用的時節，一樣紫光閃閃，冷氣森森，卻不似對敵時，有長虹一般的光芒。石明珠將劍拿在手中，看了又看，說道：「此劍歸於姊姊，可謂得主！」

正在連聲誇讚，忽然仔細朝英瓊臉上看了看，又把那劍反覆展玩了一陣，笑著對英瓊說道：「我看此劍顯然是個奇寶，但姊姊自身的靈氣尚未運在上面，未能身劍合一，難道姊姊得此劍的日子並不久麼？」

英瓊見她忽發此問，不禁吃了一驚，又見明珠手執寶劍，不住地展玩，並不交還，大有愛不忍釋的神氣，她既看出自己不能身劍合一，自己的能耐，必定已被她看破。萬一看出自己沒有能力，強奪了去，萬萬不是人家對手，如何是好？可是在人家未表示什麼惡意以前，又不便遽然反臉，當時要還。心中好生為難，急得臉紅頭漲，不知用什麼話答覆人家才好。

英瓊情急到了極處，不禁心中默祝道：「我的紫郢寶劍，快回來吧，不要讓別人搶了去啊！」剛剛心中才想完，那石明珠所持的紫郢劍，忽地一個顫動，一道紫光，滋溜溜地脫出了石明珠的掌握，直往英瓊身旁飛來。「鏘鋃」一聲，自動歸匣。喜得英瓊心中怦怦跳動，只是不敢現於辭色，反倒作出些矜持的神氣來。

石明珠見英瓊小小年紀，一身仙骨，又得了長眉真人的紫郢劍，心中又愛又欽羨，無意中看出劍上並沒有附著人的靈氣，原想問明情由，好替英瓊打算，所說的話本是一番好意。誰想英瓊聞言沉吟不語，忽地又將劍收回，以為怪她小看人，暗用真氣將劍吸回。

她卻不知此劍靈異非常，英瓊暗中默祝生效。心想：「這不是自己用五行真氣練成身劍合一的劍，而能用真氣吸回，自己學劍多年，尚無此能力。自己不合把話說錯，引人多心。」

石明珠心中思索，又見英瓊瞪著一雙秀目，望著自己，一言不發。在英瓊是因為自己外行，恐怕把話說錯，被人看出馬腳，多說不如少說，少說不如不說，只希望將石明珠敷衍走了了事，石明珠哪裡知道！也是合該英瓊不應歸入武當派門下，彼此才有這一場誤會。

石明珠見英瓊訕訕的，不便再作久留，只得說道：「適才妹子言語冒失，幸勿見怪！改日峨嵋再請教吧！」

英瓊見她要走，如釋重負，忙道：「姊姊美意，非常心感，我大約在此還有些耽擱，姊姊要到峨嵋看望，下半年再去吧！」明珠又錯疑英瓊表示拒絕，好生不快，鼻孔裡似應不應地哼了一聲，腳微頓處，化為一道白光，破空而起。

第四回 峨嵋教祖 秘傳劍訣

英瓊目送明珠飛走後，猛想起：「自己日日想得一位女劍仙作師父，如何自己遇見劍仙，又當面錯過？此人有這般本領，她師父半邊老尼，能為必定尤為高大！可恨自己得遇良機，反前言不對後語，不知亂說些什麼，把她當面錯過！」急忙高聲呼喚時，雲中白點已不知去向了！

英瓊正在悔恨，陡地聽得一聲厲嘯，後面狂風過處，一隻吊睛白額猛虎，渾身黃毛，十分兇猛肥大，大吼一聲，從山坡上縱將下來。

英瓊雖然也曾誅妖斬怪，像這樣兇猛的老虎，有生以來，還是頭一次看見，正要拔劍上前，那老虎已離英瓊立的所在只有十來丈遠近。一眼看見生人，立刻蹲著身子，發起威來，圓睜兩隻黃光四射的眼睛，張開大口，露出上下四隻白森森的大獠牙，一條七、八尺長的虎尾，把地上打得山響，塵土飛揚。

英瓊急忙運動輕身功夫，往前一縱，百忙中，看到山坡下大樹前，忽然多了一個紅臉道人，手執一柄拂塵。其時英瓊劍光已落，十來丈長的紫光過處，栲栳大的虎頭立刻削掉下來。

那紅臉道人一見英瓊手上發出來的紫光，想起傳聞，大吃一驚，喝問道：「哪裡來的大膽女娃娃，竟敢用劍傷我看守仙府的神虎。」說罷，用手中拂塵遠遠朝著英瓊一指。英瓊立刻覺得頭暈，忙一凝神，幸未栽倒。

那紅臉道人乃巫山神女峰妖人陰陽叟的師弟，叫作「鬼道人」喬瘦滕，曾遇異人，學會一身妖法邪術，淫毒異常，作惡多端，那白額猛虎本是他守洞之物，今日出去獵食，不想栽在英瓊劍下，當下勃然大怒，拂塵一指間，已使上了「顛倒迷仙」的妖法，卻不知英瓊食了許多靈藥朱果，輕易不受尋常妖法所侵！

妖道喬瘦滕心中一凜，暗中念念有詞，先用妖法「玄女遁」將這周圍十里山路封鎖，以防逃去。喝道：「我已布下天羅地網，小女娃快快投降！隨我進洞取樂，免得死到臨頭，悔之晚矣！」

英瓊雖不明對方說些什麼，估量不是好話，罵道：「妖道休走，吃我一劍！」說罷，連人帶劍，縱將過去。

「鬼道人」喬瘦滕見對面這道紫光，似長虹一般飛來，知道長眉真人伏魔雙劍的厲害，難以迎敵，口中念念有詞，把手中拂塵往空中一揮，立時隱身而去。

英瓊躍到道人立足的所在，忽然那人蹤跡不見，心中大為驚異。抬頭看了看天色，正是中酉之交，還沒到黃昏時分，眼見這道人白日隱形，越加疑是鬼怪。因聽道人適才說已經擺下天羅地網，便用目往四外細看了看，只見古木森森，日光斜射入林中，映起一種灰白顏色的濃霧，果有些鬼氣！

英瓊知道久留必有凶險，無心再追究道人蹤跡，正待退後，忽然一陣狂風過處，把地下砂石捲起數丈高下，恰似無數根木柱一般，豎立著旋轉不定，濃霧也遍地鋪展開來，一會功夫便變得愁雲漠漠，濃霧瀰漫，分不出東南西北，四面鬼聲啾啾，陰風刺骨，旋風濃霧中，陡地現出數十個赤身女鬼，手持白幡跳舞，漸漸向英瓊包圍上來。

英瓊只覺一陣陣目眩心搖，四肢無力，知道是那道人的妖法。本想用手中寶劍，朝那些女鬼斬去，誰知兩隻手軟得抬也抬不起來，眼看那旋風中的女鬼越跳越近，耳旁又聽有人說道：「女娃娃，你已入羅網，還不放下手中寶劍投降，隨你家祖師爺去洞府中去尋快樂麼？」

英瓊聽出那道人聲音，情知難免毒手，正待想一套言語詐降，哄那道人撤去妖法，等他現身出來，再用寶劍飛刺過去。心頭盤算還沒有定，忽見那些女鬼跳到自己身旁還有兩丈遠近，便自停步不前，退了下去，又聽見道人在相隔十數丈外，連聲吆喝和擊權杖的聲音。

那權杖響一次，那些女鬼便往英瓊站的所在衝上來一次，可是衝到英瓊站處兩丈以內，好似有些畏懼神氣，撥回頭重又退了下來。那道人好似因女鬼不敢上前，十分惱怒，不住把權杖打得山響，但終歸無效。

英瓊起初非常害怕，及見那些赤身女鬼連衝幾次，都不敢近自己的身，覺得稀奇，猛發現手中這口紫郢劍端的是仙家異寶，每當女鬼衝上來時，竟自動的發出兩丈來長的紫光，不住的閃動，無怪那些女鬼不敢上前。英瓊不由放寬了心，膽力頓壯。叵耐手腳無力，不能轉動，否則何難一路舞動寶劍，衝了出去！

那「鬼道人」喬瘦滕所用妖法，名為「九天都籙陰魔大法」。原是非常厲害，漫說一個尋常女孩，就是普通劍仙，一經被他這妖法包圍籠罩，也沒有不失去知覺，束手被擒的。偏偏英瓊遭逢異數，內服靈藥仙果，外有長眉真人的紫郢劍護身。雖然將她圍住，竟是絲毫侵害她不得，不由得心中大怒！

不由無明火起，便將頭髮分開，中指咬破，長嘯一聲，朝前面那團濃霧中一口氣噴了過去，立時便有數十道火蛇飛出。

英瓊正在那裡無計脫身，忽見赤身女鬼退去，濃霧中又有數十條火蛇飛舞而來，正不知手中寶劍能否抵禦，好生焦急間，覺得手中的寶劍猛然用力一掙。英瓊本來手軟腳麻，一個把握不住，寶劍竟脫手飛去，眼看長虹般十幾丈長的一道紫光，直往斜對面霧陣中穿去！

緊接著耳旁便聽得一聲慘呼，同時那數十條火蛇一般的東西，已逼近英瓊身旁。英瓊四肢無力，動轉不得，相隔丈許遠近，便覺炙膚作痛。在這危機一髮之間，倏地紫郢劍自動飛回，剛覺有一線生機，耳旁又聽驚天動地的一個大霹靂打將下來，震得英瓊目眩神驚，暈倒在地。

停了一會兒，蘇醒過來，往四外一看，只見夕陽銜山，暝色清麗，愁雲盡散，慘霧全消。自己手腳也能動轉，面前站著一個雲帔霞裳，類似道姑打扮的美婦人。

英瓊首先回手去摸腰中寶劍，業已自動還匣，便放寬了心。再打量那道姑，只見道姑含笑站在那裡，綠鬢紅顏，十分端麗，好似神仙中人一般。

英瓊摸不清道姑的來路，正要發言相問，那道姑已開口說道：「適才因妖人已死，妖霧未退，才用『太乙神雷』將妖氣擊散，小姑娘不曾受驚麼？」

英瓊聽那道姑吐辭清朗，儀態不凡，知是異人，又聽她說妖人已死，才想起適才被妖法所困，後來寶劍飛出時曾聽一聲慘叫，莫非那妖道已在那時被紫郢劍所誅？忙抬頭往前觀看，果然相隔十數丈外，一株大樹旁邊，那個道人業已身首異處。

那道姑又指著紫郢劍道：「姑娘所佩的紫郢劍，乃是我家之物，適才我在雲中看見，疑是來遲了一步，被異派中人得了去，不想落在姑娘手中，可算神物有主。但不知姑娘是否在莽蒼山魈神殿中得來的麼？」

英瓊見道姑說紫郢是她家的東西，不禁慌了手腳，連忙用手按定劍把，答道：「正是在莽蒼山一個破廟中得來的，你說是你家的舊東西，這樣寶貝，如何會把他棄在荒山破廟之中？有何憑證？」

那道姑笑道：「小姑娘你錯會了我的意了，此劍原有雄雌之分，還有一口，尚待機緣，才得出世。若非我家故物，豈能冒認？你問我憑證不難，此劍本是長眉真人煉魔之物，真人飛升以前，嫌它殺機太重，才把它埋藏在莽蒼山中，是個人跡不到之所，外用符咒封鎖，是也不是？」

英瓊聽了，心中更急，那道姑又道：「彼時長眉真人曾說過：『此劍頗能擇主。若非真主人，想得此劍，必有奇禍！』果然後來有人聞風前去偷盜，無一不是失敗和身遭慘死！」

英瓊細聽那道姑說話，不似帶有惡意，有好些還與石上之言相合，猜知來人定是一個劍仙。她說那劍原是她的，想必不假，低頭尋思了一會，忽然福至心靈，脆在地下，道：「仙師，弟子實是無意中得到此劍，並無人指引！」接著便把前事細說了一遍，然後請問那道姑的姓名，並求收歸門下，伏在地上，不住地叩頭。

那道姑笑道：「外子『乾坤正氣妙一真人』齊漱溟，我是他的妻子荀蘭因，你此次險些被人利用，歸入異派，總算你賦秉福澤甚厚，才能化險為夷，因禍得福，我可以收你歸我夫婦門下！」

看官，這「乾坤正氣妙一真人」齊漱溟，正是峨嵋派的掌教，是書中極重要的人物，原是四川長壽縣的望族，一心向道，被「長眉真人」任壽收在門下。法力無邊，妻子「妙一夫人」荀蘭因，女兒齊靈雲，自小就被佛門高人「神尼」優曇收歸門下，兒子齊金蟬，都是神通廣大，本書中的主要人物。

當下英瓊見道姑答應，心中大喜，重又叩謝。

妙一夫人道：「你雖得此劍，不能與他合一，一旦遇見異派中高人，難免不被他奪去。我住在九華山鎖雲洞，意欲先傳你口訣，你仍回峨嵋，按我所傳，每日對劍修煉，二、三年後必有進境，我再引你去見外子，你意如何？」

英瓊聞言大喜，當下拜了師父，站起身來，又說起自己曾蒙白眉和尚贈了一隻神鵰，名喚「佛奴」，騎著牠可以飛行空中，還有一個世姊，名叫周輕雲，在黃山餐霞大師處學劍等事。

妙一夫人笑道：「『吾道之興，三英二雲』，長眉真人這句預言果然應驗。就拿你說，小小年紀就曾遇見這樣多的仙緣湊合！那白眉和尚輩分比我還高，性情非常特別，居然肯把他座下神鵰借你作伴，真是難得！但你至少須能將此劍練得能隨意使用，能發能收才行！」

英瓊聞言笑道：「弟子不知怎的，現在就能發能收了！」

妙一夫人道：「你哪知此劍妙用！得劍的人如能按照本派嫡傳劍訣勤學苦練，不出三年，便能與他合而為一，能大能小，能隱能現，無不隨心所欲。你所說能發能收者，不過因劍囊在你身旁，劍又由你主動發出，故而殺人之後仍舊飛回，這並不算什麼，你如不信，只管將你的劍朝我飛來，看看可能傷我？」

英瓊雖然年輕，心性異常靈敏，這次同妙一夫人相見，憑空從心眼中起了一種極至誠的敬意，完全不似和赤城子見面時那般，這也不信，那也不信，又恐寶劍厲害，萬一失手將妙一夫人誤傷，豈不耽誤了自己學劍之路？欲待不從命，又恐妙一夫人怪她違命，把兩眼望著妙一夫人，竟不知如何答覆才好。

妙一夫人見她神氣為難，愈發覺她天性純厚，笑道：「你不必如此為難，我既叫你將劍飛來，自然有收劍的本領！你何須替我擔心呢？」

英瓊聞言無奈，只得遵命答道：「師父之命，弟子不敢不遵，容弟子跑到遠一點地方飛來吧！」妙一夫人知她用意，含笑點了點頭。

英瓊連日使用過幾次紫郢劍，知道它的厲害，一經脫手，便有十餘丈紫光，疾若閃電飛出，恐怕夫人不易防備，才請求到遠處去放，心中也未始不想藉此看一看自己師父的本領。

當下道：「弟子冒犯了！」將身回轉，只一兩縱，已退出去數十丈遠近，又喊道：「師父留神，劍來了！」「鏘鋃」一聲，將劍朝著夫人擲去。

那道紫光才一出手，只見從妙一夫人身邊發出一道十餘丈長的金光，迎了上去，與那道紫光絞成一團。這時天已黃昏，一金一紫，兩道光華在空中夭矯飛舞，照得滿樹林俱是金紫光色亂閃。

英瓊見妙一夫人果然劍術高妙，歡喜得跳了起來，正在高興頭上，忽然面前一閃，妙一夫人已在她身旁站定，說道：「這口紫郢劍，果然不比尋常，如非我修煉多年，真難應付呢，待我收來你看！」

說罷，將手往那兩道劍光一指。這兩道光華，越發上下飛騰，糾結在一起，宛似兩條蛟龍在空中惡鬥一般。英瓊正看得目瞪口呆之際，忽然妙一夫人將手往空中一指，喝道：「分！」那兩道光華便自分開，接著將手一招，金光倏地飛回身旁不見。

可是那紫光竟停在空中，也不飛回，也不他去，好似被什麼東西牽住，獨個兒在空中旋轉不定，英瓊連喊幾次「紫郢回來」，竟自無效！

妙一夫人也覺奇怪，知有能人在旁，不敢怠慢，大喝一聲道：「紫郢速來！」緊接著，用手朝空中用力一招，那道紫光才慢騰騰，很遲緩的飛向妙一夫人手上落下。

妙一夫人隨即遞與英瓊，叫她急速歸鞘，然後朝那對面樹林中說道：「哪位道友在此？何妨請出一談！」

言還未了，英瓊眼看面前一晃，已站定一個矮老頭兒，笑嘻嘻對妙一夫人道：「果然你們家的寶劍，與眾不同，竟讓我栽了一個小筋斗兒！」

妙一夫人見了來人，連忙招呼道：「原來是朱道友，怎麼如此清閒？來到此地！」一面又叫英瓊上前拜見道：「這位是你朱師伯，單諱一個『梅』字，有名的『嵩山二老』之一。」又對「矮叟」朱梅道：「這是我新收弟子李英瓊，你看天資可好？」

朱梅瞪著一雙小眼，向英瓊打量一會，向妙一夫人道：「果然好資質，仙根良材！我在成都破慈雲寺，回到青城山金鞭崖，住了些日。你知道我是閒不慣的，又出來走走，適才路過此地，忽然一聲雷震，知道同道之人在此。將身隱在林中偷看，才看出夫人與令徒正在比劍，就開了個玩笑。」

妙一夫人笑道：「說起來慈雲寺一事跟英瓊也算有點干係，你就給她講一下經過吧，就當是長點見聞。」

朱梅對英瓊笑道：「這一役真正熱鬧得很，除掉了許多異派的妖孽，可惜被綠袍老祖那條大魚漏網了，慈雲寺群邪裡的『瘟神』俞德，正是你父親的義弟『齊魯三英』之一周淳的夙仇！」

李英瓊一聽得「齊魯三英」，心中已是陡地一凜，又聽到了周淳的名字，急道：「師父，可是周二叔有了什麼危險？」

妙一夫人道：「你周二叔有一個仇人，叫作俞德，近數年來，拜在西藏妖人毒龍尊者門下，學成了一身本領——」

英瓊急道：「二叔不會法術，要是被妖人找到——」

英瓊情見乎辭，朱梅在一旁，呵呵笑了起來，道：「別替他擔心，他自有他的遇合！」接著講起成都慈雲寺和妖邪鬥法的經過，事情確在周淳身上而起。

周淳在離了峨嵋山之後，兼程趕路，一日來到一個縣城之中，走到街上，忽然看見前面圍著一叢人在那裡吵鬧。

他走到近前一看，只見一家店鋪的階沿上，坐著一個瘦骨枯乾的老頭兒，穿得很破爛，緊閉雙目，不發一言，旁邊的人，也有笑罵的，也有說閒話的。

周淳便向一人問起究竟，才知道這個老頭從清早便跑到這家飯鋪，要酒要菜，吃了一個不亦樂乎，剛才趁店家一個不留神，便溜了出來，店家早就疑心他在騙吃騙喝，猛然發覺他逃走，如何肯輕易放過？他剛走到門口，便追了出來，正要拉他回去，不想一個不留神，把他穿的一件破大褂撕下半邊來。

這老頭勃然大怒，不但不承認是逃走，反要叫店家賠大褂。老頭並且還說他是出來看熱鬧，怕店家不放心，故將他的包袱留下，店家進去查看，果然有一個破舊包袱，起初以為不過包些破爛東西，誰想當著眾人打開一看，除掉幾兩碎銀子外，還有一串珍珠，有黃豆般大小，足足一百零八顆！

於是這老頭格外有理了，他說店家不該小看人：「我這麼貴重的包袱，放在你店中，你怎能疑心我是騙酒飯賬？我這件衣服，比珍珠還貴，如今被你們撕破，要是不賠我，我也不打官司，我就在你這裡上吊！」

第五回 綠袍老祖 極樂真人

眾人勸也勸不好，誰打算進去，就跟誰拼命，非讓店家賠衣服不可！

周淳聽了，覺著非常稀奇，擠進前去一看，見這老頭穿得十分破爛，一臉的油泥，趿著兩隻破鞋，腳後跟露在外面，又瘦又黑，身旁有一個小包袱。店家站在旁邊，不住地說好話，把臉急得通紅，老頭只是閉目不發一言。

周淳越看越覺得稀奇，看店家那一副可憐神情，於心不忍，正打算開口勸說幾句，那老頭忽然睜眼看著周淳說道：「你來了？我算計你該來了嘛！」

周淳心中陡地一動，脫口道：「你老人家為何跟他們生這麼大的氣！」

老頭道：「他們簡直欺負苦了我，你要是我的好徒弟，趕快替我拆他的房，燒他的鋪，聽見了嗎？」

周淳聽老頭說話，顛三倒四，正在莫名其妙，旁邊人一聽老頭跟周淳說話那樣近乎，又見來人儀表堂堂，心想：「難怪這老頭那樣的橫，原來有這般一個闊徒弟！」

店家一聽，格外著急，正待向周淳分辯，老頭已自將身子站起，把包袱往身旁一掖，說道：「你來了很好，如今交給你吧！可是咱爺倆不能落一個白吃的名堂，要放火燒房，你得先結完酒飯賬，我走了！」說罷，揚長而去。

周淳見那老頭一走，心中更是突突亂跳，老頭看來貌不驚人，可是周淳輕功絕高，是個會家子，一眼就看出老頭的步法異特，忙塞了一錠銀子在店家手中，追了上去。

一直追到城外林中，才見老頭停步，轉過身來，瞪著眼道：「你那仇人俞德，正在到處找你，你還有空來追我？」

周淳心中一凜，道：「我亦聽聞『瘟神』俞德遠走西藏，拜在『毒龍尊者』門下，學會了一身妖法，求前輩指點！」

那老頭笑道：「我這吃白食的老頭，能幫你什麼，你又不真是我的徒弟！」

周淳心中又一動，忙雙膝一屈，跪了下來，請教老頭名諱，老頭道：「我姓白，名谷逸！」

周淳又驚又喜，道：「你老人家就是五十年前江湖上人稱『神行無影追雲叟』，又是『嵩山二老』之一的白老劍俠麼？弟子有眼不識泰山，望祈恕罪！」那老頭含笑扶起。

周淳又問起他那仇人俞德的情形。原來俞德自拜在毒龍尊者門下之後，學成了本領。自來正邪不能並立，毒龍尊者在西藏一帶，作惡多端，也惹下了不少正派中的仇人，正好趁俞德要找周淳的機會，大張旗鼓，和正派中人為敵。

正派中人以峨嵋派劍俠為主，「嵩山二老」也出力相助，一干劍俠全都暫停在離慈雲寺不遠的碧筠庵中，當下白谷逸帶了周淳，直往碧筠庵而去。

卻說「瘟神」俞德在成都慈雲寺中，已請了不少邪派高手，和慈雲寺住持、妖僧智通，朋比為奸，也知道追雲叟已到了成都。俞德擒住了峨嵋派中一個初入門的弟子「神眼」邱林，在烤問敵人的虛實。

在慈雲寺中，群邪聚集，邱林被綁在地上，「瘟神」俞德問不出什麼，正要下毒手，忽然大殿四壁傳來極其刺耳的「吱吱」鬼聲，一陣風過處，燭焰搖搖，眼前一切，變成綠色。眾人毛髮皆豎，不知是吉是凶，各把劍光法寶準備，以觀動靜。

一霎時間，地上陷了一個深坑，由坑內先現出一個栲栳（注：栲栳，一種柳條編成的籮筐）大的人頭，頭髮鬍鬚絞作一團，好似亂草窩一般；一雙碧綠眼睛，四面亂閃。眾人正待放劍，法元、俞德已知究竟，連忙攔住。

一會兒現出全身，那般大頭，身體卻又矮又瘦，穿了一件綠袍，長不滿三尺，醜怪異常，不是法元、俞德預先使眼色止住，眾人見了這般怪狀，幾乎笑出聲來。

俞德見那人從坑中出現，急忙躬身合掌道：「不知老祖駕到，我等未曾遠迎，望乞恕罪。」說罷，便請那人上座。那人也不謙遜，手一拱，便居中坐下。

這時鬼聲已息，燭焰依舊光明。俞德便領眾人上前互相介紹道：「這位老祖，便是百蠻山陰風洞綠袍老祖。練就無邊魔術，百萬魔兵，乃是魔教中南派開山祖師。昔年在西藏，老祖與毒龍尊者鬥法，曾顯過不少的奇蹟。今日降臨，絕非偶然，不知老祖有何見教？」

綠袍老祖答道：「我自那年與毒龍尊者言歸於好，回山之後，多年不曾出門。前些日毒龍尊者與我送去一信，言說你們又要跟峨嵋派鬥法，他因一樁要事不能分身，托我前來助你們一臂之力。但不知你們已經交過手了沒有？」說時聲音微細，如同嬰兒一般。

俞德道：「我等新近一二日才得聚齊，尚未與敵人見面。多謝老祖前來相助，就煩老祖做我等領袖吧。」

綠袍老祖道：「這有何難！我這數十年來煉就一樁法寶，名叫『百毒金蠶蠱』，放將出去，如同數百萬黃蜂，遮天蓋地而來，無論何等劍仙，被金蠶蠱咬上一口，一個時辰，毒發攻心而死，峨嵋派雖有能人，何懼之有？」

眾人聞言大喜。惟獨邱林暗自心驚，只因身體失卻自由，不能回去報信，不由便嘆了一口氣。

綠袍老祖聞得嘆息之聲，一眼看見地上捆的邱林，便問這是何人。

俞德道：「這是峨嵋派中鼠輩，被我擒來，正在審問之間，適逢老祖駕到，未曾發落，請問老祖，有何高見？」

綠袍老祖道：「好些日未吃人心了，請我吃一碗人心湯吧。」言還未了，忽然面前一亮，一道金光，如匹練般電也似疾地捲將進來。

各人措手不及，齊把劍光法寶亂放出來，那金光如閃電一般飛向空中。綑著的邱林，也已失蹤。

群邪面面相覷，綠袍老祖陰森森一笑：「俞德，你說敵人在哪裡？」

俞德道：「老祖，依晚輩之見，暫時不宜行動，我還請了一位高人前來協助。」

綠袍老祖翻著綠光閃閃的一對怪眼，神情大不為然，俞德忙道：「這位高人，便是當年峨嵋派開山祖師，長眉真人的首徒，如今峨嵋掌教妙一真人的師兄，曉月禪師！他因為長眉真人將峨嵋掌門傳給了師弟，心懷不忿，離開了峨嵋，又拜在苗疆哈哈老祖門下，身兼正邪兩派之長，法力非同小可，等他來了，再行動不遲。」

綠袍老祖神情陰冷，不置可否。俞德忙吩咐眾人陪伴綠袍老祖飲樂，他自己和一個叫龍飛的妖人，先到峨嵋派高人駐足的碧筠庵去探聽虛實。

兩人到離碧筠庵不遠處，便見前面白霧瀰漫，籠罩里許方圓，簡直看不清「碧筠庵」在哪裡，可是身旁身後，仍是清朗朗地，心疑是峨嵋派的障眼法兒。龍飛正要將所煉「九子母陰魂劍」放出，往霧陣中穿去，忽見從來路上飛來萬朵金星！

這時正在丑初，天昏月暗，那萬點金星看來分外鮮明。俞德一見大驚，忙喊：「道兄仔細！」一面說，一面把龍飛拉在身旁，從身上取出一個金圈，放出一道光華，將自己同龍飛圈繞在金光之中。

龍飛便問何故。俞德忙道：「噤聲，你只在旁仔細看動靜便了！」

二人眼看那萬朵金星，飛近身旁，好似那道金圈化成的光華，擋住他的去路，金星在空中略一停頓，便從兩旁繞分開來，過了光圈，又復合一。龍飛耳中，但聽得一陣「吱吱」之音，好似春蠶食葉之聲一般，那萬道金星合成一簇之後，更不遲慢，直往那一團白霧之中投去。

在這一剎那當兒，忽見白霧當中，冒出千萬道紅絲。紅絲與那一簇金星，才一接觸，便聽見一陣極細微的哀鳴。那許多碰著紅絲的金星紛紛墜地，好似正月裡放的花炮一般，落地無蹤，煞是好看。

而後面未接觸紅絲的半數金星，好似深通靈性，見事不妙，電掣一般撥回頭，便往來路退去。那千萬道紅絲也不追趕，仍舊飛回霧中。

俞德看了個目瞪口呆，朝著龍飛低喊一聲：「風緊，快走！」龍飛莫名其妙，還待問時，已被俞德駕起劍光，帶回來路。

俞德到了慈雲寺前面樹林，便停了下來，朝著龍飛說道：「好險哪！」龍飛便問：「適才那是什麼東西？這樣驚人！」

俞德輕輕說道：「起初我們看見那萬道金星，便是綠袍老祖費多年心血煉就的『百毒金蠶蠱』。這東西放將出來，專吃人的腦子。無論多厲害的劍仙，被他咬上一口，一個時辰準死無疑。適才我請大家等曉月禪師到後再說，我見綠袍老祖臉上好似很不以為然的樣子，果然他見我們走後，想在我們未到碧筠庵以前，將金蠶蠱放出，咬死幾十個劍俠，顯一點奇蹟與大家看，誰想人家早有防備，先將碧筠庵用濃霧封鎖，然後在暗中以逸待勞，放出來的那萬道紅絲，不知是什麼東西，居然會把金蠶殺死大半！」

龍飛聽了駭然，俞德又道：「綠袍老祖這時心中說不定有多難受，他為人心狠手毒，性情特別，不論親疏，翻臉不認人。我們回去，最好晚一點，裝作沒有看見這一回事，以防他老羞成怒，拿我們出氣！」

龍飛和俞德待了一會，方各駕劍光回到寺中。見了眾人，還未及開言，綠袍老祖便厲聲問道：「你二人此番前去，定未探出下落，可曾在路上看見什麼沒有？」

俞德搶先答道：「我二人記錯了路，耽誤了一些時間，後來找到碧筠庵時，只見一團濃霧將庵包圍，怎麼設法也進不去，恐怕中了敵人暗算，便自回轉，並不曾看見什麼！」

綠袍老祖聞言，一聲怪笑，伸出兩隻細長手臂，如同鳥爪一般，搖擺著栲栳大的腦袋，睜著一雙碧綠的眼睛，慢慢一步一步的走下座來，走到俞德跟前，突的一把將俞德抓住，說道：「你說實話，當真沒有瞧見什麼嗎？」聲比梟號一般，眾人聽了，俱都毛髮森然。

俞德面不改色的說道：「我是毒龍尊者的門徒，從不會打誑語的！」綠袍老祖這才慢慢撤開兩手，他這一抓，把俞德痛徹心肺！綠袍老祖回頭看見龍飛，又是一聲怪笑，依舊一搖一擺，緩緩朝著龍飛走去。

俞德身量高，正站在綠袍老祖身後，便搖手作勢，那意思是叫龍飛快躲。龍飛也明白綠袍老祖要來問他，絕非善意，正待想避開時，偏偏智通派來侍候大殿的一個凶僧頭目，名喚「盤尾蠍」了緣的，正端著一盤點心，後面跟著知客僧了一，端了一大盤水果，一同進來，直往殿中走去，恰好走到綠袍老祖與龍飛中間，被綠袍老祖一把撈在手中。

了緣一痛，手一鬆，噹的一聲，盤子打得粉碎，一大盤的肉包子，撒了個滿地亂滾。

在這時候，眾人但聽一聲慘呼，再看了緣，已被綠袍老祖一手將肋骨抓斷兩根，張開血盆大口，就著了緣軟脅下一吸一呼，先將一顆心吸在嘴內咀嚼了兩下，隨後用嘴咬著了緣胸前，連吸帶咬，把滿肚鮮血，帶腸肝肚肺吃了個淨盡，然後舉起了緣屍體，朝龍飛打去。

龍飛急忙避開，正待放出「九子母陰魂劍」時，俞德連忙縱過，將他拉住道：「老祖吃過人心，便不妨事了。」再看綠袍老祖時，果然他吃完人心以後，眼皮直往下耷，微微露一絲綠光，好似吃醉酒一般，垂著雙手，慢慢回到座上，沉沉睡去。

眾人雖然兇惡，何曾見過這般慘狀。尤其是雲母山「女崑崙」石玉珠，大不以為然，若非估量自己實力不濟，幾乎放劍出去，將他斬首。

到了晚間，又來兩個女同道：一個是「百花女」蘇蓮，一個是「九尾天狐」柳燕娘，俱都是有名的淫魔，厲害的妖客。俞德同大眾引見之後，因知綠袍老祖愛吃生肉，除盛設筵宴外，還預備了些活的牛羊，與他享用。

晚飯後，大家正升殿議事之際，忽然一陣微風過處，殿上十來支粗如兒臂的大蠟不住地搖閃。燭光影裡，面前站定一個窮道士，赤足芒鞋，背上背著一個大紅葫蘆，斜插著一支如意金鉤。

眾人當中，一多半都認得來人正是峨嵋門下鼎鼎大名的醉道人。見他單身一人來到這虎穴龍潭之中，不出暗暗佩服來人的膽量。

俞德正待開言，醉道人業已朝大眾施了一禮，說道：「眾位道友在上，貧道奉本派教祖和三仙、二老之命，前來有話請教。不知哪位是此中領袖，何妨請出一談？」

俞德聞言，立起身來，厲聲道：「我等現在領袖，乃是綠袍老祖。

不過他是此間貴客，不值得與你這後生小輩接談。你有什麼話，只管當眾講來。稍有不合理處，只怕你來時容易去時難。」

醉道人哈哈大笑道：「我峨嵋派扶善除惡，為世人除害，難容爾等胡作非為！現在三仙、二老同本派道友均已前往辟邪村玉清觀，明年正月十五夜間，或是貴派前去，或是我們登門領教，決一個最後存亡，且看是邪存，還是正勝！諸位如有本領，只管到十五晚上一決雌雄。貧道此來，赤手空拳，乃是客人，諸位聲勢洶洶何來？」

言還未了，眾中惱了秦朗、俞德、龍飛等，各將法寶取出，正待施放。醉道人故作不知，仍舊談笑自如，並不把眾人放在心上。

俞德雖然怒在心頭，到底覺得醉道人孤身一人，勝之不武。忙使眼色止住眾人道：「你也不必以口舌取勝，好在為日不久，就可見最後分曉。」

醉道人答道：「如此甚好。貧道言語莽撞，幸勿見怪。俺去也。」說罷，施了一禮，正要轉身，忽聽殿當中一聲怪笑，說道：「來人慢退！」

醉道人未曾進來時，早已留心，看見綠袍老祖居中高坐。此時見他發話攔阻，故作不知，問道：「這位是誰？恕我眼拙，不曾看見。」

綠袍老祖聞言，又是一聲極難聽的怪笑，搖擺著大腦袋，伸出兩隻細長鳥爪，從座位上慢慢走將下來。眾人知道醉道人難逃毒手，俱都睜著大眼，看個究竟。

俞德心中雖然不願意綠袍老祖去傷來使，但因他性情特別古怪，無法阻攔；又恨醉道人言語猖狂，也就惟有聽之，暗使眼色，叫眾人準備。

那綠袍老祖還未走到醉道人身旁，只見一道匹練似的金光飛進殿來，便聽一人說道：「醉道友，這班妖孽不可理喻，話已說完，還不走，等待何時？」

眾人情知來了幫手，那道金光來去迅速非常，這一剎那間，看殿上，醉道人已不知去向。

眾人便要追趕，綠袍老祖一聲長嘯，從腰中抓了一把東西，往空中灑去。俞德忙喊：「快收回劍光法寶，由老祖一人施為！」

眾人用目看時，只見綠袍老祖手放處，便有萬朵金星，萬花筒一般，電也似疾，飛向空中，接著綠袍老祖將足一蹬，無影無蹤。

眾人往空中看時，只見最前面一道青光飛也似的逃走，後面這萬朵金星，雲馳電掣地追趕。看看已離青光不遠，忽見萬朵金星後面，飛起萬道紅絲，比金星還快，一眨眼間，便已追上那萬朵金星，好似遇見勁敵，想要逃回，後路已被紅絲截斷。在空中略一停頓，萬道紅絲與萬朵金星碰個正著，但聽一陣「吱吱」亂叫之聲，那萬朵金星如同隕星落雨一般，紛紛墜下地來。

接著便是一聲怪嘯，四面鬼哭神號，聲音淒厲，愁雲密佈，慘霧紛紛。俞德喊一聲：「不好！諸位快降下地來，切莫亂動！」一面將圈兒放起，化成畝大光華，將眾人圍繞在內。

只見地面上萬朵綠火，漸漸往中央聚成一叢，綠火越聚越高，忽地分散開來。綠火光中，現出綠袍老祖栲栳大的一張怪臉，映著綠火，好不難看。

綠袍老祖現身以後，便從身上取出一個白紙幡兒，上方繪就七個骷髏，七個赤身露體的魔女。幡一搖動，俞德等三人便覺頭昏目眩，非常難過。

綠袍老祖正待將幡連搖，忽地一團丈許方圓的五色光華往幡上打到，將幡打成兩截，那五色光華也同時消滅。接著一道匹練似的金光從空降下，圍著綠袍老祖只一繞，便將綠袍老祖分為兩段，金光也便自回轉。倏地又見東北方飛起一溜綠火，飛向老祖身前，疾若閃電，投向西南方而去。

這一幕電影，把三人看了個目定口呆。俞德知事不祥，喊一聲：「快走！」收起圈兒，不由分說，拖了秦、龍二人，飛回慈雲寺而去。

這裡再說醉道人，見綠袍老祖搖擺著往自己身旁走來，便知不好，正準備迎敵時，忽被一道金光引出，剛剛出了寺門，便聽那人說道：「醉道友，你快往回路誘敵，待我與頑石大師除此妖孽。」

醉道人即便答應。回頭看那人時，只見此人身若十一、二歲幼童，穿著一件鵝黃短衣，項下一個金圈，赤著一雙粉嫩的白足，活像觀音菩薩座前的善財童子，並非峨嵋本派中人，看去非常面熟，卻是素昧平生，好生驚奇。

這時，後面綠袍老祖已將金蠶放出，那人只顧催醉道人快走。醉道人也不及請問來人姓名，便駕起劍光，往前逃走，偶然回頭看後面追的萬朵金星發出「吱吱」之聲，漫天蓋地而來，知是金蠶蠱，暗自驚心。

看看將被那些金蠶追上，忽見蠶後面又飛出千萬道紅絲，把金蠶消滅了個淨盡，便回轉劍光，來看動靜。只見一道金光過處，將綠袍老祖分為兩段，知是那人所為，心中大喜，急忙走近前看時，只見地上倒著綠袍老祖的下半截屍身，上半截人頭已不知去向，剛才用金光救自己出險的那人，同頑石大師正在說話。

頑石大師一見醉道人回轉，便趕上前來說道：「醉道友快來拜見，這位老前輩，便是雲南雄獅嶺長春岩無憂洞，極樂童子李老前輩。這次若非老前輩大發慈悲，這綠袍老祖妖孽的金蠶，怕不知道要傷若干我們同道！只是我多年煉就，全仗它成名的一塊五雲石，生生被業障斷送了。」

醉道人聞言，才知這人便是當年青城派鼻祖「極樂真人」李靜虛。昔日陪侍「長眉真人」任壽，曾經見過，怪不得面熟。

其時真人劍術自成一家，與峨嵋派鼻祖長眉真人不相上下，因為收錯了兩個徒弟，胡作非為，犯了教規。他把惡徒擒回青城，遍請各位劍仙到場，按家法處治。從此，極樂真人無意收徒傳道，退隱到雲南雄獅嶺長春岩無憂洞，靜參玄宗。數十年功夫，悟徹上乘，煉成嬰兒，脫去軀殼，成了散仙，從此便自號「極樂童子」。

（注：「煉成嬰兒」中的「嬰兒」，是道家的術語，也稱「元神」，也就是俗稱的「靈魂」。在道家的修仙過程之中，先修元神，在形象上，元神是一個和肉體一樣，但是十分細小的「小人」，所以又稱「嬰兒」。在元神煉成之後，可以由人體的頂門，自由出入。到時，軀體的死亡變成次要，元神可以投胎重生，或另外進入別的軀體之中，或就以元神生活，不要軀殼，從而達到永生的目的。）

原來自從極樂真人雲南退隱之後，本想在洞中一意精進，上升仙闕，一來外功未滿，二來青城派劍法尚無傳人，終覺可惜，打算物色一位真正根基深厚、心端品正的人承繼道統，那日偶遇玄真子，談起各派情形，知道不久各派在成都有一場惡鬥，便來到成都，想到他們兩下住處都去觀察一番，順便看看有無良緣者在內。

他剛到慈雲寺，便見綠袍老祖居中高坐，剛離慈雲寺，又遇見「神尼」優曇，說綠袍老祖妖法厲害，極樂真人煉有三萬六千根「乾坤針」，可以對付，真人答應除去綠袍老祖，代世人除害，因算準綠袍老祖會放金蠶出來害人，先將碧筠庵用霧封鎖，後來從霧中放出「乾坤針」，將金蠶除了一小半。知道綠袍老祖決不甘心，仍在暗中監視。

今晚真人見醉道人冒險入寺，又見頑石大師跟在後面，便上前去相見。他叫頑石大師藏在暗處，聽他招呼，再行動手。然後進去將醉道人救出，叫他逃走誘敵。他後面用「乾坤針」去殺金蠶，以防逃走，而絕後患，後來綠袍老祖展動「修羅幡」，頑石大師知道厲害，便想乘其不備，從暗中用「五雲石」將他打死。

誰想幡雖被石打折，「五雲石」受妖幡汙穢，也同歸於盡，真成了一塊頑石，把多年心血付於一旦，好不可惜。

醉道人拜見真人之後，又謝了相助之德。真人道：「為世除害，乃是分內之事，這倒無須客氣，不過這妖孽煉就一粒『玄牝珠』，極其厲害，已與他元神相合，藏在後腦之中，適才不及施放，便被我將他斬成兩段，我又見他被一個斷臂的妖人偷了上半身逃走，必定拿去為禍世間。我做事未能全始全終，難免又惹下許多麻煩了！」

醉道人聽罷真人之言，便恭恭敬敬地請真人駕臨辟邪村去，相助破慈雲寺。

真人道：「你們各派比劍，雖有邪正之分，究竟非妖人可比。我當初曾因收徒不良，引為深憾，怎好意思代死去的朋友（指混元祖師）整頓門戶？況且他們很少出類拔萃之人能同你們抵敵，這個我萬萬不能奉陪。」

醉道人不敢勉強，便請真人駕到辟邪村小坐一會兒，好讓一班後輩瞻仰金容。真人也本想看看峨嵋後進中根行如何，答應同去。

朱梅早已聽人說遠遠半空中滿天金星同萬道紅絲相鬥，出來看時，已認出是真人的「乾坤針」，正破金蠶。便回來招呼眾人，迎上前去。才離庵門不遠，便見醉道人和頑石大師陪著真人駕到，當下接了進去。

真人遍觀峨嵋門下，果然有不少根行深厚之人在內，但是俱與他無緣，坐了一會兒便要走，眾人挽留不住，只得隨送出了庵門。

真人袍袖一展，一道金光，宛如長虹，照得全村通明，起在空中，便自不見。矮叟朱梅向不服人，自問也望塵不及。其餘眾人，更是佩服不已。

慈雲寺內，法元、智通、俞德等妖人，見極樂真人現身大展神威，連綠袍老祖尚且一照面就吃了大虧，越發感覺到峨嵋派聲勢浩大，能人眾多，非同小可，如何還敢久留？早就紛紛逃竄。

俞德自然回到西藏他師父毒龍尊者處哭訴，毒龍尊者又廣請高手，後又生出許多事來，不提。

且說朱梅向妙一夫人說起了慈雲寺中的經過，以及碧筠庵中的有趣熱鬧情形，將在一旁的李英瓊聽得目瞪口呆，欣羨不已。

朱梅指著李英瓊，道：「我來此之前，遇到崑崙派的赤城子，被仇人斷了一臂，向我提起，有一個小女孩資質過人，想來就是你了？」

英瓊已知朱梅是前輩高人，忙又過來行禮，朱梅笑道：「長眉真人的紫郢劍今又二次出世，想是異派中殺劫又要將興了。你小小年紀，這樣好的根基秉賦，將來光大貴派門戶是一定的了，初次見面，無甚相贈，恰好收服了一隻猩猿，十分通靈，送給你吧！」說罷，嘬唇一嘯，林中奔出一頭又高又大的猩猿來，拜伏在地，英瓊看了大喜。

妙一夫人笑道：「根基雖厚，還在她自己修為，前途哪能預料呢？此地妖人已死，不知他巢穴以內什麼光景，有無餘黨。現在天已入夜，你我索性斬草除根，道友以為如何？」

「矮叟」朱梅笑道：「我是無可無不可的！」說罷，三人帶著一隻猩猿，邁步前行。

走到坡旁，妙一夫人便從身上取出一隻粉色小瓶，倒出一些粉紅色的藥末，彈在那妖人屍首上面，由他自行消化，不提。

三人又往前走了半里多路，才看見迎面一座大石峰，峭壁下面有一個大黑洞，知是妖人巢穴，這時已屆黑夜，「矮叟」朱梅與妙一夫人的目力自然不消說得，就連英瓊，這些日在山中行走，多吃靈藥異草，目力遠勝從前，雖在黑夜也能辨析毫芒。

當下三人一猿，一齊進洞，走進去才數丈遠近，當前又是一座石屏風。轉過石屏，便是一個廣大石室，室當中一個兩人合抱的大油缸，裡面有七個火頭，照得合洞光明，如同白晝。

英瓊無意間向壁上一看，「呀」的一聲，羞得滿面通紅！

妙一夫人早看見壁上畫者許多春畫，盡是些赤身男女在那裡交媾。知是妖人採補（**注：「陰陽採補」也是道家術語，道家相信男女性行為可以達到延年益壽之功。**）之所，將手一指，一道金光過處，英瓊再看壁上的春畫時，已然全體粉碎。

那猩猿生來淘氣，看見油缸旁立著一個鐘架，上面還有一個鐘槌，便取在手中，朝那鐘上擊去。一聲鐘響過處，室旁一個方丈的孔洞中，跳出十來個青年男女，一個個赤身露體，相偎相抱地跳舞出來。

第六回

難女芷仙　同門歡聚

英瓊疑是妖法，剛待拔劍上前，妙一夫人朝那跳舞出來的那一群赤身男女臉上一看，忙道：「英瓊住手！」

那十幾個赤身男女竟好似不知有生人在旁，若無其事，如醉如癡的，在空中跳舞盤旋了一陣，成雙作對地跳上石床上面，便要交合。

妙一夫人陡地大喝一聲，運用一口五行真氣，朝那些赤身男女噴去。那些男女被妖法拐上山來，受了妖術邪法所迷，神智已昏，每日只知淫樂，供人採補，至死方休。妙一夫人一聲當頭大喝，立刻破了妖法，一個個恍如大夢初覺，蹲在地下，放聲大哭。

妙一夫人看見他們這般慘狀，好生不忍，忙對他們說道：「你等想是好人家子女，被這洞中妖道用邪法拐上山來，供他採取真陰真陽，受他邪術所迷，如不是我等來此相救，爾等不久均遭慘死！現在妖人已被我等飛劍所誅，事已至此，你等啼哭無益。」

妙一夫人把話說完，眾男女一齊膝行過來，不住叩頭，苦求搭救。妙一夫人只得用好言安慰，英瓊看不慣這些赤身男女狼狽樣兒，便把頭偏在一旁。

忽見朱梅在前，猩猿在後，捧著一大包男女衣服鞋襪，從後洞走了出來。各人見了衣履，搶上前去，分別認穿。那衣履竟不下百十套，眾人穿著完畢，還剩下一大堆。

妙一夫人便向朱梅道：「朱道友，這剩的衣服如此之多，想是那些衣主人已被妖道折磨而死。道友適才進洞，可曾發現什麼異樣東西？」

朱梅笑道：「我見道友有心有腸去救這些垂死枯骨，覺著沒有什麼意味，我便帶著這猩猿走到後洞，查看妖道可曾留下什麼後患，居然被我尋著一樣東西，道友請看！」

妙一夫人接過朱梅手中之物一看，原來是一個麻布小幡，上面滿布血跡，畫著許多符籙，大吃一驚道：「這是『混元幡』！邪教中極厲害的妖法，看這上面的血跡，不知有多少冤魂屈魄附在上面！幸而我們不曾大意，如果不進洞來，被別的妖人得了去，那還了得？要破此物，非苦行大師不可，待我帶到東海，交苦行大師消滅吧！」

朱梅點了點頭，說道：「道友之言不差，要將此幡毀去，果然非苦行頭陀不可。否則你我如用真火將它焚化，這幡上的千百冤魂何辜？這妖道也真是萬惡，適才在後洞中，還看見十來個奄奄垂斃的女子，我看她等俱已真陰盡喪，魂魄已遊墟墓，救她苟延殘喘，反倒受罪，不忍看她們那種掙命神氣，被我每人點了一下，叫她們毫無痛苦的死去了！」

妙一夫人望著眼前站的這一班男女，一個個眉目清秀，淚臉含嬌。雖然都還是丰采翩翩，花枝招展的男女，可是大半真元已虧，叫他們回了家，也不過是使他們骨肉家人團聚上三年五載，終歸癆病而死罷了。

正在此時，只見其中有一個女子，才十五、六歲，生得非常美貌，正在哭泣，妙一夫人才一看她，她便跑向妙一夫人身前跪下，哭訴道：「難女裘芷仙，原是川中書香後裔，隨兄嫂往親戚家中拜壽途中，被那妖道擄到此地，失了知覺，求死不得，今日幸蒙大仙搭救，醒來才知妖道已伏天誅。難女已然失身，何顏回見鄉里兄嫂？除掉在此間尋死外，別無辦法了！」

妙一夫人細看裘芷仙，看出她為人貞烈，不由動了惻隱之心，正要開口說話，那裘芷仙已一頭往石壁上猛撞上去。

英瓊身法何等敏捷，見芷仙楚楚可憐，早動了憐憫之心。立時身子一縱，搶上前去，將她抱了回來。

妙一夫人便道：「你身子受汙，原是中了妖法，我看你真陰雖虧，根基還厚，將你送往我一個道友那裡，隨她修行，你可願意？」

裘芷仙一聽此言，喜出望外，急忙跪下謝恩，叩頭不止。

當下妙一夫人用仙法送走了那干男女，英瓊自覺有點肚餓，便將在莽蒼山得來的那種朱紅色果子取出來，「矮叟」朱梅一眼看見那數十枚朱果，大為驚異，便問妙一夫人道：「這不就是朱果麼？我學道這多年，也未見過，只從先師口中聽說過此果形狀，令徒從何處得來這許多，豈非異數？」

妙一夫人笑道：「沒錯，此果食之可以長生益氣，輕身明目，生於杳無人跡的石頭上面，樹身隱於石縫之中，不到開花結果時決不出現。所以深山採藥、修道的高人隱士，也千百年難得遇見！」

英瓊聽了，忙取了十枚獻與朱梅。朱梅也不客氣，吃了兩個，把其餘的揣在身旁，說道：「此果我尚有用它的地方，既然令徒厚意，我就愧領了。不過我這個窮老頭子，收了小輩的東西，無以為報，豈不羞煞？」

說罷，從身上取出一個二寸長，類似一支冰鑽，似金非金，似玉非玉的東西，交給英瓊道：「這件東西，是我近日在青城山金鞭崖下掘土得來，發現之時，寶氣上沖霄漢，等我取到手中，見上面篆文刻著『朱雀』兩個字，放在黑暗之中，常有五彩霞光，無論什麼堅硬的金石，應手立碎！知是一個寶貝，只是不知它的用法，我索性就送與你，等你見過令師妙一真人，再問用法吧！」

英瓊聞言，拿眼望著妙一夫人，還不敢伸手去接。妙一夫人示意英瓊跪下領謝，英瓊連忙跪下，謝了朱梅，接過這根冰鑽。

她自從被赤城子帶出，雖然辛苦顛沛了好多日，然而既得了許多異果奇珍，又得拜了劍俠中領袖為師，可算此行不虛，真是興高采烈，心頭說不出來的歡喜。

這時已屆天明時分，忽聽洞外連聲鵰鳴，英瓊不及再顧別的，縱身出去看時，果是神鵰佛奴同約牠去的那隻白鵰回來。

英瓊這一喜非同小可，高興得忘了形，將身一縱，躍起十餘丈高下，抓住神鵰佛奴的鋼爪。

那神鵰佛奴原隨牠的同伴由峨嵋回到白眉和尚那裡，去煉骨洗心。（注：「煉骨洗心」，佛家的術語，佛門廣大，無所不渡，禽獸一樣可以皈依我佛，但禽獸要登正果，程序上比人困難得多，要經脫胎換骨，洗心伐髓等手續。）等到服完白眉和尚賜的丹藥之後，白眉和尚對牠說道：「你的同伴玉奴，已是脫離三劫，將歸正果的了，惟有你三劫未完，殺心太重，我在十年之中就要圓寂坐化，念你跟隨我一場，特地命玉奴將你喚回，與你脫胎換骨，洗心伐髓，你的新主人仙緣甚厚，可仍回到她那裡忠心相隨，自然能助你完成三劫，得升正果，你此去就無須乎再來了！」

神鵰佛奴早已通靈，聽了白眉和尚之言，已知前因後果，便長鳴了數十聲，白眉和尚知牠依戀不捨，又對牠說道：「你不必再依戀我，你的新主人現時已不在峨嵋。你此去由莽蒼山順路經過，便能在路上相遇，她正要用你回山，急速去吧！」

神鵰佛奴仍是依依不捨，幾經白眉和尚催逼，才行上道。那白鵰玉奴同伴情深，仍舊送牠飛回，這兩頭鵰排雲橫翼，疾若流星，哪消半個時辰，已飛到了莽蒼山。

英瓊抓住佛奴的鋼爪時，佛奴早已認清是牠的主人李英瓊，慢慢飛翔下來。英瓊著地後，妙一夫人和「矮叟」朱梅也走了出來。神鵰佛奴又朝空中叫了兩聲，白鵰玉奴也束翅下來。兩頭神鵰站在英瓊身旁，竟比她人還高。

朱梅認得這兩頭鵰，是白眉和尚之物，非常厲害，尋常劍仙俱奈何不了牠們，居然會聽英瓊使喚，真是奇怪，笑對英瓊道：「你竟有許多送上門來的奇緣，那白眉和尚脾氣好不古怪，居然肯把座下兩個靈禽贈你，豈非亙古未聞的奇事嗎？」

英瓊心喜，指著那隻大猩猩，便朝黑鵰佛奴說道：「這個猩猩乃是朱師伯送予我的，異日幫我照應門戶，採摘花果，極為得用，煩你轉求送你來的那位穿白衣的同伴，帶牠回峨嵋，那就再好不過了。」

話言未了，那白鵰一個騰達，撲向猩猩身上，舒開兩隻鋼爪，就地將猩猩抓起，沖霄而去。嚇得那猩猩連聲怪叫，眨眨眼沖入雲霄，往峨嵋方面而去。

妙一夫人道：「我們眾人眼前就要分手，英瓊有神鵰、猩猿作伴，別的自可無憂，不過你從師才只一日，要將功訣一齊傳你，短時間內自是不能辦到，你可隨我到前面坡下，先將練劍的初步功夫口訣傳你吧！」

於是領了英瓊走開，將許多要訣一一指點，英瓊天資穎異，自是牢記於心，一教便會。

妙一夫人傳完口訣，日光業已滿山。英瓊、芷仙依依不捨地拜送妙一夫人、朱梅走去之後，英瓊笑對芷仙道：「姊姊休要害怕，請隨妹子到峨嵋去吧！」

芷仙見英瓊小小年紀有如此驚人本領，心中非常羡慕佩服，聞言笑道：「妹子命薄，慘遇妖人，迷卻本性，失節辱身，恨不早死！多蒙仙師垂憐援手，准許妹子到姊姊洞府中，隨著姊姊修行，真是恩施格外，自墮魔劫後，已把生死二字置之度外，況有姊姊同乘，何懼之有？」

英瓊道：「如此甚好，我們走吧！」一面說，一面先扶芷仙坐了佛奴背上去，叫她兩手緊攀神鵰翅根，閉緊雙目，不要害怕，自己隨著也騰身而上。還怕芷仙坐不牢穩，一手緊抓神鵰近身處鐵羽，一手伸向芷仙胸前，將她攔腰抱住，才喊得一聲「起」，那神鵰長鳴一聲，健翮展處，已自離地二、三十丈高下！

英瓊在鵰背上喊道：「金眼師兄，飛得低些，一來沿途可以看見風景，二來省得裘姊姊害怕！」那神鵰果然聽話，不再高飛，就在離地二、三十丈高下，朝前飛去。

芷仙起初還覺有一些頭暈，後來覺著平穩非常，不禁低頭往下偷看，眼中一座座大小峰巒，在腳底下飛一般滑向身後。春山如繡，風景絕佳，不禁在鵰背上連喊有趣。

英瓊恐怕她得意忘形，失手跌了下去，剛要喚她留神，忽然那鵰倏的加緊速度，飛越下面一個山凹處。英瓊忙朝下面看時，只見山凹旁跑出一個非尼非道的女子，手中執著一柄寶劍，正在念誦口訣，跟著將手中執的那柄劍朝長空擲去，脫手便是一陣黑煙，夾雜著一溜火光，朝著神鵰身後飛來。

神鵰聞得身後風聲，略將身子迴旋，往後一看，風馳電掣一般，直往前面逃走。那鵰飛得那般神速，又不似適才平平穩穩的朝前飛去，時而高舉沖霄，時而弩箭脫弦一般往下瀉落，漫說芷仙膽戰心搖，就連英瓊也覺著頭暈眼花。

兩人都是迎著劈面的天風，連口都張不開。英瓊深怕芷仙受不住這般劇烈震撼，遭受危險，急中生智，忙將頭躲在芷仙身後，好容易迸出兩句話道：「這般逃法，不大妥當，莫如降落下去，同來人拼個你死我活罷！」

神鵰本通靈性，恰好這時正朝前面一個低坡飛去，聽了英瓊呼喚，順勢降落。

這時已飛出十來里地，離那飛劍已經很遠，等到神鵰落地，英瓊扶著芷仙跳將下來，芷仙已是頭昏腳軟，支持不住，坐倒地下。

忽聽神鵰一聲長鳴，倏地捨了英瓊，往空便起。英瓊連忙抬頭看時，原來敵人飛劍已然趕到，被那神鵰迎個正著，朝那黑煙火光飛去。

英瓊不知神鵰本領，深怕有了差池，忙喊：「金眼師兄，快快下來！待我同她對敵！」話猶未了，神鵰已衝入煙火之中，一個迴旋，已將敵人飛劍抓入爪中，飛下地來。

英瓊看見神鵰爪中抓著一把寶劍，煙火圍繞，心中大喜，適才說話時，已將身旁紫郢劍拔在手中，急忙迎上前去，那鵰還未落地，便將寶劍擲將下來。

英瓊見那劍煙火圍繞，不敢用手去接，又見劍稍微往下一沉，離地還有丈許，好似空中有什麼吸力，略一停頓，又要往空中飛起！

英瓊怕劍飛走，便不怠慢，忙將手中劍縱身往上一撩，撩個正著，十餘丈紫色寒光過處，「噹」的一聲，將敵人那口飛劍削為兩截，火滅煙消，墜落地上。

英瓊見神鵰如此靈異，越發珍愛，便上前去撫弄牠的翎毛，看看並無傷損，越加高興，又仗著自已有神鵰寶劍，不覺心粗膽壯起來，便對芷仙說道：「此地離敵人巢穴不遠，雖然是個險地，但是妹子有白眉師祖座下神鵰，又有長眉真人的紫郢劍，料無妨礙，姊姊既然勞累，我們休息一會，吃點果子再走吧！」說罷，取了兩個朱果遞與芷仙。

二人正吃朱果，那神鵰忽然叫喚兩聲，用嘴在包裹中銜了兩個朱果，放在英瓊身旁，睜著一雙金眼，大有垂涎之態。英瓊笑道：「你也想吃仙果嗎？我起初還以為你盡吃葷的哩！」說罷，便舉起一個朱果，往空中抛去。神鵰將身微一撲騰，便縱上前去，銜在口中吞下。

英瓊覺著好玩，便取了六、七個朱果，用家傳連珠彈法，打向空中，那神鵰也自狡猾，竟用了六、七種不同身法去接吃，惹得英瓊哈哈大笑。還待向包裹中去取朱果時，一看只剩了幾個了，才想起回山還要送人，便停止不打。

休歇停當，英瓊仍將包裹拴在鵰頸，正待扶芷仙先上鵰背，忽見從身後樹林子內，走出一男三女來。男的看去年紀和自己相彷彿，那三個女的，大的一個也不過二十以內，真是男的長得像金童，女的長得像玉女一般！

才出林來，那年長的一個，口中喊道：「兩位姊姊，暫留貴步，我等有話相煩！」

英瓊起初疑是敵人跟蹤尋來，連忙拔劍在手，及至定睛看清來人，一個個俱是神采英朗，自古惺惺惜惺惺，自然而然的起了一種好感。正要上前答言，忽然一陣狂風過處，飛沙走石，天昏地暗，耳旁又是鬼哭啾啾，竟和昨日遇見妖人光景相像，大吃一驚，忙舞動紫郢劍護著身體，用目尋找那妖人存身之所。

正在四下觀望間，耳旁又聽數聲嬌叱道：「膽大妖孽，擅敢無禮！」語音未了，適才那四個青年男女站立的地方，忽然發出數十丈長，畝許方圓的五色火光，把大地照得通明。光到之處，風息樹靜，霧散煙消，依舊是光明世界，接著便有三道紅紫色，一道青色光華，和兩道金光同時飛將出來。

英瓊這時也辨不出誰是敵，誰是友。只見那幾道光華，向自己頭頂上飛來，慌忙將劍朝上一撩，手中紫郢劍竟自脫手飛出，與兩道紅紫色的劍光迎個正著，立刻在空中絞成一團，隱隱發出風雷之聲。

其餘那三道光華飛過英瓊頭上，並不下落，直投向英瓊身後而去。英瓊正覺著有些詫異，忽聽對面那個年長的女子說道：「我們俱是相助姊姊，為何自己人反爭鬥起來？還不將劍快快收去！省得二寶相爭，必有一傷！」

英瓊聞言，還不明白。芷仙雖在驚惶中，因她無有臨敵本領，只有害怕心思，反較英瓊清楚，早看出來人是一番好意，忙喊：「姊姊休要誤會，來的幾位姊姊是幫你的！」

英瓊剛辨出來人的語意，耳旁又是一聲女子的慘呼，顧不得收劍，忙回頭看時，離自己身後十來丈遠近，躺著適才在空中看見的那個非尼非道，披頭散髮，奇形怪狀的女子。還有一個奇形怪狀的男子，業已望空逃去。再看那鵰，業已往空中飛起，追趕那男的去了！

從她頭上飛過去的那幾道光華，這時正往回飛去。英瓊剛一回身，那年長的女子已走近身邊說道：「姊姊還不收回尊劍，等待何時？」

英瓊再看空中自己的紫郢劍，和那兩道紅紫色的光華，如同蛟龍鬧海一般，鬥得正酣，便用妙一夫人所傳收劍之法，將劍收了回來，然後上前與那四個青年男女相見。

英瓊還不曾開言，那年長的一個女子道：「這位姊姊可是李英瓊，曾遇家母妙一夫人的麼？」

英瓊聞言，忙問那四個青年男女姓名，才知這四個人，兩個是妙一夫人的子女，自己的師姊師兄，齊靈雲和齊金蟬，另一個是餐霞大師的弟子「女神童」朱文。

那個黑衣女郎，年約十六、七歲，生得猿背蜂腰，英姿勃勃，一個鴨蛋臉兒，鼻似瓊瑤，耳如綴玉，齒若編貝，唇似塗朱，兩道柳眉，斜飛入鬢，一雙秀目，明若朗星，睫毛長有二分，分外顯出一泓秋水，光采照人。乃是在峨嵋、武當、崑崙、五台、華山正邪各派之外，異軍突起的女劍仙「墨鳳凰」申若蘭。

申若蘭原是雲南桂花山福仙潭紅花姥姥生平惟一得意的弟子，紅花姥姥自從得了一部道書後，悟徹天人，深參造化，算計自己不久坐化（注：「坐化」，佛家語，圓寂時趺坐如生，稱坐化。在本書中，「坐化」是修道人道已修成，靈魂上升天闕，變成永生的代語），想將申若蘭薦往峨嵋門下。

那齊靈雲學道多年，齊金蟬和「女神童」朱文卻是三生情侶，今生歷劫重逢，與申若蘭偶遇，談得投機，便做了一路。

他們四人才遇見妙一夫人不久，妙一夫人見若蘭根基甚厚，頗為嘉許，當時答應收歸門下，若蘭大喜，上前恭恭敬敬行了拜師之禮。

妙一夫人對靈雲道：「我新收的一個弟子，叫李英瓊，後山的白眉和尚業已他去，李寧父女所居的棲雲洞，直通潭底的凝碧崖，那裡四時長春，到處都是奇花異卉，四外常有飛瀑流泉，終年無雨，最宜於練劍修道。你們到了那裡，可打通捷徑，由靈雲率領，朝夕用功，代傳若蘭、英瓊本門練功口訣。」

齊靈雲帶頭答應著，妙一夫人又道：「英瓊雖然得了師祖的紫郢劍，但是有一個女子同行，恐怕路上難免出麻煩，你們急速去吧！」說罷，妙一夫人腳一頓，一道金光凌空而起，靈雲等四人也駕起劍光，向峨嵋一路追趕。

正飛行之間，忽見前面有一柄異派中人放的飛劍，夾著黑煙火光，如飛前進。依了金蟬，便要動手，靈雲卻連忙止住，想看個究竟，於是也跟在那飛劍後面緊追。

金蟬從煙火中看去，隱隱辨出飛劍前面有一隻大鳥，上面坐定兩個女子，猜是英瓊、芷仙二人，坐著神鵰，被異派中人追趕。正要告訴靈雲上前相助，忽見那隻大鳥倏地似弩箭脫弦一般，飛向下面山坡落下。離開煙火遮蔽，分外看得清楚，是一隻大黑鵰，背上背著兩個年輕女子，更知是英瓊無疑。

可是說時遲，那時快，還未容靈雲等上前相助，那鵰已放下背上兩個女子，倏地沖霄，飛入煙火之中。靈雲知那異派飛劍頗為厲害，還恐那鵰受傷，那鵰卻已將那飛劍用鋼爪抓住。再被下面女子劍上發出十來丈長的紫光一撩，立刻煙消火滅，變成頑鐵，墜落地上。

靈雲見那女子小小年紀，竟是身輕如燕，發出來的劍光，尤為出色，非常忻喜，知道她的敵人決不肯善罷干休。便招呼眾人，遠遠按落劍光，隱身樹林之內，一來想暗中助那兩個女子一臂之力，二來看看她的本領。

在林中待了一會，見那鵰向那用劍女子要了許多紅色果子吃，金蟬見那鵰如此靈異，只喜歡得打跌。待了一會，見敵人無甚動靜，急於要問那兩個女子是否妙一夫人所說的英瓊、芷仙，又見那兩個女子要走，再也忍耐不住，不問靈雲同意，首先出了樹林。

靈雲等也只得跟將出來，靈雲才喊英瓊、芷仙留步時，忽然狂風大作，飛沙走石，鬼聲啾啾，天昏地暗。金蟬有一雙慧眼，早看見黑暗中一雙奇形怪狀的男女，披頭散髮，施展妖法而來！

朱文見是妖法，早將她師父的法寶「天遁鏡」放起，發出十餘丈的五色豪光，破了妖法。靈雲等已看出妖人站的方向，各將劍光飛起，靈雲劍快，首先將那女的當胸刺過。那男的妖人見這些幼年男女個個厲害，只一照面，他的同伴便被殺死，嚇得心驚膽裂，忙藉妖法望空逃走。

這裡靈雲等與英瓊通問姓名之後，果然是妙一夫人所說的李英瓊與裘芷仙，俱各心中大喜。英瓊見是同門師姊師兄，喜從天降，雙方施禮。神鵰佛奴也飛了回來，英瓊便問：「妖人可曾抓死？」神鵰搖了搖頭。知道被妖人逃走，靈雲等俱不知那妖人來歷，只得罷休。

金蟬、若蘭見那神鵰靈慧通神，善解人意，不住上前撫摸牠的鐵羽，那鵰瞪著一雙金光四射的眼睛，站在當地，一任二人摸撫，紋風不動，又神健，又馴善，愛得二人都恨不能騎上一回，才趁心願。大家談談笑笑，非常投機，大有相見恨晚之感。

英瓊、芷仙劍術未成，也不同眾人客氣，竟自騎上鵰背。靈雲等四人也都隨後飛起，緊隨那鵰前後左右，一齊往峨嵋飛去。

那鵰兩翼飛程比劍光還快，只因身上背了兩個凡人，禁受不住天風，只得慢慢飛騰。靈雲等又願意同英瓊在一齊走，故爾兩下速度如一，金蟬、若蘭比較孩子氣重，既愛這兩個新同門，又愛那鵰，時而飛在鵰前，時而飛在鵰後，不時同英瓊、芷仙二人說話。

可是鵰行迅速，撲面天風非常急勁，英瓊將頭藏在芷仙背後，還能勉強回答，芷仙兩手緊攀神鵰翅根，被對面天風逼得氣都透不過來，哪裡還回答得出？

偏偏芷仙天性好強，自從遇救出險以後，覺得自己已非女兒之身，無端受盡妖人糟踐，羞恨欲死。先後遇見英瓊、靈雲這一班小輩劍俠，大半都是比她年紀還輕，一個個俱是本領高強，飛行絕跡，美若仙人，英姿颯爽，又是羨慕，又是佩服，越想越自慚形穢，遠不如人，抱定宗旨，到了峨嵋，無論如何都要從他們學些本領，得他們一點歡心才好。見若蘭、金蟬飛近身旁，問長問短，自己連口也張不開，又怕若蘭、金蟬說她大模大樣，只好點頭微笑，急得渾身俱是冷汗，無計可施。

李英瓊一旦遇見許多本領高強的同門伴侶，並且可以永久和他們在峨嵋一處作伴，再不愁空山寂寞，只喜得心花怒放，洋洋得意。

六人一鵰直飛到天黑，才到了峨嵋後山降下。這時候已是星月交輝，天已二更向盡，眾人下了鵰背，那大猩猩早在洞門口徘徊瞻望，看見主人同了幾個嘉客騎鵰飛來，歡喜非凡，迎上前去，跑前跳後。

英瓊便問：「你早被玉奴抱回來了麼？」那猩猩橫骨已化，能學人言，便學著答來：「回來麼！」

英瓊大喜。金蟬便道：「你說那猩猩是否就是牠，怎麼大得嚇人？」英瓊道：「你光說牠大，牠的心性卻靈巧著哩！」說罷，黑鵰陪著白鵰自在外頭盤旋，英瓊便自揖客進洞。

芷仙在鵰背上坐了這一天，頭暈腿酸，周身如同散了一樣，看見洞中有一張石床，再也支持不住。眾人進洞觀看，她便躺了下來，看見床側石桌上有一封信，寫著「瓊姊親拆」，知是英瓊的信，便取來藏在身畔，不多一會，竟自睡著。

眾人回到主洞，齊靈雲細看英瓊，真是一身仙風道骨，神采清爽，目如寒星，光彩照人，暗想她並未入門，卻比那修煉多年的人看去功行還要深厚。與若蘭一比，真是一時瑜亮，難定高下。母親說她生具異秉，果然不差！

第七回 毒龍尊者 萬妙仙姑

大家說說笑笑，正在高興，忽聽芷仙在床上大叫道：「姊姊們千萬提攜我這苦命的妹子呀！」眾人知她夢中囈語，境由心生，俱都可憐她的遭遇。尤其靈雲自從遇見芷仙，便覺她性情溫和，英華內斂，談吐從容，動人憐愛，不由得點了點頭。

英瓊是空山古洞之中寂寞慣了的人，一旦遠涉山川，迭經奇險，死裡逃生回來，得了許多飛行絕技，本領高強的同門來常共晨夕，喜歡得不知如何才好，一會兒指揮猩猩幫著她打掃床榻，一會兒又去燒鍋煮水弄飯弄菜，把過年時在城內買的那些年貨俱搬出來，請大家食用，又把四壁宮燈點起，忙了個不亦樂乎，逗得若蘭、金蟬高了興，也幫她忙進忙出。中間還夾著一個大猩猩蹦前蹦後，顯得四壁輝煌，人影幢幢，滿洞生春，笑語喧嘩，非常熱鬧。

靈雲、朱文雖然斷絕煙火，但是也還不禁飲食，經不住英瓊勸客情殷，每樣都用了些。英瓊又去看了看芷仙，見她睡得正香，知道她多少夜不得好睡，昨晚熬了一夜，路上受了許多辛苦顛簸，便不去喚她，只與她留下些吃的，灶中添上火，準備她醒來食用。自己仍同大家圍坐，計議明早用「紫煙鋤」去掘開通往凝碧崖的後洞。

英瓊又將和余英男相識的經過，和眾人說了一遍。

靈雲道：「她就是『寒瓊仙子』廣明師太和『女韋護』廣慧師太的徒弟麼？自從那廣明師太誤收了『神手比丘』魏楓娘做徒弟，把平生本領不惜盡心傳授。誰知那魏楓娘在新疆博克山十年冰雪寒風中，將廣明大師獨創的天山派法術學成以後，假說奉了師命，到西南各省收羅弟子，光大門戶，其實卻是仗著本領，到處淫惡不法，又收了西川的黃驌、薛萍、錢青選、伊紅櫻、公孫武、厲吼、仵人龍、邱舲等男女八魔做徒弟，愈加胡作非為起來，氣得廣明師太從新疆博克大阪趕到四川尋她時，被她約來西藏魔教中一個慣使妖法害人，名叫布魯音加的番僧，埋伏在她的巢穴之中，假說請師父去賠罪悔過，由那妖僧暗中用烏鳩刺，廢了廣明師太左臂，還算見機尚早，得逃性命。

「廣明師太逃出來後，因為她素來好勝，吃了徒弟的虧，雖然恨在心裡，卻不好意思尋人報仇，反倒避在一旁，裝聾作啞。那魏楓娘見師父都不敢管她，越加無惡不作。去年被家母同餐霞大師在成都城外將她殺死，八魔才害怕，躲往青螺山斂跡，輕易不敢出頭。事後廣明師太寫信來道謝家母同餐霞大師替她清理門戶，並說她因誤中孽徒暗放毒刺，不久便要圓寂，又說她還有兩個徒弟，甚是不才，只有一個徒弟很好，名叫余英男，可惜不是空門中人，現在她師弟廣慧門下請家母同餐霞大師便中照應等語，想必就是此人了。」

英瓊道：「她只說幼遭孤露，五六歲被惡嬸趕將出來，倒在大雪之中，醒來已在一個山洞內，旁邊還生著火，面前站定兩個尼姑，一個年紀較長的，先收她做了徒弟。不多幾天，那年紀較輕的，忽然要告別回山，行時對年長的說道：『此女資質甚好，師兄莫再把她誤了啊！』那年長的聞言，嘆了口氣說道：『你既如此說，你就把她帶了走；我救她一場，算是我記名徒弟。』說完，便叫英男重又拜師，叵耐廣慧師太到如今，也未把飛劍口訣傳授給她。在我離開峨嵋之前，常同她見面，承她教給我許多打坐刺劍之法，有好些頗與仙師妙一夫人所傳相似，她並說不久便要搬來與我同住。等我明日陪著諸位姊姊哥哥把凝碧崖這條道路打開，再去接她來同住吧。」靈雲聞言，也甚贊同。

自己師兄妹，頭一次聚在一處暢談，大家越談越起勁，一個也不去做功夫，也不去安歇，一直談到天明。

床上芷仙睡了一夜，業已醒轉，見洞口透進來的曙光，還疑是月色。見眾人俱在圍坐暢談，急忙翻身坐起道：「諸位姊姊，天到什麼時候了，怎麼還未去睡？」

若蘭道：「天都亮了，你還睡呢。我們昨晚暢談了一夜，誰也捨不得走開，偏你一人好睡。」

芷仙聽說天明，急忙爬下床，說道：「我昨日也不知怎會那樣睏法，原想倒下去稍歇一歇，竟會睡得那樣死法。可是諸位姊姊也都受過好多日辛苦，倒一絲也不困，真可算得龍馬精神了。」

英瓊道：「你哪裡知道，漫說姊姊們劍術已成，就連我不過稍微懂得一些坐功，常時三五晚不睡，也不當要緊，這有什麼稀奇？」說罷，見眾人不會再睡，一會兒便要去開闢凝碧崖通道，興沖沖跑到後面去燒水煮粥去了。

第二天清早，金蟬、朱文照英瓊所言地點去接余英男，其餘各人按照妙一夫人指點的方向，去開闢通向凝碧崖的捷徑。那地方石壁非常堅固，估量地點已對，便由若蘭取出玄門法器「紫煙鋤」，向那石壁上面鋤去。

紫煙鋤才一鋤下，立時紫光閃閃，滿洞煙雲。大量石塊隨著飛迸，不消十幾下，已將這厚有數尺的石壁，鋤了一個六、七尺長、二尺來寬的石門，盡可容一個人出入。

靈雲便止住若蘭，先縱身進去一看，只見當中一塊丈許方圓、三、四尺厚的大石，蓋在上面，四圍俱是符咒。知道下面便是通凝碧潭的捷徑，便叫若蘭縱身進來，站好方向，往那石上便鋤。怎知鋤下去後，金光閃閃，那石還是紋絲不動。任你紫煙鋤威力再大，也是無效。

靈雲見那紫煙鋤竟然無功，知是白眉和尚的佛法，連忙止住若蘭，率領大家跪倒，默祝了一番。祝罷起身，眼前一道金光亮處，石上符咒竟自不見蹤跡。再次命若蘭動手，這次鋤才下去，那塊大石居然應手而碎。靈雲英瓊也同時拔出劍來動手。

不消頓飯光景，將那塊大石擊成粉碎，現出一個石洞。若蘭順便用鋤，將那石洞中碎石撥開，靈雲見下面黑洞洞地，暗得出奇，一時不敢下去，靈雲想起金蟬有一雙慧眼，能看透雲霧，暗中視物，等他回來，可以領大家下去。

這一等，足等了有兩個時辰，朱文金蟬才得回轉。見了英瓊說道：「你說的那個余英男被人搶了去了。」英瓊聞言大驚，忙問究竟。

朱文道：「我們飛到你所說的那個庵中落下，看見一個年老佛婆在那裡念經，問起英男，才知前幾天，忽然來了一個姓陰的道姑，說是與她有緣，硬要收她做徒弟。英男執意不肯，偏偏那道姑法術非常厲害，不由英男不從，只得勉強拜她為師，那道姑便把她帶走了！」

英瓊聽了，急得說不出話來，金蟬道：「那老佛婆說，英男曾有一信留在洞中！」

芷仙忙道：「昨日我進洞時，曾看見石榻旁邊有一封信，因彼時身子困倦已極，被我隨手塞在床褥底下了！」

英瓊聞言，急忙奔至榻前，將信取出一看，果然是英男親筆。信中說，那個強收她為徒的女仙叫作陰素棠，住在雲南棗花崖，要英瓊回來，千萬請神鵰到棗花崖陰素棠那裡將她救回，再一同逃到白眉禪師處安身等語。英瓊看完這一封信，一陣心酸，幾乎流下淚來，當下便請靈雲等設法去救英男。

靈雲道：「我看陰素棠既然這樣愛惜人才，英男在她那裡決無凶險，我們不願她歸入旁門，去接她回來，自是正理，不過也用不著忙在這一時，等到將凝碧崖開闢出來，再從長計較如何？」

大家聞言，俱都贊同。英瓊雖然性急，也只得任憑靈雲調度，當下重又進石洞，靈雲先命朱文、金蟬二人持著「天遁寶鏡」前導。

初下去時，那洞只容一人出入，加上適才墜下去的碎石礙路，頂又不高，只得魚貫俯身而行。及至走下去有數十丈遠近，忽然覺著空氣新鮮起來。

靈雲忙叫朱文收起寶鏡。果然看見透出一片光亮，和早上出來的曙光一樣。便往那有光所在走了下去，繞了幾個彎子，竟是越走前面越亮。及至走到盡頭，原來已出洞口，面前是一座峭壁。

那洞口上下半截，平伸出去，上面只露出寬約數尺的一個孔洞，四外一無所有。朝上一望，只見雲霧瀰漫，伸手可接，看不見青天，也不知離上面有多高。再走到崖側，往下一望，下面也是層雲隔斷，看不見底。

若蘭失聲笑道：「這裡就是凝碧崖麼？外頭上不見天，下不見地，洞內又是這樣黑洞洞的，我們又不是要逃走避難，好端端地跑到這裡來居住，有什麼意思呢？」

話言未了，金蟬忽然狂呼道：「在這裡了！」

原來眾人起初以為妙一夫人既說凝碧崖是白眉和尚禪悅之所，又叫連九華都不要回去，只在此處學道，估量那裡一定是美景非凡。適才下來時，便充滿了好奇之想。

走了好一會兒黑路，好容易前途才出現一些光明，滿心歡喜。及至走到了盡頭，卻是寸草不生、枯燥無味的一個死崖口。除了靈雲年長，知道妙一夫人叫大家來住，不是別有用意，便是自己同眾人還未走到地頭。英瓊是去過的人，已知道這裡絕非凝碧崖。餘人大半失望。還未容英瓊說話，若蘭已先說出不滿意的話來。那金蟬更是性急，他見崖口上下俱被雲遮，不由分說，將朱文寶鏡搶到手中，揭開錦袱，向下一照。再加上他的一雙慧眼，霞光到處，下面雲霧沖散，早看見底下一個廣崖，崖上下叢生許多奇花異草，佳木繁蔭，溪流飛瀑，映帶左右，果然是一個仙靈窟宅。心中大喜，不由狂喊起來。

大家聽見金蟬高興狂呼，也都圍將過來，雖然看得沒有金蟬那般清楚，也看出下面的山光水影，一片青綠，別有洞天，果然無愧「凝碧」二字。

英瓊對靈雲說：「這裡不是凝碧崖，那凝碧崖我昔日去過，哪裡是這般光景？」

眾人便商量著要駕劍光下去，靈雲道：「我想這條道路到此而止，便要駕劍光才能下去，決沒有這般簡單。母親既叫我們從上面開闢，想必還有路可通。我們下去原不費事，裘、李二位妹子不會御劍飛行，如何下去？」

金蟬還沒開口，朱文搶先說道：「我們既然看見下面景致，是不是凝碧崖還不一定，何妨大家將裘、李二位背的背，帶的帶，先同到了下面，看清地點是與不是，再由我們一同去尋那通下面的捷徑，豈不是好？」

金蟬聽了這一番話，固是心服口服，眾人大半少年喜事，俱都贊同。靈雲也只得同意，便議定由靈雲帶芷仙，朱文帶英瓊，連同若蘭、金蟬，共是六人。

正要舉足，忽聽頂上鵰鳴。英瓊聽出是佛奴鳴聲，忙喚眾人稍停一停再下去。

不多一會兒，果然佛奴從上面崖旁那數尺圓的孔洞中，束翼翩然而下，背上面坐著那個大猩猩。若蘭笑道：「這個猩猩倒會享福，莫非求神鵰攜帶，也到凝碧崖走走麼？」

言還未了，神鵰已飛到英瓊面前落下。猩猩看見主人，忙從鵰背上跳了下來，趴伏在地。英瓊道：「這番我同裘姊姊不必二位姊姊攜帶了。」說罷，拉了芷仙騎上鵰背。

那鵰等二人坐穩，將身往下一撲，就勢舒展兩隻鋼爪，抓起地下猩猩，橫開雙翼，朝孔洞中斜飛下去。

若蘭拍手哈哈笑道：「他們倒好耍子。將來等我遇見機會，也收伏一隻神鵰來騎騎多好。」

朱文道：「你們不用羨慕人家了，快些下去吧。」當下同了金蟬、靈雲、若蘭四人駕起劍光，飛身下去，一會兒工夫便已著地。

英瓊同芷仙已先到，笑對眾人道：「這裡正是凝碧崖，昔日曾被金眼師兄背我來過的，你看那邊崖壁上面不是有『凝碧』兩個大字麼？」

靈雲等舉目往前一看，果然前面崖壁上面有丈許方圓的「凝碧」兩個大字，左側百十丈的孤峰拔地高起，姿態玲瓏生動，好似要飛去的神氣。那凝碧崖與那孤峰並列，高有七八十丈，崖壁上面藤蘿披拂，滿布著許多不知名的奇花異卉，觸鼻清香。

右側崖壁非常峻險奇峭，轉角上有一塊形同龍頭的奇石，一道二三丈粗細的急瀑從石端飛落。離那奇石數十丈高下，又是一個粗有半畝方圓、高約十丈、上豐下銳、筆管一般直的孤峰，峰頂像缽盂一般，正承著那一股大瀑布。水汽如同雲霧一般，包圍著那白龍一般的瀑布，直落在那小孤峰上面，發出雷鳴一樣的巨響。

飛瀑到了峰頂，濺起丈許多高。瀑勢到此分散開來，化成無數大小飛瀑，從那小孤峰往下墜落。峰頂石形不一，因是上豐下銳原故，有的瀑布流成稀薄透明的水晶簾子，有的粗到數尺，有的細得像一根長繩，在空中隨風搖曳，俱都流向孤峰下面一個深潭，順流往崖後繞去。

水落石上，發出來的繁響，伴著潭中的泉聲，疾徐中節，宛然一曲絕妙音樂，聽到會心處，連峰頂大瀑轟隆之響都會忘卻。那濺起的千萬點水珠，落到碧草上，亮晶晶的，一顆顆似明珠一般，不時隨風滾轉。近峰花草受了這靈泉滋潤，愈加顯出土肥苔青，花光如笑。

眾人遇見這般仙景，一個個站在那裡沒聲響，耳聽大自然的仙音，目接無窮盡的美景，不約而同地靜默得呼吸都要停止。金蟬快樂到了極處，忽然在靜寂中一聲狂呼，大家不知不覺地互相歡呼跳躍起來，一同高興讚賞了一陣。

英瓊又向著崖前一株綠蔭如篷、蔭覆數畝地面的參天老楠樹，指給靈雲等看，說此樹便是昔日白眉和尚結茅之所，把前事補敘了許多。

正說得高興，忽然一團黑影從樹頂飛落，把芷仙嚇了一跳，定睛一看，原來是神鵰背著猩猩，猩猩爪上還抓著一串佛珠同一張紙條。

英瓊接過一看，正是師祖白眉和尚所留。大意是說：他已早算出他們要來此地居住，崖壁上面有一個洞府，裡邊有一百多間石室丹房，昔年原是長眉真人準備光大門庭時開闢出來的，後來還沒有用，便已道成升仙，一直沒有人用過。

自從白眉和尚到此借住，又開出來一道靈泉，從各大名山福地移植了許多靈藥異卉，瑤草琪花，更為此地增色不少。

那石洞中的石頭，本是一種透明質地，日夜光明，最宜修道人居住。洞門西面有一條上升的道路，直通後山飛雷嶺髯仙李元化洞府旁邊的一個已經閉塞的石洞之中，南面還有一條上升道路，便是通李寧父女所居的棲雲洞。佛珠贈與英瓊，後來自有妙用等語。

英瓊見紙條上面提到她的父親，不禁動了思親之念，流下淚來。靈雲勸慰了幾句，便從她手中接過那一串佛珠看時，一共只有十八粒，拿在手中輕飄飄的，非金非玉，非木非石，顆顆勻圓，有龍眼般大小，發出來的烏光黑黝黝的，鑑人毛髮，知是一個寶物，想必將來定有用處，仍遞與英瓊套在手上。

英瓊恐楠樹上面還有東西，將身一縱，竄起十餘丈高下，攀著樹梢，將身往上一翻，只兩三縱，已竄入了白眉和尚所居的楠巢之內。

靈雲等縱能飛行絕跡，看見她這種輕如飛鳥、捷比猿猱的輕身本領，也不由點頭讚賞。金蟬、若蘭好奇心盛，雙雙不約而同地跟蹤上去。

三人先後到楠巢裡面一看，那巢全是一些黑白鳥羽做成，又乾淨，又整潔。面積並不大，只有不到兩丈方圓。當中有個大蒲團，旁邊又有兩個小蒲團，此外空無一物。尋了一陣，並無遺物，三人也不再流連，同時縱身下地。

靈雲便領眾人同上高崖，去尋那座洞府，一路上又看了許多奇跡仙景。走了一會兒，尚未尋見那座洞府，

忽聽泉聲聒耳，如同雷鳴一般。眾人往前面一看，對面崖壁下面有一條長澗，寬有數丈。中流倏地突起一座石峰，石峰上面叢生著無數的青松翠柏，四圍俱是大小孔竅。澗中之水，被那小石堆分成十數條銀龍，從崖側奔騰飛湧而來。流到那石峰根際，受了那石的撞擊，濺起幾丈高的水花落下。再分流繞過石峰，化成無數大小漩渦，隨波滾滾往下，流水奔騰澎湃而去。

靈雲等正駐足玩賞，若蘭見那石峰體態玲瓏，屹立中流，一任下面奔流沖射，兀自一動也不動，又雄美，又好玩，心中高興，飛身一

縱，便到了石峰上面。金蟬、朱文、芄瓊也要隨往，忽聽若蘭高叫道：「那底下才是座洞府。」說罷，便飛身回來，拖了靈雲往下走。眾人也隨著下崖。

走下去不到十餘步，果然看見一座石洞。那洞寬大宏敞，正對著那座中流砥柱，洞門上藤蘿披拂，叢生著許多奇花異草，上面有「太元洞」三個大字，大家便走了進去。

但見石室寬廣，丹爐、藥灶、石床、石几色色皆全。裡面鐘乳下垂，透明若鏡。就著石洞原勢，闢出大小寬狹不同樣的石室，共有一百多間。知是祖師長眉真人所留無疑。

走到最後，忽看見一間兩二畝寬的石室，上面橫列著二十五把石凳，猜是將來同門聚會之所。

走過這間石室，地勢忽然越走越高，靈雲記著白眉和尚留紙所說，便率眾人往南走去，果然發現一條甬道。循著這條甬道走了有好半會兒，越走光線越暗，便由朱文、金蟬用「天遁鏡」在前照著行走。

又走了二十多丈遠，前面忽然有石壁擋住，業已到頭，不能前進。正疑錯了方向，忽然鏡光照處，石壁上面似有字跡。近前一看，上面寫著「棲雲門戶」四個篆字。摸了摸石壁，手感微軟，頗似石膏凝結而成。靈雲仔細想了一想，便命若蘭用紫煙鋤姑且試試。一鋤下去，那石頭竟似豆腐塊似的，隨手而落。

靈雲忙從若蘭手中要過紫煙鋤，親自動手，不多一會兒工夫，便已開闢出一個六尺高三尺寬的門戶，正齊那篆字下面，恰好篆字當成門額。石門開通後，見那石壁竟有三尺多厚，探頭往門外一看，忽然看見亮光。

大家走出門去一看，不禁同時歡呼起來。原來外面正是適才由上面下來時，到此無路可通，後來駕劍光下去的那個洞口。此門開闢，上面英瓊所居的棲雲洞，與下面凝碧崖便打通一氣，無須由半山當中再駕劍光下去了。大家高興頭上，便商量在上面先住一宵，明日再將應用東西搬將下去，仔細安排。

這時天色將近黃昏，英瓊便去安排飲食，大家一齊幫她動手將飯做好。未及食用，英瓊猛想起神鵰同猩猩尚在下面，適才急於開闢洞府，不曾想到牠們，急忙出洞看時，已不知在什麼時候竟自回轉，便回洞切了一隻鹿腿，送出洞去與那鵰吃。

因那猩猩吃素，莽蒼山中帶來的黃精、松子業已吃得所剩有限，好生發愁。便對牠說道：「金眼師兄的糧，牠自己能夠去找，還能有富餘，讓我們沾光。你吃的東西大半是些果子，你也有法去尋麼？」那猩猩聞言點頭。英瓊因洞中飯已做好，天已決黑，且過了今天再說，便把所剩的一些松子、黃精都給了那猩猩吃，隨即招呼眾人就座。

靈雲在席上說道：「這次毫不費事，便將師爺遺留的仙府開闢出來。我比諸位年長，我不同諸位客氣，忝做諸位一個老姊姊。不過從今日起，諸位也就此各按年歲稱呼，大家都方便一些，省得客套。此後既在一起練劍學道，便是一家人了。」

當下各人序了一序齒，除靈雲外，芷仙最長，其次便是朱文、若蘭、金蟬，仍是英瓊年紀最小。

各人改了稱呼以後，分外顯得親密。靈雲又給那神鵰、猩猩各取一個名字：神鵰原名「佛奴」，因是白眉和尚座下仙禽，不便照此稱呼，取名「鋼羽」，算是大家同輩中的異類道友；那猩猿便將牠原來名稱顛倒過來，去掉兩字的犬旁，叫做「袁星」。

天黑以後，靈雲便將許多學劍秘訣，按程度不同，分別傳與若蘭、英瓊、芷仙三人。除芷仙是初次入門，只先學習坐功外，若蘭、英瓊二人，一個已得旁門真諦，一個生具仙骨慧心，一點便會。就連芷仙，也是絕頂聰明，不過根行較淺罷了。靈雲傳罷劍訣之後，便不許再為熬夜耗神，率領大家分在幾個石床上打坐練功，一會兒工夫，除芷仙外，俱都入定。一宵無話。

從此眾人每日隨著靈雲在太元洞凝碧崖修煉，十分快樂。英瓊幾次要請靈雲去接英男，靈雲總說無須忙在一時。轉瞬到了四月下旬，雖只三、四月功夫，英瓊進步神速，照著妙一夫人所傳的口訣，加上靈雲旦夕在旁指點，已能御劍飛行，指揮如意。眾人俱覺她前途遠大，未可限量，非常歆羨。

一天早上，靈雲領了眾人，各自分據一個樹巔發出飛劍，練習劍術，忽從崖頂端飛下一道疾若閃電的金光，英瓊、若蘭不知就裡，正要上前抵擋，靈雲已用手一招，那金光便落在她手中，略一停頓，倏地又往空飛去。

眾人俱從樹巔飛身下來，圍在靈雲面前，只見靈雲手上拿著一封書信，原來是乾坤正氣妙一真人的飛劍傳書。上面寫著：西藏毒龍尊者，新近收了八魔為弟子，越加淫惡不法，西川路上的商民受盡他們的荼毒，現在「矮叟」朱梅來信，說三湘「俠僧」軼凡的弟子「煙中神鶚」趙心源同他新收的門徒陶鈞，還同了幾個少年劍俠，要在端午日到青螺山去為世除害。但各人道行淺薄，怕不免心有餘而力不足，叫靈雲、朱文、金蟬三人，即日動身前往川邊青螺山，先尋一個僻靜處安置，隨時到魔宮察看，助趙陶諸人一臂之力等語。

金蟬最是年少喜事，聽見這個消息，歡喜得直跳起來！英瓊近日來已能御劍飛行，便要同去，靈雲因信上沒有寫著她，又因她劍術還未精純，八魔名頭很大，不知深淺，不願叫她去涉險。英瓊卻以為自己雖然拜在峨嵋教祖門下，但只見過妙一夫人，信上沒有提她，焉知不是妙一真人還沒有知道妙一夫人已收她為徒？磨著靈雲要跟了去。

靈雲本極愛她，知道父親不叫她去，不是因為洞府無人主持，便是別有原因，見她的解釋非常幼稚可笑，不忍過分拂她意思，再三婉言勸解說道：「你的劍術還未精純，上不得這般大陣，好在你的資質聰明都異乎常人，再有一年半載，便能出神入化，以後要修外功，何愁沒有這種熱鬧機會呢？」

英瓊還要拉著靈雲撒嬌，忽見若蘭在靈雲身後不住的對她使顏色，暗想：「芷仙姊姊是本領不濟，若蘭姊姊早就學會劍術，還會許多法術，她為何也不說去？我要去，她又止住我，必有緣故？」這幾個月來，英瓊與若蘭感情最好，便想同她商量商量，再同去要求靈雲，便裝作賭氣，往洞內便走。

若蘭假做相勸，隨到房中，對英瓊道：「教祖未提我們，想必是妙一夫人尚未與他見面，不知有我等二人。靈雲姊姊一向謹慎小心，像個道學老夫子，同她商量有何益處？好在你已能御劍飛行，加上座下神鵰，難道她會去，我們就不會去？只管讓她們先走，好在離端午還有七、八天，他們三人前腳走，我們不會隨後跟去，還愁追不上麼？」

英瓊聞言大喜，忽聽外面有人說道：「你們好算計！待我告訴姊姊去。」

英瓊大驚，見是金蟬，忙起身問道：「蟬哥真要去告訴姊姊麼？」

金蟬笑道：「哄你呢！誰不願大家一齊去？又熱鬧，又壯聲勢。你們進來時，我姊姊同文姊俱說你們要出花樣，叫我前來探聽口氣，可惜所托非人，我不肯把二位的真話拿去報告罷了！」

英瓊聞言，不住口的稱謝，金蟬便向英瓊借那神鵰一騎。若蘭哈哈大笑道：「怪不得你要做奸細，原來是別有所圖！」正說之間，靈雲、朱文芷仙三人也一同進來，若蘭便朝英瓊使了使眼色，英瓊仍是裝作生氣模樣。

金蟬重又說起借鵰的事，靈雲道：「你總是小孩子脾氣，我們都能御劍飛行，你偏借瓊妹的鵰則甚？」

金蟬道：「姊姊休要處處怪人，我向瓊妹借神鵰，實含有兩種用意：第一，我身劍合一剛會不滿半年，劍光沒有你們快，省得為我耽誤時光；第二，我們萬一到了青螺山，對敵人家不過，蘭妹、瓊妹到了五月初六、七日見我們尚未回轉，便可騎著那鵰前去接瞧，現在讓那鵰先去認一趟路多好！」

靈雲知他強辯，因是小節，便不再說，英瓊更是無有問題。當下靈雲等便與申、李、裘三人作別動身。若蘭等送靈雲等三人出洞，靈雲又再三囑咐三人，好生溫習功課，不要妄動，然後同了朱文、金蟬，分別御劍騎鵰，破空而去。

靈雲等走後，依了英瓊就要隨後動身，若蘭卻主張何必忙在一時，且等神鵰回來再說，省得追趕不上，迷失路途。芷仙這幾個月來，非常崇拜靈雲，見申、李二人商量跟去，留她一人守洞，恐怕她二人走後萬一發生事端，獨力難支，心中好生不願，但是知道若蘭性情溫和，還好講話，英瓊素來剛直好勝，說做便做，任何人都勸說不轉，靈雲一走，更無人敢干涉她，只得偷偷與若蘭商量。

若蘭好勝好強之心也不亞於英瓊，未便明裡拒絕，卻全推在英瓊身上。芷仙左右為難，好生焦急，無奈何，把守洞居責任重大，恐怕外人前來侵佔，自己不會飛劍無法抵禦的話，再向若蘭懇求。

若蘭見她說時神態非常可憐，便對她道：「此洞深藏壑底，外人哪裡知曉？我們出去，不久就回，哪有這麼巧法就會發生事端？姊姊如對本身多慮的話，我有兩個小法術，乃先師早年叫我到深山採藥時作防身之用的，傳給你吧！」

芷仙聞言大喜，連忙請教，那兩種法術，一個類似隱身法，叫作「木石潛蹤」，還有是一面小幡，倘若遇見敵人鬼怪，抵敵不過時，將這幡一展動，立地生出雲霧，遮住敵人視線，好藉機逃走。

說著，若蘭便從懷中取出一幡，連同各樣口訣一同傳授，雙方又演習了幾回，俟演習純熟，天已近夜。

次早出洞，神鵰業已在夜間回轉，英瓊囑咐了袁星幾句，叫牠一切須聽芷仙調遣，不准擅離洞府。袁星數月來隨著眾人打坐，越加通靈，已將人言學會，聽見主人吩咐，即忙點頭遵命。

英瓊高高興興的與若蘭二人，手把手騎上鵰背，向芷仙道聲「珍重」，健翮凌雲，直往青螺山飛去！芷仙目送申、李二人走後，使命袁星去將通向上面的門戶用大石封閉，日夕用功，靜等他們回來。不提。

如今卻表那「西川八魔」，原是綠林中八個劇盜，後來得了一部道書，學了不少法術，更是變本加厲，無惡不作。他們八人，會投到毒龍尊者門下，卻是由「瘟神」俞德身上而起。

俞德在慈雲寺慘敗，狼狽逃走，遇上八魔，談得投機，八魔也久聞西藏毒龍尊者大名，是以一拍即合，由俞德帶到毒龍尊者的魔宮晉見。

八魔在西川橫行時，也頗吃過正派劍俠，峨嵋高人的苦頭，一見毒龍尊者就提了起來，又推及「俠僧」軼凡門下有兩個弟子，端午要來拜山，興問罪之師一事。

毒龍尊者一聽大怒，說道：「峨嵋派實在欺人太甚，這次來的，只是無知小輩，怕他何來？」俞德道：「話雖是如此，上次成都慈雲寺，綠袍老祖何等厲害，對方人也沒有露面，就破了綠袍老祖法寶，將他斬為兩截，至今綠袍老祖何往尚下落不明，不可不小心！」

毒龍尊者連聲冷笑，俞德又道：「黃山五雲步『萬妙仙姑』許飛娘，道術高強，素與峨嵋有仇，與師父又是舊識，何不請她來助一臂之力？還有華山烈火祖師等人，請得來就請，聲勢先就浩大，有何不好！」

毒龍尊者想了一想，道：「除許飛娘與烈火祖師外，如遇真有本領的只管約來，其餘不三不四估量不是峨嵋對手的，不要亂約！省得到時白白敗輸，丟了自己的臉，還害了別人！」

俞德領命，親自趕往黃山。在山腳下就遇見了「萬妙仙姑」許飛娘的徒弟「三眼紅蜺」薛蟒，同了一個邪教中的淫娃「九尾仙狐」柳燕娘在一起。

薛、柳兩人，也是慈雲寺綠袍老祖敗後，狼狽逃走的妖人，俞德說了來意，三人便駕起劍光同往黃山進發，飛到文筆峰後，俞德要表示恭敬，落下劍光，三人步行上去。

正走著，忽聽路旁松林內有兩個女子說笑的聲音，三人側耳一聽，一個在道：「這樣好的風景，可惜文妹不在此地，只剩我兩人同賞。」

另一個道：「師父說文妹根基深厚，如今又同峨嵋掌教真人的女兒齊靈雲姊姊在峨嵋凝碧崖修煉，前程正未可限量，我們拿什麼去比她？」

起初發言的女子說道：「你好不羞！枉自做了個師姊，看文妹好，你還嫉妒她嗎？」

另一個女子答道：「哪個去嫉妒她？我是替她歡喜！各人的遇合也真有前定，就拿李英瓊說，起初還是個小女孩子，不過根基厚些罷了。先是得了白眉和尚座下的仙禽金眼神鵰，後來又得了師祖長眉真人的紫郢劍，末後又在無意中吃了許多仙果仙藥，抵去百十年苦修，哪一位仙家得道也沒有她這般快法！」

這兩個女子一問一答，聽去是漸漸往林外走來。這時正是孟夏天氣，文筆峰前鶯飛草長，雜花盛開，全山如同繡錦一樣。俞德久居西藏，不常見到這樣好景，又聽這兩個女子說話如同出谷春鶯，婉妙娛耳，先還疑是地近五雲步，定是萬妙仙姑門下，後來卻越聽越不對。

俞德正想問薛蟒時，耳旁忽聽一聲嬌叱道：「慈雲餘孽，敢來送死！」言還未了，現出兩個女子，搖臂處，兩道劍光同時往三人頂上飛來。

三人定睛一看，這兩個女子俞德不認得，薛蟒卻是認得的，正是和許飛娘住處不遠，餐霞大師的兩名女弟子周輕雲和吳文琪，那周輕雲也正是周淳的女兒。

俞德一見劍光飛來，立時也將劍光發出，薛、柳兩人也上前迎敵，雖然是三個打兩個，除俞德還可支持外，薛、柳兩人都漸漸不支。各人飛劍正在空中糾結不開，忽聽空中高聲叫道：「休傷吾師弟！」說罷，便有一道劍光飛來！

劍光落地斂去，現出一個英姿挺拔的青年人，眉目之間像是十分愁苦，正是「萬妙仙姑」許飛娘的大徒弟司徒平。

司徒平的身世極苦，許飛娘在他九死一生之中救了他，是以就拜在許飛娘門下，可是日子一久，司徒平看出許飛娘所作所為，無一件不是倒行逆施，而餐霞大師又近在咫尺，心中對正派大是嚮往，又不敢背叛師門，是以心頭鬱結，難見歡顏。

吳文琪和周輕雲聽師父餐霞大師講起過，知道司徒平雖然身在異派，但是極知潔身自愛，平日相遇，雖不假以詞色，也不以敵人對待，這時見他來到，輕雲對文琪使了個眼色，倏地收回劍光，破空便起。

俞德本要追去，還是薛蟒知道厲害，攔阻道：「適才兩位女子，一個叫周輕雲，一個叫吳文琪，還有一個叫作朱文的，俱是黃山餐霞大師門徒，非常可惡。過去兩座峰頭，便是她們師父洞府。那餐霞大師，連我師父都讓她三分，我們不要打草驚蛇罷！」

司徒平原是奉了萬妙仙姑之命前來接應，輕雲、文琪退去後，近前和薛、俞二人相見，見了柳燕娘那種妖媚淫蕩的神氣，好生不悅。逼於師命，表面上也不敢得罪。將三人陪往五雲步，進洞以後，才告知薛蟒，師父業已在他們鬥劍之際，起身往雲南去了！

原來「萬妙仙姑」許飛娘在黃山五雲步煉了好幾件的法寶飛劍，準備第三次峨嵋鬥劍時，機會一到，才和峨嵋派正式翻臉。可是她自己盡日臥薪嚐膽，忍辱負重，她的一些同道因恨峨嵋派不過，卻不容她暗自潛修，屢次拉她出去，和峨嵋派作對。

許飛娘極工心計，自己總不露面，只是挑撥他人和峨嵋作對。這次俞德前來，她也早知，俞德等上山之際，許飛娘便召司徒平來，道：

「適才我算出你師弟薛蟒和他的妻子柳燕娘，還有毒龍尊者的大弟子俞德前來見我，恰好我正要到雲南去訪看紅髮老祖。我這就動身，你見了他們，將他們接進洞來，再對他們說為師並不知他們前來，適才已起身到雲南去了。俞德走後，可將你師弟夫妻二人安置在後洞居住，等我回來再說。」

司徒平將話轉述，俞德見飛娘不在洞中，聽說往雲南去會紅髮老祖，雲南也有自己幾個朋友，莫如追上前去，追著飛娘更好，追不著，到了雲南，還可再約幾個苗疆能手也好。當下不耐煩和司徒平等多說，道得一聲「請」，便自破空追去。

薛、柳二人雙雙興高采烈，跑到後洞一看，設備甚全，越加趁心。司徒平冷眼看這一雙狗男女摟進抱出，神態不堪，雖不順眼，卻也無法，只得躲在一旁嘆氣。又知道師父對自己不很信任，每疑自己是奸細，自己嚮往正派，又不得其門而入。

正在悶坐，猛一抬頭看見文筆峰那裡，倏地沖起匹練似的一道劍光，緊跟著又沖起一道劍光，和先前那一道劍光鬥了起來，如同神龍夭矯，滿空飛舞。末後又起來一道金光，將先前兩道劍光隔斷，那兩道劍光好似不服排解，仍想沖上去鬥，被那後起劍光隔住，無論如何巧妙，兩道劍光總到不了一塊。

相持了有半盞茶時，三道劍光倏地絞在一起，縱橫擊刺，蜿蜒上下，如電光亂閃，金蛇亂竄！

司徒平立在高處往下面一望，文筆峰下面站著一個中年道姑和兩個青年女子，正往空中凝視，知是餐霞大師又在那裡教吳文琪、周輕雲練劍，越看心中越羨慕。

這三道劍光又在空中舞了個把時辰，眼望下面三人用手往空中一招，金光在前，青、白光在後，流星趕月一般往三人身旁飛去，轉瞬不見。司徒平眼望三人走過文筆峰後，不禁勾起了心事：

「想改投正派，但不知機緣何在？」

第八回　天狐二女　喜結良緣

司徒平心中悶悶不樂，又情知薛、柳二人正在後洞淫樂，不願進去，獨個兒悶氣。正在無聊之際，忽見崖下樹林中深草叢裡沙沙作響。一會功夫，跑出一雙白兔，通體更無一根雜毛，一對眼睛紅如朱砂，在崖下淺草中相撲為戲。

司徒平動了童心，想將這一雙白兔捉住，但那雙白兔奔得快速異常，司徒平追著，來到一個懸崖之前。那一雙白兔忽地橫著一個騰撲，雙雙往路側懸崖縱將下去！司徒平立定往下面一望，只見這裡碧峰刺天，峭崖壁立。崖下一片雲霧遮滿，也不知有多少丈深，再尋白兔，竟自不見蹤跡。

起初還以為又和方才一樣，躲入什麼洞穴之中，少時還要出現。及至仔細一看，這崖壁下面光滑滑地寸草不生，崖頂突出，崖身凹進，無論什麼禽獸都難立足。那白兔想是情急無奈，墜了下去，似這樣無底深溝，怕不粉身碎骨，豈非因一時兒戲，誤傷了兩條生命？好不後悔。望著下面看了一會，見崖腰雲層甚厚，看不見底，不知深淺虛實，不便下去。

正要回身，忽聽空中一聲怪叫，比鶴鳴還要響亮，舉目一望，只見一片黑影，隱隱現出兩點金光，風馳電掣，直往自己立處飛來！只這一轉瞬間，已離頭頂不遠。因為來勢太疾，也未看出是什麼東西，知道不好，來不及躲避，忙將飛劍放出護住頭頂。

說時遲，那時快，一陣大風過去，忽覺眼前一黑，隱隱看見一大團黑影裡露出一隻鋼爪，抓了自己飛劍在頭上飛過。那東西帶起來風勢甚大，若非司徒平年來道力精進，差點沒被這一陣大風刮落崖下。

他連忙凝神定睛往崖下看，只見一片光華，連那一團黑影俱都投入崖下雲層之中，彷彿看見一些五色繽紛的毛羽，那東西想是個什麼奇怪大鳥，這般厲害。

司徒平雖然僥倖沒有死在鋼爪之下，只是飛劍業已失去，想起師父本來就疑忌自己，小心謹慎尚不知能否免卻危險，如今又將飛劍遺失，豈不準是個死數？越想越悔痛交集。

正在無計可施，猛想起餐霞大師近在黃山，何不求她相助，除去怪鳥，奪回飛劍，豈不是好？

正要舉步回頭，忽然又覺不妥：自己出來好多一會，薛、柳二人想必業已知自己不在洞中，現在師父就疑心自己與餐霞大師暗通聲氣，如果被她知道自己往求餐霞大師，豈非弄假成真？想來想去，依舊是沒有活路！想到傷心之處，不禁流下淚來。

正流著淚，忽聽身後有人說話道：「你這娃娃，年歲也不少了，太陽都快落西山了，還不回去，在這裡哭什麼？難為你長這大個子！」

司徒平聞言，回頭一看，原來是一個穿著破爛的窮老頭兒。

司徒平雖然性情和善，平素最能忍氣，在這氣恨冤苦、忿不欲生的當兒，見這老頭子恃老賣老，言語奚落，不由也有些生氣。後來一轉想，自己將死的人，何必和這種鄉下老兒生氣？勉強答道：「老人家你不要挖苦我，這裡不是好地方，危險得很！下面有妖怪，招呼吃了你！你快些走吧！」

老頭答道：「你說什麼？這裡是雪浪峰紫玲谷，我常一天來好幾次，也沒遇見什麼妖怪。我不信單你在這裡哭了一場，就哭出一個妖怪來！莫不是你看中秦家姊妹，被她們用雲霧將谷口封鎖，你想將她們姊妹哭將出來吧？」

司徒平見那老頭說話瘋瘋癲癲，似真似假，猛想起這裡是黃山支脈，非常高險，記得適才那雙白兔所經過那幾處險峻之處，若不是會劍術飛行，休想飛渡，這老頭卻說他日常總來幾次，莫非無意中遇見一位異人？

一面沉思，不禁抬頭去看那老頭一眼。恰好老頭也正注視他，二人目光相對，司徒平才覺出那老者雖然貌不驚人，那一雙寒光炯炯的眸子，仍然掩不了他的真相，越知自己猜想不差，靈機一動，便近前跪了下來道：「弟子司徒平，因追一雙白兔至此，被遠處飛來一隻大怪鳥將弟子飛劍抓去，無法回見師父，望乞老前輩大發慈悲，助弟子除了怪鳥，奪回飛劍，感恩不盡！」

那老頭聞言，好似並未聽懂司徒平所求的話，只顧自言自語道：「我早說大家都是年輕人，哪有見了不愛的道理？連我老頭子還念我那死去的黃臉婆子呢！我也是愛多管閒事，又惹你向我麻煩是不是？」

司徒平見所答非所問，也未聽出那老頭說些什麼，仍是一味苦求。那老頭好似吃他糾纏不過，頓足說道：「你這娃娃真呆！他會下去，你不會也跟著下去嗎？朝我老頭子囉嗦一陣，我又不能替人家嫁你做老婆，有什麼用！」

司徒平雖然聽不懂他後幾句話的用意，卻聽出老頭意思是叫他縱下崖去，便答道：「弟子微末道行，全憑飛劍防身，如今飛劍已被崖下怪鳥搶去，下面雲霧遮滿，看不見底，不知虛實，如何下去？」

老頭道：「你說那秦家姊妹使的障眼法嗎？人家不過是嘔你玩的，那有什麼打緊，只管放大膽跳下去，包你還有好處！」說罷，拖了司徒平往崖邊就走。

司徒平平日憂讒畏譏，老是心中苦悶，無端失去飛劍，更難邀萬妙仙姑見諒，又無處可以逃命，已把死生置之度外。將信將疑，隨在老頭身後，走到崖邊，往下一看，崖下雲層極厚，用盡目力也看不出下面情形。正要說話，只見那老頭，將手往下面一指，隨手發出一道金光，直往雲層穿去！

金光到處，那雲層便開了一個丈許方圓大洞，現出下面景物。司徒平探頭定睛往下面一看，原來是一片平地，離上面有百十丈高下，東面是一泓清水，承著半山崖垂下來瀑布，還有許多不知名的花樹，豐草綠茵，嘉木繁蔭，雜花盛開，落紅片片。先前那隻怪鳥已不知去向，只看見適才所追的那一雙白兔，各豎著一雙欺霜賽雪的銀耳，在一株大樹旁邊，自在安詳地啃青草吃。

司徒平正要問那老頭是否一同下去，回顧那老頭已不知去向。那雲洞逐漸往小處收攏，知道再待一會，又要被密雲遮滿，無法下去。老頭已走，自己又無撥雲推霧本領，情知下面不是仙靈窟宅，便是妖物盤踞之所，自己微末道行，怎敢班門弄斧？

正在盤算之際，那雲洞已縮小得只剩二尺方圓，眼看就要遮滿，萬般無奈，只好硬著頭皮，把心一橫，決定死中求活，跳下去相機設法，盜回飛劍，當下使用輕身飛躍之法，自百十丈高崖，從雲洞之中縱下去！

腳才著地，那一雙白兔看見司徒平縱身下來，並不驚走，搶著跳躍過來。司徒平福至心靈，已覺出這一雙白兔必有來歷，便對那一雙白兔道：「我司徒平蒙二位白仙接引到此，適才被一位飛仙將我飛劍抓去，望乞帶去見飛仙，求牠將飛劍發還，感恩不盡！」

那白兔各豎雙耳，等司徒平說完，使用前爪抓了司徒平衣角一下，雙雙往谷內便跑。司徒平也顧不得有何凶險，跟在白兔身後進了谷口。時已將近黃昏，谷外林花都成了暗紅顏色，誰知谷內竟是一片光明。抬頭往上一看，原來谷內層崖四合，恰似一個百丈高的洞府，洞頂上面嵌著十餘顆明星，都有茶杯大小，清光四照，洞內景物，一覽無遺。

司徒平越走越深，走到西北角近崖壁處，有一座高大石門，半開半閉。又在黑暗中，看到隱隱現出像鸞鳳一般的長尾，有兩點藍光在不時閃動，神情竟和適才所見怪鳥相似，知道到了怪物棲息之所。事已至此，正打算上前施禮，道白一番，忽覺有東西抓他的衣角，低頭一看，正是那兩隻白兔，那意思似要司徒平往右門走去。

司徒平已看出那一雙白兔是個靈物，朝那怪鳥棲息之處躬身施了一禮，隨著那一雙白兔往門內走去。才一進門，便覺到處通明，迎面是三大間石室，那白兔領了他往左手一間走進。

洞中石壁細白如玉，四角垂著四掛珠球，發出來的光明照得全室淨無纖塵，玉床玉几，錦褥繡墩，陳設華麗，到了極處。司徒平幼經憂患，幾曾見過像貝闕珠宮一般的境界？不由驚疑交集。

那白兔拉了司徒平在一個錦墩上坐下後，其中一隻便叫了兩聲，跳縱出去。司徒平猜那白兔定是去喚本洞主人，身居異地，不知來者是人是怪，心中迷惘。

等了有半盞茶時，忽聽有兩個女子說話的聲音，一個道：「可恨玉兒、雪兒，前天聽了白老前輩說的那一番話，記在心裡，竟去把人家引來，現在該怎麼辦呢？」另一個說話較低，聽不大清楚。

司徒平正在驚疑，先出去那隻白兔已從外面連跳帶縱跑了進來，接著眼前一亮，進來兩個雲裳霧鬢，風華絕代的少女來。年長的一個約有十八、九歲，小的才只十六，七歲光景，俱都生得穠纖合度，容光照人。

司徒平知是本洞主人，不敢怠慢，急忙起立，躬身施禮說道：「弟子司徒平，乃黃山五雲步萬妙仙姑門下，剛才一位飛仙誤會，將弟子飛劍收去，我蒙一位仙人指引，撥開雲霧，擅入仙府，望乞二位仙姑將弟子飛劍賜還，感恩不盡！」說罷，便要跪將下去。

那年輕的女子聽司徒平說話時，不住朝那年長的笑，及至司徒平把話說完，沒等他跪下，便上前用手相攙，司徒平猛覺入手柔滑細膩，一股溫香直沁心脾，不由心旌動搖。暗道「不好」，急忙把心神攝住，低頭不敢仰視。

那年長的女子說道：

「我們姊妹二人，一名秦紫玲，一名秦寒萼，乃『寶相夫人』秦珊之女。先母隱居此地已有一百多年，六年前先母兵解飛升，留下一隻千年神鷲同一對白兔與我們做伴，一面閉門修道，遇有需用之物，不論相隔萬里，俱由神鷲去辦，愚姊妹從不和外人來往。前日在崖上閒立，偶遇見一位姓白的老前輩，他說愚姊妹世緣未了，並且因為先母當年錯入旁門，種的惡因甚多。在她元神煉就的嬰兒行將凝固飛升之前，仍要遭遇一次雷劫，把前後千百年苦功一旦付於流水，他老人家不忍見她改邪歸善後又遭此慘報，知道只有道友異日可以相助一臂之力，道友是專為尋劍而來，還是已知先母異日遭劫之事？請道其詳！」

（注：秦紫玲這段話中，要說明的地方頗多，而且都和本書的精義有關。

「兵解」：和以前有關「元神」的注釋有關，即修道人的肉體生命死亡，元神脫離軀殼的一種行為。這種玄妙的道家哲學，現在已漸為西方接受。近年來轟動的美國電影中，就有以靈魂脫離本身軀殼，進入他人體內作題材者。

「旁門」：本書作者，認為除了循佛、道兩門的途徑去修煉成仙之外；其他的一切途徑，都是「旁門」，也稱「旁門左道」。

「雷劫」：雷劫又稱「天劫」，惡因種惡果，善因種善果，修煉仙業的修道人，都有各種各樣的「劫數」，劫數之能否避過，視乎平日的行為而定。只有在安然度過最後的天劫之後，才能成為真仙。）

司徒平聽那女子吐屬從容，音聲婉妙，躬身答道：「弟子實是無意誤入仙府，並無其他用意。那開雲洞的一位仙人，素昧平生，因是在忙迫憂驚之際，也未及請問姓名，他雖說了幾句什麼紫玲谷、秦家姊妹等語，並未說出詳情。弟子愚昧，也不知話中用意，無端驚動二位仙姑，只求恕弟子冒昧之愆，賞還飛劍，於願足矣！」

那年幼的女子，名喚寒萼的，聞言抿嘴一笑，悄對她姊姊紫玲道：「原來這個人是個呆子！口口聲聲向我們要回飛劍，誰還稀罕他那一塊頑鐵不成？」

紫玲怕司徒平聽見，微微瞪了她一眼，再對司徒平說：「尊劍我們留他無用，當然奉還，引道友來此的那位仙人，既與道友素昧平生，他的形貌，可曾留意？」

司徒平本是著意矜持，不敢仰視，因聽秦寒萼向姊姊竊竊私言，聽不大真，不由抬頭望了她二人一眼，正趕上紫玲面帶輕嗔，用目對寒萼示意，知是在議論他。再加上紫玲姊妹淺笑輕顰，星眼流波，皓齒排玉，朱唇款啟，越顯得明豔綽約，儀態萬方，又是內愧，又是心醉，不禁臉紅起來。

他正在心神把握不住，忽聽紫玲發問，心頭一震，想起自己處境，立時把心神一正，如一盆冷水當頭澆下，立刻清醒過來，正容答話，反不似先前低頭忸怩。

紫玲姊妹聽司徒平說到那窮老頭形象，彼此相對一看，低頭沉思起來。司徒平適才急於得回飛劍，原未聽清那老頭說的言語，只把老頭形象打扮說出，忽見她姊妹二人玉頰飛紅，有點帶羞神氣，也不知究理，便問道：「弟子多蒙那位仙人指引，才得到此，二位仙姑想必知道他的姓名，可能見告麼？」

紫玲道：「這位前輩，便是『嵩山二老』中的追雲叟。他的妻子凌雪鴻曾同先母兩次鬥法，後來又成為莫逆之交。他既對道友說了愚姊妹的姓名，難道就未把引道友到此用意說明麼？」

司徒平一聽那老頭是鼎鼎大名的追雲叟，暗恨自己眼力不濟，只顧急於尋求飛劍，沒有把自己心事對追雲叟說出，好不後悔？再將紫玲姊妹與追雲叟所說的話前後一印證，好似雙方話裡有因，都未明說，不敢將追雲叟所說的風話說出，只得謹慎答道：

「原來那位老前輩便是天下聞名的追雲叟，他只不過命弟子跟蹤下來尋劍，並未說出他有什麼用意。如今天已不早，恐回去晚了，師弟薛蟒又要搬弄是非，請將飛劍發還，容弟子告辭吧！」

紫玲聞言將信將疑，答道：「愚姊妹與道友並無統屬，休得如此稱呼。飛劍在此，並無損傷，謹以奉還。只不過道友在萬妙仙姑門下，不但誤入旁門，並且心志決難沆瀣一氣。我看道友晦氣已透華蓋，雖然中藏彩光，主於逢凶化吉，難保不遇一次大險，我有一樣兒時遊戲之物，名為『彌塵幡』，此幡頗有神妙，能納須彌於微塵芥子，經愚姊妹親手相贈，得幡的人，無論遭遇何等危險，只須心念一動，便即回到此間，此番遇合，定有前緣，請道友留在身旁，以防不測吧！」說罷，右手往上一抬，袖口內先飛出司徒平失的劍光。

司徒平連忙收了，再接過那「彌塵幡」一看，原來是一個方寸小幡，中間繪著一個人心，隱隱放出五色光華，不時變幻，聽紫玲說得那般神妙，知是奇寶。

當下躬身謝道：「司徒平有何德能，蒙二位仙姑不咎冒昧，反以奇寶相贈，真是感恩不盡！適才二位仙姑說太夫人不久要遭雷劫，異日有用司徒平之處，自問道行淺薄，原不敢遽然奉命。既蒙二位仙姑如此恩遇優禮，如有需用，只要先期賜示，赴湯蹈火，在所不辭！」

紫萼姊妹聞言，喜動顏色，下拜道：「道友如此高義，死生戴德！至於道友自謙道淺，這與異日救援家母無關，只須道友肯援手，便能解免！」

司徒平當下向紫玲姊妹起身告辭。

寒萼笑對紫玲道：「姊姊叫靈兒送他上去吧，省得他錯了門戶，又倒跌下來。」

紫玲微瞪了寒萼一眼道：「偏你愛多嘴！路又不甚遠，靈兒又愛淘氣，反代道友惹麻煩。你到後洞去將陣式撤了吧。」寒萼聞言，便與司徒平作別，往後洞走去。

司徒平隨了紫玲出了石室，指著頂上明星，問是什麼妙法，能用這十數顆明星照得合洞光明如晝。

紫玲笑道：「我哪裡有這麼大法力。這是先母當初在旁門中修道時，性喜華美，在深山大澤中採來巨蟒大蚌腹內藏的明珠，經多年修煉而成。自從先母歸正成道，一則顧念先母手澤，二則紫玲谷內不透天光，樂得借此點綴光明，一向也未曾將它撤去。」

司徒平再望神鷲棲伏之處，只剩乾乾淨淨一片突出的岩石，已不知去向。計算天時不早，谷內奇景甚多，恐耽延了時刻，不及一一細問，便隨著紫玲出了紫玲谷口。外面雖沒有明星照耀，仍還是起初夕陽銜山時的景致。問起紫玲，才知是此間的一種靈草，名銀河草，黑夜生光的緣故。

正當談笑之際，忽聽隱隱轟雷之聲。抬頭往上一看，白雲如奔馬一般四散開去，正當中現出一個丈許方圓的大洞，星月的光輝直透下來。

紫玲道：「舍妹已撤去小術，撥開雲霧，待我陪引道友上去吧。」說罷，翠袖輕揚，轉瞬間，還未容司徒平駕劍沖霄，耳旁一陣風生，業已隨了紫玲雙雙飛身上崖。寒萼已在上面含笑等候。

這時空山寂寂，星月爭輝，司徒平在這清光如畫之下，面對著兩個神通廣大、絕代娉婷的天仙，軟語叮嚀，珍重惜別，戀戀不捨，又同二女談了幾句欽佩的話，忽然心頭機伶伶打了個冷顫，不敢再為留戀，辭別二女，駕起劍光，使往五雲步飛回。離洞不遠，收了劍光，落下地來。

只見師弟「三眼紅蜺」薛蟒已在洞口相待，見了司徒平，便轉身走進洞內，司徒平跟在後面，才一進洞，便聽薛蟒在前大喝道：「稟恩師，叛徒司徒平帶到！」一言未了，司徒平已看見外間石室當中，萬妙仙姑滿臉怒容坐在那裡。

司徒平聽薛蟒進門那般說法，大是不妙，嚇得心驚膽戰！上前跪下說道：「弟子司徒平不知師父回來，擅離洞府，罪該萬死！」說罷，叩頭不止。

萬妙仙姑冷笑道：「司徒平你這孽障！為師哪樣錯待了你？竟敢背師通敵！今日馬腳出現，你還有何話說！」

司徒平叩頭叫屈道：「師父盡可用卦象查相看弟子自師父走後，可曾向文筆峰餐霞大師處去過！」

萬妙仙姑冷笑一聲，使命薛蟒將先天卦象取來，排開卦象一看，司徒平雖然未到餐霞大師那裡，可是紅鸞星動，其中生出一種新結合，於自己將來大為不利！便怒目對司徒平道：「大膽孽障，還敢強辯，你雖未到文筆峰勾結敵人，卦象上卻顯出有陰人和你一黨，與我為難！好好命你說出實話，諒你不肯！」

說罷，長袖往上一提，飛出一根彩索，將司徒平捆了結實。命薛蟒將司徒平倒吊起來，用蛟筋鞭痛打。

司徒平知道萬妙仙姑秉性，就是將遇秦氏二女真情說出，也不會相信，何況秦氏二女行時，曾囑自己不要洩漏她們的來歷住址，想必也有點畏懼萬妙仙姑的厲害，自己反正脫不了一死，何苦又去連累別人？想到這裡，把心一横，一任薛蟒毒打。

那蛟筋鞭非常厲害，司徒平如何經受得起？不消幾十下，已打了個皮肉紛飛，疼得昏昏沉沉，一息奄奄，連氣都透不過來了。

忽然薛蟒一鞭梢掃在司徒平身藏的「彌塵幡」上，司徒平立時心中一動，心往紫玲谷一動念，迸力高呼道：「師父休得氣恨，弟子告辭了！」言還未了，滿洞俱是光華，司徒平蹤跡不見。

萬妙仙姑萬沒料到司徒平會行法逃走，放出飛劍，急忙縱身出洞一看，只見一幢彩雲，比電閃還疾，飛向西南方，眨眼不見，忙將劍身合一，跟蹤尋找，哪裡有一絲跡兆？情知是異日的禍害，好生悶悶不樂，只得收劍光回轉洞府。

話說司徒平在疼痛迷惘中，只覺眼前金光彩雲，五花撩亂，身子如騰雲駕霧般懸起空中，瞬息之間落下地來。耳旁似聞人語，未及聽清，身上鞭傷被天風一吹，遍體如裂了口一般，痛暈過去。等到醒來，忽覺臥處溫軟舒適，一陣陣甜香襲人。

他自出娘胎便遭孤零，也不知經了多少三災八難，幾曾享受過這種舒服境地？只當是在夢中，打算把在人世上吃的苦，去拿睡夢中的安慰來補償，多挨一刻是一刻，兀自捨不得睜開眼睛，靜靜領略那甜適安柔滋味。

過了片刻，忽聽身旁有女子說話的聲音，一個道：「他服了娘留下的靈丹，早該醒了，怎麼還不見動靜？」又有一個道：「他臉上氣色已轉紅潤，你先別驚動他，由他多睡一會，自會醒的。」

司徒平正在閉目靜聽那兩個女子說話，猛想起適才所受的冤苦毒打，立覺渾身疼痛，氣堵咽喉，透不轉來，不由大叫一聲，睜開兩眼一看，已換了一個境界！自己睡在一個軟墩上，身上蓋著一幅錦衾，石室如玉，到處通明，一陣陣芬芳襲人欲醉，室中陳設又華麗、又清幽，秦紫玲、秦寒萼姊妹雙雙含笑站離身前不遠。再摸身上創傷，竟不知到哪裡去了！

回憶前情，宛如作了一場噩夢。這才想起是「彌塵幡」的作用，便要下床叩謝秦氏二女救命之德。

他一欠身，才覺出自己赤身睡在衾內，未穿衣服，只得在墩沿伏叩道：「弟子司徒平，蒙二位仙姑賜『彌塵幡』，出死入生，恩同再造。望乞將衣服賜還，容弟子下床叩謝大恩罷！」

寒萼笑對紫玲道：「你看他還捨不得他穿的那一身化子衣服呢！」

紫玲妙目含嗔瞪了她一眼，正容對司徒平道：「你昨夜回去之後，優曇大師忽然光臨，說了好些因果，又留下了手示，你拿去一觀，便知前因後果。我姊妹尚須到前面谷口，去將『紫雲障』放起，以防許飛娘進來。你先靜養，少時我們再來陪你談話。」說罷，取出一封書信遞與司徒平，也不俟司徒平答言，雙雙往外走去。

司徒平平時人極端正，向來不曾愛過女色。自從見了秦氏姊妹，不知不覺間起了一種說不出來的情緒，也並不是想到什麼燕婉之私，總覺有些戀戀的，不過自忖道行淺薄，自視太低，不敢造次想同人家高攀。及至將優曇大師手示拆開看了一遍，不由心旌動搖，眼花繚亂起來！

是真是夢，自己竟不敢斷定，急忙定了一定神，從頭一字一字仔細觀看，自己頭一遍竟未看錯，喜歡得心花怒放！出世以來也從未做過這樣一個好夢，漫說是真！

原來秦氏姊妹的母親「寶相夫人」秦珊，本是一個天狐。歲久通靈，神通廣大，平日專事採補修煉，也不知迷了多少少年子弟，她同桂花山福仙潭的紅花姥姥最為友好，聽說紅花姥姥得了一部天書，改邪歸正，機緣一到即可脫劫飛升，自知所行雖然暫時安樂，終究難逃天譴，立意也學她改邪歸正。

其時她正迷著一個姓秦的少年，因為愛那少年不過，樂極情濃，連失兩次真陰，生了紫玲姊妹，那姓秦少年單名一「漁」字，是前文斬綠袍老祖的雲南雄獅嶺長春岩無憂洞、當年青城派鼻祖極樂真人門下的末代弟子。

天狐本不知秦漁來歷，及至知曉，兩人皆悔恨莫及，決意自行投到，去向真人請罪，才把主意打定，極樂真人已突然在兩人面前現身。

極樂真人當時對秦漁道：「你妻天狐，昔日迷戀『東海三仙』之一，玄真子得意弟子諸葛警我，後來知他來歷，未敢妄動，並且還助他脫了三災，與玄真子師徒結了一點香火因緣，成為方外之交。你可拿我書信去求玄真子，助她兵解，避去第二次雷劫。你再回到雲南，在我崖前自行兵解，到時為師再渡你出世，但是你妻子雖藉兵解逃脫第二次雷劫，等到嬰兒煉成，第三次雷劫又到！只有壬寅年、壬寅月、壬寅日、壬寅時生的一個根行深厚的人，才能救她脫難。我與玄真子信上業已說明，到時玄真子自會設法物色這人前來解劫。」

秦漁同了天狐連忙朝天跪叩，謝了真人點化之恩。從此夫妻各洗凡心，盡心教育紫玲姊妹。天狐昔日因救諸葛警我，收了一個千年靈鷲，厲害非凡。

等到十年期滿，夫妻二人就要各奔前程，去應劫數。此時紫玲姊妹已盡得秦漁、天狐之能。天狐還不放心，把所有法寶盡數留下，一樣也不帶走；又將谷口用雲霧封鎖。叮嚀二女不許出外。又請那千年靈鷲緊隨二女，異日自己道成，便來度他一同飛升。

天狐在東海兵解，玄真子將她遺體火化，給她尋了一座小石洞，由她在裡面修煉。外用風雷封鎖，以防邪魔侵害。過了多年，玄真子已知唯一能救她的人是司徒平，與二女有緣，現在許飛娘門下，正可先做準備。便用飛劍傳書，托追雲叟相機接引。

紫玲姊妹時往東海探觀，玄真子最近將前因後果告知。寒萼雖然道術通神，到底年幼，有些憨態，還不怎麼。紫玲因父母俱是失了真元，難成正果，一聽要命她嫁人，一陣傷心，便向玄真子跪下哭求，求一個兩全之法。

（注：「真元」，處男處女保有「真元」，一旦和異性有性行為，「真元」

就喪失。在修煉成仙的過程中，「真元」是否喪失十分重要，「真元」喪失，修仙的路途就艱險困難得多。在這裡，原作者頗宣導禁欲主義。）

玄真子笑道：「你癡了，學道飛升，全仗自己努力修為。漫說劉樊、葛鮑，以及許多仙人，都是雙修合籍，同駐長生。就是你知道的，如峨嵋教祖乾坤正氣妙一真人夫婦、嵩山二老中的追雲叟夫婦，以及已成散仙的『怪叫化窮神』凌渾夫婦，都是夫妻一同修煉。凡事在人，並未聽說於學道有什麼妨礙。

「那司徒平雖是異派門下，因他心行端正，根基甚厚，又經有名劍仙指點，朝夕用功，不久就要棄邪歸正。他正是四寅正命，與你母親相生相剋，解這三次雷劫非他不可。再加上你姊妹二人同他姻緣締結，何止三生。只要爾等向正勤修，異日同參正果，便知前因註定。你母親二千年修煉苦功頗非容易，成敗全繫在你夫婦三人身上，千萬不可錯過這千載難逢的機會。」

紫玲姊妹最信服玄真子，聞言知道前緣註定，又加救母事大，就答應下來，玄真子又請優曇大師代為告知司徒平。

二人回到谷內，過了兩日，老是遲疑，未對白兔說明，命他前去接引，心神兀自總覺不大寧貼，便去崖上閒眺。那一對白兔本是玄真子所贈，靈巧善知人意，二女在家總是跟前跟後，也隨了上去。忽然追雲叟走到，他已早知前因後果同二女將來的用處，等紫玲姊妹參見後，便問玄真子怎麼說法，二女含羞將前言說了一遍。

追雲叟哈哈笑道：「你們年輕人總怕害羞。你們既不好意思尋上門去，我想法叫他來尋你們如何？」說罷，便在那兩隻白兔身上腳上畫了一道符，又囑咐二女一番言語，作別回去。等到白兔去將司徒平初次引來，二女還是難於啟齒。因玄真子說優曇大師不久便到，便商量等她駕到做主。

司徒平才走不多時，優曇大師果然降臨，二女拜見之後，優曇大師道：「我接了玄真子的飛劍傳書，本當留在此地，主持你們婚事，但是我弟子齊霞兒正在浙江雁蕩山頂雁湖與三條惡蛟相持不下，就要來找我助她斬了惡蛟，我留下手示，叫司徒平看了，依示行事即可！」

果然就在優曇大師降臨紫玲谷之際，大師的弟子齊霞兒雖然是妙一真人長女，自幼投入佛門，神通廣大，但也鬥不過雁湖中的三條毒蛟，便想到黃山向餐霞大師借煉魔神針。

見面之後，餐霞大師說道：「我那煉魔針雖然殺得毒蛟，卻傷不得雁湖底下潛伏的惡鯀。你持針刺殺毒蛟之後，驚動惡鯀（注：鯀，音昆，巨型的大魚。），必然出來和你為難。牠雖不能傷你，勢必發動洪水將附近數百里淹沒，豈不造孽？方才我見令師落在紫玲谷內，想是渡化天狐寶相夫人二女秦紫玲姊妹，何不就便前去，請她同你將惡鯀除掉！」

齊霞兒一聽，急忙拜別餐霞大師出洞，趕到紫玲谷內。見了優曇大師與紫玲姊妹，大師便命齊霞兒將「紫雲障」借與紫玲姊妹應用，以防許飛娘尋仇。

問起雁蕩門蛟時，聽說地底有殷殷雷響，恐惡鯨已經發動，走遲了非同小可，不及等司徒平到來，留下一封書信，同齊霞兒飛往雁蕩而去。

紫玲姊妹跪送大師走後，展開「紫雲障」一看，彷彿似一片極薄的彩紗，五色絢爛，隨心變幻，輕煙淡霧一般，捏上去空若無物，知是異寶。

姊妹二人正在觀賞，司徒平業已用「彌塵幡」逃了回來。說也奇怪，紫玲姊妹生具仙根仙骨，自幼就得父母真傳，在谷中潛修，從未起過一絲塵念。但自從玄真子說出前因，遇到司徒平之後，竟會對他關心起來。

司徒平逃回，昏迷不醒，兩人也不暇再作顧忌，將他攙進後洞，又將他身上破爛衣服輕輕揭下，先用靈泉沖洗，再抬進紫玲臥室內，內服仙丹，外敷靈藥。直等司徒平救醒回生，才想起有些害羞。姊妹二人雙雙托故避出，把「紫雲障」放起。只見一縷五色彩煙脫手上升，知有妙用，也不去管他。重入後洞，走到司徒平臥室外面，姊妹二人不約而同躊躇起來，誰也不願意先進去。

其時正值司徒平二次看完優曇大師手示，喜極忘形，急忙先取過錦墩側紫玲姊妹留下的冠袍帶履，試一穿著，非常合身。正要出去尋覓紫玲姊妹道謝，恰好寒萼在外面，因見紫玲停步不前，反叫自己先進去，暗使促狹，裝作往前邁步，猛一轉身，從紫玲背後用力一推。

紫玲一個冷不防，被寒萼推進室來，一著急，回手一拉，將寒萼也同時拉了進來。紫玲正要回首訶責，一眼看見司徒平業已衣冠楚楚，朝她二人躬身下拜，急忙斂容還禮。寒萼見他們二人有些裝模作樣，再也忍不住，不禁笑得花枝亂顫。

司徒平見這一雙姊妹，一個是儀容淑靜，容光照人；一個是體態嬌麗，宜喜宜嗔。不禁心神為之一蕩，再一想到對方沒有表示，不該心存遐想，忙把心神攝住，莊容恭對道：「司徒平蒙兩位姊姊相救，此後無家可歸，如蒙憐念，情願托依仙宇，常作沒齒不二之臣了！」

紫玲便請司徒平就坐道：「適才優曇大師留示，想已閱過，家母劫難未完，可憐她千年苦修，危機繫於一旦，千斤重擔全在平哥身上。谷中不少靜室，最好我們三人朝夕聚首，情如夫妻骨肉，卻不同室同衾，免去燕婉之私，以期將來同參正果，不知平哥以為如何？」

司徒平聞言，肅然起敬道：「我司徒平蒙二位姊姊憐愛垂援，怎敢再存妄念，壞了姊姊道行！望乞姊姊放心！母親的事，到時力若不濟，願以身殉，若口不應心，甘遭天譴！」

司徒平自進谷後，總是將紫玲姊妹一齊稱呼，忽然一時口急，最後起誓時竟沒有提到寒萼。當時司徒平倒是出於無心，紫玲道行比寒萼精進，遇事已能感觸心靈，預測前因，聞言心中一動，一面向司徒平代寶相夫人答謝，回首見寒萼笑容未斂，仍是憨憨地坐在錦墩上面，不禁暗暗嘆了口氣。

寒萼見他二人說完，便跑過來和司徒平問長問短，絮聒不休。司徒平見她輕顰淺笑，薄怒微嗔，天真爛漫，非常有趣，不禁又憐又笑，有問必答。直到紫玲提醒，司徒平傷後要休息，寒萼才依依不捨離去。

第九回

有情無情　青螺馳援

第二天，司徒平仍躺在錦墩上靜養，忽然覺著一股溫香撲鼻，兩眼被人蒙住，用手摸上去，竟是溫軟纖柔，入握如綿，耳邊笑聲吃吃不已，微覺心旌一蕩，連忙分開一看，原來是寒萼，一個人悄悄走進來和自己鬧著玩呢。

司徒平見她憨憨地一味嬌笑，百媚橫生，情不自禁，順著握著的手一拉，將她拉坐在一齊。寒萼笑道：「往常我用功時，總能煉氣化神，歸元入竅，今兒不知怎的，一坐定就想往你這房跑！趁姊姊不在，我去把神鷲喚來你看看！」說罷，掙脫了司徒平雙手，跑了出去。

司徒平剛才同寒萼對面，天仙絕豔，溫香入握，兩眼覷定寒萼一張宜喜宜嗔的嬌面，看出了神，心頭不住怦怦跳動，只把雙手緊握，及至寒萼掙脫了手出去，才得驚醒轉來，暗喊一聲：「不好！自己以後常日都守著這兩個天仙姊妹，要照今日這樣不定，一旦失足，不但毀了道基，背了盟誓，怎對得起紫玲一番恩義？」

他卻不知寒萼從來除姊姊外，未同外人交結，雖然道術高深，天真未脫，童心猶在，任性嬌憨，不知避嫌，人非太上，孰能忘情！終究司徒平把握不住，與她成了永好，直到後來紫玲道成飛升，兩人後悔已是不及！這也是前緣註定，後文自有分曉。

且說司徒平正在懸想善自持心之道，寒萼已一路說笑進來，人未入室，先喊道：「佳客到了！」司徒平知那神鷲得道多年，曾經抓去自己的飛劍，本領不小，不敢怠慢，急忙立起身來。寒萼已領了神鷲進室，司徒平連忙躬身施了一禮。

那神鷲也長鳴示意，其聲清越，又與昨日在崖上所聽的聲音不同。司徒平細看神鷲站在當地，與鵰大略相似，從頭到腳，有丈許高下，頭連頸長約四尺，嘴如鷹喙而圓，頭頂上有一叢細長箭毛，剛勁如針。兩翼緊束，看上去，平展開來怕有三四丈寬。尾當中兩根紅紫色形如繡帶的長尾，長有兩三丈，周身毛羽，俱是五色斑斕，絢麗奪目。惟獨嘴蓋上，同腿脛到腳爪，其黑如漆，亮晶晶發出烏光，看上去比鋼鐵還要堅硬。真是顧盼威猛，神駿非凡，不由暗暗驚異。

寒萼道：「平哥，你看好麼？你還不知牠本領大得緊哩！從這裡到東海怕沒有好幾千里？我同姊姊看望母親，還到玄真子世伯那裡坐上一會，連去帶回，都是當天，從來沒有誤過事！」

司徒平讚嘆一會，便問起紫玲，寒萼道：「問她麼？她今天好似比往常特別，竟用起一年難得一次的『九五玄功』。這一入定，至少也得十天半月，別去擾鬧她的好！我帶你去看風景去？」

司徒平聞言，連忙起身道謝。寒萼道：「平哥，你哪樣都好，我只見不得你這些假做作。我們三人以後情同骨肉，將來你還得去救我母親，那該我們謝你才對，要說現在，我們救了你的命，你謝得完嗎？」

司徒平見她語言率直，憨中卻有至理，一時紅了臉，無言可答。寒萼見他不好意思，便湊上去，拉著他的手說道：「我姊姊向來說我說話沒遮攔，你還好意思怪我嗎？」

司徒平忙說：「沒有，我不過覺得你這人一片天真，太可愛了！」說到這裡，猛覺話又有些不妥，連忙縮住。寒萼倒沒有怎麼在意。

那神鷲好似看出他二人親暱情形，朝二人點了點頭，長鳴一聲，回身便走。司徒平連忙起身去送時，不知怎的，竟會沒了影兒，二人仍舊攜手回來坐定。

司徒平身邊有絕代仙娃，如小鳥依人，溫香在抱，雖然談不到燕婉私情，卻也其樂融融，更甚畫眉。寒萼又取來幾樣異果佳釀，與司徒平猜枚擊掌，賭勝言歡，洞天無晝夜，兩人只顧情言娓娓，也不知過了多少時間，還是寒萼想起該做夜課，才行依依別去。

寒萼走後，司徒平便遵紫玲之言靜養。寒萼做完功課回來，重又握手言笑至夜方散。似這樣過了六、七天，司徒平服了仙丹，又經靜養，日覺身子輕快，頭腦清靈。姑試一練氣打坐，竟與往日無異。寒萼也看出他業已復元，非常高興，便引了他滿谷中去遊玩。把這個靈谷仙府，洞天福地遊玩了個夠。

司徒平知道追雲叟住的地方相隔不遠，問寒萼可曾去過？寒萼道：

「姊姊曾說日內要前去拜望，謝他接引之德。你要想去，我這就和你一起去！」

司徒平怕紫玲知道見怪，勸寒萼等紫玲醒來同去。寒萼道：「知她還有多少日功夫才得做完？誰耐煩去等她，好在我們又不到旁處去，那『紫雲障』說是至寶，那日放上去時，我們在下面只看見一抹輕煙，不知他神妙到什麼地步。又聽說谷中的人可以出去，外人卻無法進來，我們何不上去看個究竟？」

司徒平一來愛她，不肯拂她的高興；二來自己也想開開眼界。便同了寒萼去到日前進來的谷口，往上一看，只見上面如同罩著五色冰紈作的彩幕一般，非常好看。

寒萼一手拉著司徒平，手掐劍訣，喊一聲「起！」兩人平空升起，衝過五色雲層，到了崖上落下。

司徒平見寒萼小小年紀，本領竟如此神妙，不住口中稱讚。寒萼嬌笑道：「不藉煙雲，拔地飛升，是馭氣排雲的初步，有什麼出奇？都是師祖傳給先父，先父再傳給我姊姊的。她今已練得隨意出入青冥，比我強得多了。」

二人隨談隨笑，走上了崖頂。寒萼忽然失色驚呼了一聲：「不好了。」

司徒平本是驚弓之鳥，大吃一驚，忙問何故。寒萼道：「你看我們只顧想上來，竟難回去了！」

司徒平忙往山下看去，只見煙雲變態，哪還似本來面目？上來處已變成一泓清溪，淺水激流，溪中碎石白沙，游魚往來，清可見底，便安慰寒萼道：「這定是紫雲障幻景作用，外人不知，以為是溪水，下去也沒什麼景致。我們知道內情，只消算準上來時走的步數，硬往溪中一跳，不就回去了嗎？」

寒萼道：「你倒說得容易！」說罷，隨手拔起了一株小樹，默憶來時步數，朝溪中拋去。

眼看那株小樹還沒落到溪底，下面冒起一縷紫煙。那株小樹忽然起火，瞬息之間不見蹤跡。紫煙散盡，再往下面一看，哪裡有什麼清溪游魚？又變成一條不毛的乾溝！

寒萼知道厲害，急得頓足道：「你看如何？想不到紫雲障這般厲害！姊姊不知何時才醒，她偏在這時入什麼瘟定！害我們都不得回去。」

司徒平也是因為萬妙仙姑所居近在咫尺，怕遇見沒有活命，雖然著急，仍只得安慰寒萼道：「姊姊入定，想必不久就醒。她醒來不見我們，自會收了紫雲障，出谷尋找，有什麼要緊？」

寒萼原是有些小孩子心性，聞言果然安慰了許多，便同司徒平仍上高崖，坐下閒眺。

這時正值端陽節近，草木叢茂，野花怒放，二人坐在崖頂一株大樹下面，說說笑笑，不覺日色偏西。遙望紫石、紫雲、天都、文筆、信始諸峰，指點煙嵐，倏忽變化，天風習習，心神清爽，較諸靈谷洞天另是一番況味。

寒萼忽然笑道：「看這神氣，我們是要在這裡過夜的了，幸而我們都學過幾天道法，不怕這兒強烈的天風，不然才糟呢！」

正在說笑，忽聽一聲嬌叱道：「大膽司徒平，竟敢背師潛逃！」言還未了，山崖上飛下一條黑影。

司徒平嚇了一大跳，寒萼便搶在司徒平的前面，正要上前動手時，司徒平已看出來的女子是個熟人，忙用手拉著寒萼，一面說道：「周師姊你只顧惡作劇，卻把小弟嚇了一跳！」

那女子聞言，哈哈大笑，便問道：「久聞紫玲谷秦家二位姊姊大名，但不知這位姊姊是伯是仲？能過荒山寒洞一談麼？」

寒萼這時已看出來的這個女子，年紀比自己也大不了兩歲，生得英儀俊朗，體態輕盈，又見司徒平那般對答，早猜出一些來歷。不等司徒平介紹，搶先說道：「妹子正是紫玲谷秦寒萼，家姊紫玲現在谷中入定，姊姊想是餐霞大師門下周輕雲姊姊了？」

輕雲見寒萼談吐爽朗，越發高興，答道：「妹子正是周輕雲，前面不遠就是文筆峰，請至小洞一談如何？」

寒萼道：「日前聽平哥說起三位姊姊大名，久欲登門拜訪，難得在此幸會，不但現在就要前去領教，只要諸位姊姊不嫌棄，日後我們還要常來常往呢！」

話言未了，山頭上又飛下一條白影，司徒平定睛一看，見是餐霞大師另一高徒吳文琪，忙向寒萼介紹。

大家見禮之後，文琪笑對輕雲道：「你只顧談天和秦姊姊親熱，卻把我丟在峰上不管！」

輕雲道：「你自己不肯同我先來，我正延請嘉客入洞作長談，你卻跑來打岔，反埋怨我，真是當姊姊的都會欺負妹子。」

文琪笑道：「誰還敢欺負你？算我不對，我們回去吧。」說罷，周、吳二人便陪了司徒平、寒萼，回入文筆峰洞內落座。

寒萼見洞中石室佈置並沒有紫玲谷那般富麗，卻是一塵不染，清幽絕俗，真像個修道人參修之所。寒萼問道：「聽說餐霞大師共有三位高徒，還有一位姊姊尊姓大名？可否請來一見？」

輕雲搶著答道：「那一位麼？可比我們二人強得多了。她叫朱文，她原姓朱名梅，因為犯了嵩山二老之一矮叟朱師伯的諱，改名朱文，外號叫『女神童』！」說著，掐指算了一算日期，又道：「她現在還在四川蛾眉山凝碧崖，和乾坤正氣妙一真人的子女齊靈雲姊弟，還有兩個奇女子，名叫李英瓊、申若蘭，在一處參修，一、二日內便要到川邊青螺山，幫著幾個正派劍俠與毒龍尊者比劍鬥法了！」

寒萼聞言驚喜道：「那申若蘭我曾聽姊姊說過，她不是桂花山福仙潭紅花姥姥最得意的門徒麼？怎會同峨嵋門人在一起過的？」

輕雲將申若蘭投入峨嵋門下的經過說了一遍，最後單獨說起李英瓊根基如何好，遇合仙緣如何巧，還有白眉和尚贈了她一隻金眼神鵰，又得了長眉真人留下的紫郢劍，共總學道不滿一年，連遇仙緣，已練得本領高強，勝過儕輩，自己不日便要同吳文琪入川尋她等語。

這一席話聽得寒萼又歆羡又痛快，恨不能早同這些姊妹們相見。因輕雲說不久便要入川，驚問道：「妹子好容易見兩位姊姊，怎麼日內就要分別？無論如何總要請二位姊姊到寒谷盤桓幾天的！」

輕雲道：「家師原說二位姊姊同司徒平師兄，將來都是一家人，命我二人見了面再動身。今天還未見令姊，明日自當專誠前去拜訪的。不過聽家師說谷上本有令慈用雲霧法寶封鎖，如今又加上齊霞兒姊姊的鎮山之寶紫雲障蓋在上面，沒有二位姊姊接引，恐怕我二人下不去吧！」

說到這裡，吳文琪猛聽見餐霞大師千里傳音喚她前去，便和寒萼、司徒平告便走出。

寒萼聽完輕雲的話，猛想起當初齊霞兒傳「紫雲障」用法時，只傳了紫玲一人。後來忙著救司徒平，沒有請紫玲再傳給自己，一時大意，冒冒失失同司徒平飛升谷頂，出來便無法回去。紫玲又入定未完，自己還無家可歸，如何能夠延客？聽輕雲意思，大有想自己開口，今晚就要到谷中去與紫玲相見。自己是主人，沒有拒絕之理，如果同去，自己都被封鎖在外，叫客人如何進ㄙ？豈非笑話！

想到這裡，不由得急得粉面通紅，自己又素來好強、愛面子，不好意思說出實情。正在著急，拿眼一看司徒平，想是已明白她的意思，正對她笑呢！寒萼越發羞氣，當著人不好意思發作，瞪了司徒平一眼，只顧低頭想辦法。

輕雲頗愛寒萼天真，非常合自己的脾胃，正說得高興，忽見她沉吟不語起來，好生奇怪，正要發言相問，文琪已飛身入洞，笑說道：「適才師父對我說，接了峨嵋掌教飛劍傳書：李英瓊、申若蘭未奉法旨，私自趕往青螺山，恐怕要遭魔難，請家師設法前去援救。家師知道秦家姊姊在此，命我二人到紫玲谷向二位姊姊借『彌塵幡』，急速趕往青螺山，救英瓊、若蘭二位姊姊脫難！」

寒萼一聽，心中更是為難。

吳文琪又道：「掌教真人信上又說，許飛娘因從卦象上算出二位姊姊是她將來的危星，青螺山事完之後，預料她定約請了毒龍尊者，還有幾個厲害妖人尋到紫玲谷，想除去她異日的隱患。紫玲谷本非真正修道人參修之所，叫我對二位姊姊說，不妨移居峨嵋凝碧崖。教祖不久便回峨嵋，聚會本派劍仙門人指示玄機，正可趁這時候歸入峨嵋門下，將來也好尋求正果，不知秦姊姊以為然否？」

寒萼聞言大喜道：「難得大師指示明路，感恩不盡，從此不但能歸正果，還可交結下多少位好姊姊，正是求之不得，豈有不願之理！我回去便對姊姊說，現在就隨二位姊姊動身如何？」

文琪道：「妹子來時曾請示家師，原說二位姊姊如願同去青螺山一行，也無不可，因為這次青螺山，我們這面有一個本領絕大的異人相助。許飛娘和毒龍尊者縱然厲害，俱敵那異人不過。英瓊、若蘭兩位姊姊因為輕敵，又不同靈雲姊姊做一路，所以蹈了危機。我們去時，只要小心謹慎行事，便不妨事了。」

寒萼聞言益發興高采烈，當下各人同飛紫玲谷去。

到了谷上，寒萼方想說無法下去，忽見一道五彩光華一閃，正疑紫雲障又起什麼變化，猛見紫玲飛身上來。姊妹兩人剛要彼此埋怨，紫玲一眼看見文琪、輕雲含笑站在那裡，未及開口，輕雲首先說道：「這位是秦家大姊姊麼？」說罷，同文琪向前施了一禮。

紫玲忙還禮不迭。寒萼也顧不得再問紫玲，先給雙方引見。互道傾慕之後，同下谷去，進入石室內落座。紫玲當著外客，不便埋怨寒萼，只顧殷勤向文琪、輕雲領教。

還是寒萼先說道：「姊姊一年難得入定，偏這幾天平哥來了，倒去用功！害得我們有家難回還在其次，你再不醒，將紫雲障收去，連請來的嘉客都不得其門而入，多麼笑話！」

紫玲道：「你真不曉事，我因平哥來此，關係我們事小，關係母親成敗事大。想來想去拿不定主意，才決計神遊東海（注：「神遊」，就是元神離開軀殼遠行，軀體仍在原處不動，而元神已到要去的地方去辦事。），向母親真靈前請示。誰知你連幾日光陰都難耐守，私自同了平哥出外。仇敵近在咫尺，玄真子世伯再三囑咐不要外出，你偏不信，萬一惹出事來，豈不耽誤母親的大事！還來埋怨我呢！」

寒萼拍手笑道：「你真會怪人！我要說出我這一次出外得的好處，你恐怕還歡迎不盡呢！」

紫玲聞言不解，寒萼又故意裝喬，不肯說明。司徒平怕紫玲作惱，便將遇見文琪、輕雲，餐霞大師命文琪借「彌塵幡」去救英瓊、若蘭，並勸紫玲姊妹移居峨嵋等情詳細說出。

紫玲大喜，望空遙向餐霞大師拜謝不迭。寒萼道：「這會知道了，該不怪我了吧？不是我，你哪兒去遇見這兩位姊姊，接引我們到洞天福地去住呢？我們也該走了吧！」

寒萼性急，屢屢催促，但紫玲卻行事小心，要先行法將谷中一切封鎖再走，又叫寒萼出去。

過了片刻，寒萼一人回來，面有嗔容，向司徒平一使眼色，和司徒平又一起走了出來，來到神鷲居住之所，道：「姊姊總有這些小心，不如我和你先動身可好？」

司徒平正在遲疑，寒萼也不問司徒平同意，似嗔似笑的說道：「你還不騎上去？」那神鷲也隨著蹲了下來。司徒平知道寒萼性情，雖不以為然，卻不敢強她，只得騎上鷲背。

寒萼叫他抓緊神鷲頸上的五色長鬃，隨著他橫坐在鷲背上，將手一拍神鷲的背，喊一聲「起！」那神鷲緩緩張開比板門還大還長的雙翼，側身盤轉，出了石室。才一出石室，那神鷲豎起尾上長鞭，發出五色光彩，直往谷外飛去。

寒萼雖然道行已非尋常，無如多秉了一些寶相夫人的遺傳，自從遇了司徒平，本來的童心和不知不覺的深情，在在無心流露出來，剛才姊妹兩人外出，紫玲便一再告誡，寒萼卻言不入耳。

紫玲有心激勵寒萼，道：「如果你真喜歡他，心不向上，情願墮入情網，不想修成正果，那你到了峨嵋，索性由我作主，與你二人合巹。反正早晚是要誤了自己，這麼一辦，倒可免去我的心事，總算幫了我一個大忙，你看如何？」

紫玲這種激將之法，原是手足關心，一番好意。不想寒萼老羞成怒，起了誤會。以為紫玲先不和她商量，去向母親請示，知道了前緣不能避免，故意想出許多話，讓自己去應點，她卻可以安心修成正果！

當下心中又羞又怒，暗想：「你是我姊姊，平日以為你多疼愛我！一旦遇見利害關頭，就要想法規避，你既說得好，何不你去嫁他，由我去修呢？我反正有我的主意，我只不失身，偏和他親熱你看，叫你看看我到底有沒有把握！」

寒萼也不和紫玲說出自己的心意，答道：「姊姊好意，妹子心感，要我成全姊姊也可以，但是還無須乎這麼急！但等妹子真個墮入情網，再照姊姊話辦也還不遲。萬一妹子能儌母親的默佑、姊姊的關愛、平哥的自重，竟和姊姊一樣，始終只作名義上的夫婦，豈不是妙呢？」說罷，抿嘴笑了笑，轉身就走！

寒萼生了氣，這才要和司徒平先走。

二人坐上神鷲，飛出去有千多里路，星光下隱隱看見前面有座高峰，便對司徒平道：「我雖知青螺在西川，並未去過。行時匆忙，也忘了問。前面有一座高峰，正好落下歇息一會，等姊姊趕來，還是一同去吧！」

那神鷲兩翼遊遍八荒，哪裡不認得路？漫說有名的青螺！寒萼原是哄他下來，談她心事。司徒平哪裡知道，只覺她稚氣可笑，未及答言，神鷲業已到了高峰上面落下來。

司徒平道：「都是寒姊，要搶著先走！」

寒萼嬌嗔道：「你敢埋怨我麼？你當我真是小姑娘？實對你說，適才我和姊姊為你對了一次口，我這人心急，心中有多少話想對你說，才藉故把你引到此地的！」

司徒平聽紫玲姊妹為他口角，必然因為二人私自出谷，好生過意不去，急於要知究理，便催寒萼快說。寒萼才說了一句：「姊姊剛才叫我出去——」神鷲忽然輕輕走過來，用口銜著寒萼衣袖往身後一扯。

寒萼剛要回身去看，猛覺一陣陰風過去，腥風撲鼻，忙叫司徒平留神，司徒平也自覺察，二人同往峰下一看，不由又驚又怒！

原來這座高峰正當南面，二人來的路非常險峻斜峭，上來時，不曾留神到峰下面。這時同時往峰下看時，只見下面是一塊盆地平原，四面都是峰巒圍繞。

在平原當中搭起一個沒有篷的高台，台上設著香案，案當中供著一個葫蘆，案上點著一雙粗如兒臂的綠蠟燭，陰森森的發出綠光。滿台豎著大小長短、各式各樣的幡，台前一排豎著大小十根柏木樁，上面綁著十來個老少男女。台上香案前站著一個妖道，裝束非常奇異，披頭散髮，赤著雙足，暗淡的燭光下面，越顯得相貌猙獰。

這時腥風已息，那妖道右手持著一柄小劍，上面刺著一個人心，口中喃喃念咒。後來越念越急，忽然大喝一聲，台前柏木樁上綁著的人，有一個竟自行脫綁，飛上神台，張著兩手，朝妖道撲去。看來好似十分倔強，妖道忙將權杖連擊，將劍朝那人一指，劍尖上發出一道綠焰，直朝那人捲去，那人便化成一溜黑煙，「滋溜」鑽入案上葫蘆之中去了。

寒萼再看台前柏木樁上綁著的人仍然未動，木樁並無一個空的，才知化成黑煙鑽進葫蘆內的，是死者的靈魂，樁上綁的卻是那人屍首，照這情形看來，分明是左道邪魔在殘害人命，祭煉妖法！

寒萼、司徒平俱是義膽俠肝，哪裡容得妖道這般慘毒！早不約而同的，一個放起飛劍，一個脫手一團紅光，朝那妖道飛去。司徒平先動手，劍光在前，寒萼紅光在後。

那妖道名喚朱洪，當初原是五台派混元老祖的得意門徒。平素倚仗法術，無惡不作，盜了混元老祖一部天書，和鎮山之寶「太乙五煙羅」，逃到這四門山谷中潛藏。這時正在煉妖法，忽然眼前一亮，一道劍光從天而降，知道有人破壞。手往上一指，一柄三稜小劍，帶著一溜火光，剛將敵人飛劍迎住，猛聽一陣爆音，一團紅光如雷轟電掣而來，大吃一驚，看不出來人是什麼路數，不敢冒昧抵擋。

他一面用那柄飛劍迎敵，將身往旁一閃，從懷中取出混元老祖護身鎮洞之寶「太乙五煙羅」祭起，立刻便有五道彩色雲煙飛起，滿想連台連身護住，誰知慢了些兒，紅光照處，發出殷殷雷聲，把台上十多面妖幡紛紛震倒。接著又是「喀嚓」一聲響，葫蘆裂成兩半。裡面陰魂化作十數道黑煙四散，還算「太乙五煙羅」飛上去接著那團紅光，未容打近身來。

妖道心中又是痛惜又是忿恨。這時寒萼、司徒平業已飛身下來。寒萼見妖道那口小劍靈活異常，司徒平的飛劍竟有些抵敵不住。寶相夫人真元所煉的金丹又被妖道放起五彩煙托住，不得下去。便放出另一件法寶「彩霓練」去雙敵妖道飛劍。但也只幫司徒平敵個平手，一時還不能將那口小劍裹住，不由暗自驚異。

朱洪先以為敵人定是一個厲害人物，及對敵了一會，用目仔細往敵人來路看時，先見對面峰頭上飛下兩條黑影，容到近前一看，卻只是一個英俊少年，指揮著一道劍光，一道彩電，和自己的「三元劍」絞成一團，不由怒上加怒。破口大罵道：「何方孽障，暗破真人大法，管教你死無葬身之地！」說罷，口中念念有詞，立刻陰風四起，血腥撲鼻，司徒平猛覺一陣頭暈眼花。

寒萼一見妖法發動，嬌叱道：「左道妖法，也敢在此賣弄！」說罷，手揚處，紫巍巍一道光華照將過去，陰風頓止。司徒平立刻神智一清。

朱洪忽見對面又飛來一個女子，一到便破了他的妖法，知道不妙。紫光破了妖法，直射入劍光叢中，眼看妖人那口三元劍只震得一震，便被那道彩霓緊緊裹住，發出火焰，燃燒起來。又過片刻，劍上光華消失，變成一塊頑鐵，墜落在下面山石上，「鏘」的一聲。恨得朱洪牙都咬碎，無可奈何。

寒萼、司徒平的飛劍紫光同那道彩霓破了三元劍後，幾次往妖道頭上飛去，俱被五道彩煙阻隔，不得近前。朱洪正覺自己法寶厲害，猛見一道金光從天而降，金光中現出一隻丈許方圓的大手，抓向妖道頭上。

眼看那五道彩煙飛入大手中，接著便聽一聲慘叫，那道金光如同電閃一般，不見蹤跡。同時，法台上兩枝粗如兒臂的大蠟燭已經熄滅，星光滿天，靜悄悄的只剩夜風吹在樹枝上，沙沙作響。

第十回 雪魂寶珠 西方野佛

二人猶自驚疑，耳聽一個婦人說道：「『太乙五煙羅』乃混元老祖之物，被妖道偷來，藉以為惡。你二人辛苦半夜，本該送與你們，不過老身此時尚有用他之處。妖道已被我飛劍所斬，此寶暫借老身一用，異日東海相見，再行歸還！」說罷，聲音寂然。

寒萼知道暗中出了能人，急忙發出紫光，飛身往空中觀看，哪裡有半個人影！招呼了兩聲「上仙留名」，不見答應，只得下來走近柏木樁一看，妖道業已被斬成兩截。

正好這時，紫玲、輕雲、文琪三人也隨後趕來，問明了經過，俱都猜不透那金光中的大手，是何人所發。

當下五人會合，天色漸明，五人一面趕路，向前看去，只見群山綿亙，崗嶺起伏，糾纏盤鬱，積雪不消，雄偉磅礴，氣象萬千，與南中名山大是不同。

行了片刻，輕雲問紫玲道：「前面就是青螺山麼？」紫玲聞言大驚答道：「這裡是大烏拉山的側峰，難道姊姊也和妹子一樣，此地尚是初來麼？吳姊姊呢？」輕雲道：「她也不知道，彼此都錯認作是識途老馬，這可怎麼好呢？」紫玲道：「既是大家都不認路，分頭往西北方尋找罷！」

各人也不暇再談，輕雲、寒萼先雙雙飛起，紫玲自比她二人神速，腳一頓處，排雲馭氣，直升高空。順著大烏拉山西北方留神往下一看，竟是山連山，山套山，如龍蛇盤糾，蜿蜒不斷，望過去何止千百餘里，雖在端陽藻夏之際，因為俱是高寒雪山，除了山頂亙古不融的積雪外，寸草不生，漫說人影，連個鳥獸都看不見。

紫玲飛行迅速，不消片刻已飛過了三數百里。正在心中煩躁，忽然看見西北角上湧起一座人山，形勢非常險峻，也不知是青螺不是。正在心中盤算，已飛到了近山一座高峰上。猛低頭往下一看，峰右側不遠現出一片平地。大道旁邊有一座大廟，廟側還有樹木人家，只不見一個人影。

剛想停下去打聽，猛聽一聲鵰鳴，從左側峰下面飛起一隻渾身全黑的大鵰，兩隻眼睛金光四射，展開兩片比板門還大的雙翼，乘風橫雲，捷如閃電一般，正朝腳下飛過，投往東南一座山峰後面落了下去。

那鵰兩翼的風力竟把紫玲蕩了兩蕩。紫玲暗想：「這隻鵰決非凡品，不知比神鷲道行如何？」正想間，忽然心中一動，猛想起：「久聞李英瓊得了白眉和尚座下神鵰，這鵰適才飛得那樣快法，又不住的回顧，莫非是李、申二人就在下邊被困，神鵰抵敵不過，逃出來去請救兵麼？」想到這裡，決定先趕到那邊去看過動靜再說。

這峰原本在群山環抱之中，凌雲拔起，非常之高。紫玲剛剛飛上了峰頂，只見下面景物清幽，雜花野樹滿山滿崖都是。深谷內黃塵漠漠，紅霧漫漫，圍繞著一片五、六畝方圓的地方。紅霧中隱隱看見一道紫光，像神龍捲鬚一般，不住矯矯飛舞。

這時日光已漸漸升起，黃塵以外是許多奇花異草，浴著晨霧朝曦，迎風搖曳，依舊清明。知是有人賣弄妖法，正要酌量如何下手，忽聽對面兩聲嬌叱，一道劍光，一團紅光，直往自己站的峰腰中飛來。紫玲抬頭一看，正是寒萼、輕雲二人站在對面山崖上。

寒萼也看見紫玲站在這邊峰頂，高聲說道：「姊姊休要放走了你腳底山洞內的妖僧！」言還未了，紫玲站的半峰腰上已飛出一條似龍非龍的東西，與寒萼、輕雲放出來的紅光飛劍迎個正著。

紫玲心中正埋怨寒萼：「又是性急不曉事，此來救助李、申二人最為要緊，如今尚未察出下落，冒昧與人動手，若果下面紅霧、黃塵中困的不是李、申二人，豈不又要誤事？」

但是事已至此，敵人發出來的法寶，連寶相夫人煉的金丹至寶都能抵擋，可見是個勁敵，怎好袖手？

當下不敢怠慢，先將自己父親遺留，極樂真人所賜的「顛倒八門鎮仙旗」取出，按部位放起，以防敵人逃逸。飛身到了對面一看，半峰腰上有一個一人多高的石洞，洞前是一片平伸出去的崖石，上面坐著一個豹頭環眼、獅鼻闊口的番僧，穿著一件烈火袈裟，赤著一雙腳，手中捧著一個金缽盂，面前有一座香爐，裡面插了三枝大香，長有三尺，端端正正合掌坐在那裡。

紫玲剛要張口問話，忽聽一陣風聲，鵰鳴響亮。抬頭一看，正是適才所見那隻金眼黑鵰飛回。鵰背上影影綽綽好似坐著三個人，漸近漸真，那鵰也飛往紫玲等站立的所在落下。鵰背上的人業已飛身跳下，原來是一男二女，俱都是仙風道骨。

紫玲、寒萼等因要對付妖僧，未及看真，來的三人中，有一個年紀較長的女子，早首先說道：「想不到輕雲妹子也在這裡，英瓊妹子定是失陷在下面，適才神鵰朝我哀鳴，我三人才得知道，這兩位姊姊定非外人，我等救了英瓊再行見禮罷！」

那年歲較幼的一個，早取出一面鏡子。一出手便有百十多丈金光，直往下面黃塵、紅霧中照去。不想那妖法十分厲害，金光雖然將黃塵消滅，那紅霧依舊不減，反像剛出鍋的蒸汽一般，直往上面湧來。

紫玲已聽出李英瓊困在下面，看來人形狀言談，想必有齊靈雲姊弟在內，勢在緊迫，忙喊道：「妖霧厲害，諸位姊姊後退一步，待妹子親身下去，將李、申二位姊姊救出！」隨說，手中取出一面小幡一晃，蹤跡不見。

不到一會，眾人面前忽然多出兩個女子。這來的一男二女正是靈雲姊弟與「女神童」朱文，救上來的正是英瓊、若蘭，業已中了妖法，昏迷不醒。

書接上文，原來靈雲、金蟬、朱文等三人，自從接了「乾坤正氣妙一真人」齊漱溟的飛劍傳言，先數日動身趕到青螺附近一座山中落下，金蟬便叫神鵰回去。

靈雲行事仔細，四下觀察一回，道：「青螺魔宮，我們並未來過，聞說在萬山深谷之中，不易尋找，你們可聽聞過玉清大師之名？」

金蟬笑道：「怎麼忽然又說起她來了？我知道玉清大師出身旁門，潔身自愛，神通廣大，知交極多，莫非你也是她好友麼？」

靈雲笑著道：「我曾聽玉清大師說，她有一個昔年同門，叫作『女殃神』鄧八姑，如今已改邪歸正，只為性情高傲，不願附入各派，單獨在這山腰中石洞內隱居，與玉清師太情逾骨肉，淵源甚深。倘將來有事至西藏，盡可前去請教盤桓。玉清師太原是一句隨意閒話，我留神問明了路徑同進見之法，不想今日倒用得著了。」

金蟬道：「既有這樣有本領的高人，我們還不快去拜見，只管呆在這裡作甚？」

靈雲道：「你先不要忙，待認明了方向再說。」說罷，先看了看山勢的位置向背，帶了金蟬、朱文往偏西一條深谷內走了下去。

靈雲等上的這座高山叫小長白山，積雪千丈，經夏不消，地勢又極偏僻，從來就少人跡。靈雲想起了玉清大師說的路徑，便帶了金蟬、朱文往下尋找，剛剛走離谷底一半的路，忽聽「轟隆」一聲巨響，回頭一看，最高峰頂上白迷迷一大團東西，如雷轟電掣般發出巨響，往三人走的方向飛來。經過處帶起百十丈的白塵，飛揚瀰漫。

靈雲知是神鵰起飛時兩翼風力扇動山頂積雪奔墜，聲勢宏大驚人，捷如奔馬而來。

三人都會劍術，連忙將身飛起，回顧下面，眼看大如小山的雪團，正從三人腳底下掃將過去，直奔谷底。滾到離谷底還有百十丈高下，被一塊突出的大石峰迎撞個止著，又是山崩地裂一聲大震過去，便是「嘩啦叭嚓」之聲，將那小山大山的大雲團撞散，激碎成千百團大小冰塊雪團，映著朝日，幻出霞光絢彩，碎雪飛成一片白沙，緩緩墜下，把谷都遮沒，變成一片渾茫。

那座兀立半山腰的小峰也被雪團撞折，接著又是山石相撞，發出各種異聲！

朱文道：「我才說這裡只是上頭一片白，下頭一片灰黃，寸草不生，枯燥寒冷，比凝碧崖洞天福地差得太遠，還沒想到會看見這種生平未見的奇景，也可算不虛此行了！」

靈雲道：「你還說是奇景，幸而我三人俱會劍術，躲避得快，你看那小峰，方圓也有畝許大，七、八丈高，竟被雪將他撞斷，要是常人，怕不粉身碎骨，葬身雪窟才怪呢！只是我們遠客初來，便被我們的鵰翼扇動，引起雪崩，我們倒看了好景，不知可會惹主人不快哩？」

三人正談笑之間，谷下面有一個女子聲音說道：「何方孽障，敢來擾鬧？有本領的下來與我相見！」

言還未了，谷下忽然捲起一陣狂風，那未落完的雪塵，被風捲起一陣雪浪冰花，像滾開水一樣，直往四下裡分湧開去！

不一會，餘雪隨風吹散，依舊現出谷底。朱文、金蟬聽下面出口傷人，早忍不住駕劍光飛身而下。靈雲恐怕惹事，連忙飛身跟了下去。

二人到了谷底一看，近山崖的一面竟是凹了進去的，山雖寸草不生，谷凹裡卻是栽滿了奇花異卉，再找發話的人，並沒一個人影。谷凹中雖然廣大高深，只正中有一個石台，旁邊臥著幾條青石，並沒有洞。

靈雲朝朱文、金蟬使了個眼色，朝著石台恭身施禮道：「我等三人來尋鄧八姑，誤驚積雪，自知冒昧，望乞寬容，現出法身，容我等三人拜見一談如何？」

靈雲說罷，便聽那女子聲音答道：「我自在這裡，你們看不見怨誰？」言還未了，靈雲等往前一看，石台上坐著一個穿黑衣的女子，長得和枯蠟一般，瘦得怕人，臉上連一絲血色都沒有，靈雲恭身道：「道友可是鄧八姑麼？」

那女子答道：「我先前以為又是那賊禿驢來和我生事，不想卻是三個遠客。我看你等生具仙根，一臉正氣，定非來尋我麻煩之人。恕我參了枯禪，功行未滿，肉軀還不能行動，你們尋八姑作甚？」

靈雲道：「我名齊靈雲，乃乾坤正氣妙一真人之女，同舍弟金蟬、師妹朱文，奉命到青螺有事。因以前在成都辟邪村玉清觀見著優曇大師門下玉清師太，說起八姑大名，十分傾慕，便道來此拜見，並無他意。」

那女子聞言，瘦骨嶙峋的臉上竟透出一絲笑意，答道：「我正是八姑，恕我廢人，不能延賓，左右石上，請隨意坐落敘談吧。」三人各道了驚擾，坐了下來。

坐定以後，鄧八姑道：「我只恨當初被優曇大師收服時，一時負氣，雖然不再為惡，卻不肯似玉清道友那樣，苦苦哀求拜她為師。以為旁門左道用正了亦能成仙，不幸中途走火入魔，還虧守住了心魂。我坐的石台底下有一樣寶貝，名為『雪魂珠』，乃萬年積雪之精英所化，全仗他助我成道。不想被西藏一個妖僧知道，前來劫奪。同我鬥了兩次法，恰好玉清道友前來看我。替我趕了妖僧。」

靈雲等三人，均知那「雪魂珠」是亙古至寶，不想落在此處，聞言互望了一眼。

鄧八姑又道：「玉清道友對我說，她曾向優曇大師代我求問前途休咎，說我如要脫劫飛升，須等見了『二雲』以後。如今罪也受夠了，難快滿了，算計救我的人也該來了，每日延頸企望，好容易才盼到道友至此。尊名又是一個『雲』字，還有一位名字有『雲』字的人，想必也是道友同門至契，不知道友可知道否？」

靈雲道：「同門師姊妹中資質比較高一點的，只有黃山餐霞大師門下的周輕雲妹子。要請她來也非難事，若論道行，都和我一樣，自慚淺薄。要助道友脫劫，只恐力不從心，不知玉清大師可曾說出如何救法麼？」

鄧八姑道：「道友太謙，玉清道友也曾言過，二雲到此，為的奉命除魔，在魔宮中遇見一位前輩奇人，得了一樣至寶和兩粒靈丹，再借二位道友法力熱心，我便可以脫劫出來了。」

靈雲道：「既然事有前定，只要用得著，無不盡心！但是此地從未來過，又不知敵人深淺虛實，特來請教。道友仙居與青螺密邇，想必知之甚詳，可能指示端倪麼？」

八姑道：「若論青螺情形，我不但深知，那八個魔崽子還是我的晚輩呢。當初他們的師父『神手比丘』魏楓娘，原和我有許多淵源。論理我應當遵守前言，不該趁她死後，幫助外人對付她的徒弟。但是那用魔火煉我的番僧，就是八魔新近請來的同黨。他們既能食前言，我豈不可背信？無奈我身體已死，不能前去，只能略說他們一點虛實罷了。」靈雲等連忙齊聲稱謝。

八姑又道：「青螺雖是那座大山的主名，魔宮卻在那山絕頂中一個深谷內，毒龍尊者另有別府在紅鬼谷。這裡縱橫千餘里，差不多全是雪山，只魔宮是在溫谷以內，景物幽美。現在他們竟敢和峨嵋為敵，請的能人一定不少。並非我小看三位，實因我將來脫劫，全仗道友諸位，無以為報，意欲請道友代我看護頑軀，不要遠離，我將元神遁化去探看虛實，舊遊之地比較能知詳細，即使遇見妖法，也容易脫身回來，道友以為如何？」

靈雲聞言大喜，稱謝道：「道友如此熱腸肝膽，真令人感謝不盡了！」

八姑道：「此後借助之處甚多，無須太謙。不過我已是驚弓之鳥，我這一副枯骨，不得不先用障眼法隱去，全仗三位道友法力護持了！」說罷，一晃眼間，石台上仍是空空如也。

三人知八姑已神遊魔宮，暗暗驚異。各人輪流在石台旁守護，分別在谷中玩賞風景，並不遠離。

日光一晃消逝，山中雪光反映，仍是通明。三人在石台旁坐定用功，靜候八姑消息。

半夜過後，八姑仍未回來。朱文道：「怎麼八姑由申正走，到如今還不見回來？」

金蟬道：「她連自身尚不能轉動，還去冒這種大險，姊姊不該答應她去！我們在此枯等難受還不要緊，要是人家出了事，才對不起人哩！」

靈雲道：「你真愛小看人！八姑與『摩伽仙子』玉清大師同門，要論以前本事還在玉清大師之上。又在此潛修多年，她如不是自問能力所及，如何會貿然前去？我並非倚賴別人，自己畏難偷懶，實為她情形熟悉，比我們親去事半功倍。難得她又如此熱心，要是謝絕她這一番好意，聽玉清大師說過她性情率真，豈不反招她不快麼？」

三人又談了一陣，不覺到了天明。這時連靈雲也起了驚慮之心，已商量分人前去探看。忽聽石台上長吁了一聲，八姑現身出來，好似疲乏極了。

三人道了煩勞，八姑只含笑點了點頭，又停了一會，才張口說道：

「魔宮果然厲害！我也差點失閃，此番不但知了他的細情，還替三位約請了一位幫手……」

八姑剛要將探青螺之事詳細說出，忽聽山頂傳來幾聲鵰鳴，十分淒厲。

金蟬和神鵰處得熟了，聽出是牠的聲音，又知道英瓊、若蘭二人要隨後趕來，不由吃了一驚，便對靈雲道：

「姊姊你聽，佛奴不是回去了麼，如何又在上面叫喊？莫非凝碧崖發生了什麼事，前來尋我們麼？」

靈雲也聽出鵰鳴不似往日，忙喚朱文去看，金蟬也跟著出來。二人才離開了谷凹，還未張嘴，神鵰已在空中長鳴了一聲，似彈丸飛墮一般，將兩翼收斂，一團黑影，從空中由小而大，直往谷底飛落來，一路哀鳴不已！

金蟬首先問道：「你這般哀鳴，莫非你主人李英瓊趕了來，在半途中失了事麼？」

那鵰將頭點了點，長鳴一聲，金眼中竟落下兩行淚來！

朱文、金蟬雙雙忙喊：「姊姊快來，英瓊妹子被惡人困陷住了，神鵰是來求救呢！」

靈雲救人心急，便對八姑道：「有一位同門道友，中途失陷，愚姊弟三人即刻要去救援，等將人救回，再行飽聆雅教吧！」

八姑道：「這位道友既有仙禽隨身，還遭失陷，定是在鬼風谷遇見那想搶『雪魂珠』的番僧了。這妖孽妖法厲害，名字叫作雅各達，外號『西方野佛』，他除會放黃沙、魔火外，還有一個紫金缽盂同一支禪杖，俱都非常厲害。三位到了鬼風谷，千萬留神小心，以免有失！」

說到這裡，金蟬、朱文已連聲催促。三人與八姑告罪後，一齊飛上鵰背。那鵰長鳴了一聲，展開雙翼，沖霄便起，健翮凌雲，非常迅速，不消片刻已到了鬼風谷山頂之上。

靈雲見谷下黃塵紅霧中，隱隱看見英瓊的紫郢劍在那裡閃動飛舞，知道英瓊有紫郢劍護身，或者尚不妨事。

眼看快要飛到，忽見對崖飛下一道青光，一道紅光，定睛一看，對崖上站定兩個女子，一個正是周輕雲！一會從崖這面又飛過一個女子，這兩個女子雖未見過，知是輕雲約來的無疑。

說時遲，那時快，一轉眼間，神鵰業已飛到對崖落下。這才看見崖對面山半腰中坐著一個紅衣番僧，業已放出一條似龍非龍的東西，與輕雲等飛劍紅光鬥成一團。

朱文將寶鏡取出，照向下面，黃塵雖然消滅，紅霧未滅。本要飛劍出去助陣，忽聽那年紀較長的女子說：「請大家後退！」靈雲已聽鄭八姑說魔火厲害，忙拉了金蟬退出去二十多丈。

那年長的女子已從懷中取出一面小幡，方一招展，連人帶幡蹤跡不見。一眨眼間，已將英瓊、若蘭二人救上崖來。金蟬、朱文見二人中了妖法，昏迷不醒，心中大怒，雙雙將各人飛劍放出，直取那紅衣番僧。

「西方野佛」雅各達原本不在鬼風谷居住，因聽六魔厲吼的好友「逍遙神」方雲飛無意中說起鄭八姑從小長白山冰雪窟中將「雪魂珠」得了去。他垂涎此寶已有多年，便問明了路徑，跑去搶奪，被鄧八姑、玉清大師合力趕走，在鬼風谷暫時歇足。

這日正在谷中打坐，忽聽遠處一聲鵰鳴，抬頭一看，一隻黑鵰兩眼金光四射，身子大得也異乎尋常，疾飛若駛，正往谷頂飛過。不由起了貪念，忙將紫金缽盂住上一舉。他這缽盂名為「轉輪盂」，一經祭起，便有黑白陰陽二氣直升高空，無論人禽寶貝，俱要被它吸住。

這時，眼看黑白二氣沖到那鵰腳下，但那鵰只往下沉了十來丈，忽又高升，西方野佛見「轉輪盂」並未將那鵰吸住，大為驚異，便將缽盂收回，正要別想妙法，那鵰忽然似弩箭脫弦，疾如流星一般，直往谷底飛來，眼看離地還有數十丈高下，猛聽一聲嬌叱道：「大膽妖僧，無故前來生事，看我法寶取你！」言還未了，那鵰業已飛落面前。

適才因為那鵰飛得太高，鵰大人小，雅各達竟沒有留神看到鵰背上還坐著兩個人！此時近前一看，見是兩個美貌幼女，情知這兩個女子雖然小小年紀，能騎著這種有道行的大鵰在高空飛行，必大有來歷。

但是自恃妖法高強，也未放在心上，暗想：「我的缽盂未將你們吸住，你們不見機逃走，反來送死！送上門的買賣豈能放過？」便大喝道：「爾等有多大本領，敢在佛爺頭頂上飛來飛去！快快將鵰獻來，束手就擒，免得佛爺動手！」

那兩個少女正是若蘭、英瓊，已雙雙跳下鵰背。若蘭手揚處，一道青光飛來，西方野佛怪笑一聲，喝道：「無知賤婢！也敢來此賣弄！」將左臂一振，臂上掛著的禪杖化成一條蛟龍般的東西，將青光迎個正著。

西方野佛也是一時大意，想看看來人有多大本領，沒有用「轉輪缽」去吸敵人飛劍，剛將禪杖飛出，不想對方又是一聲嬌叱。英瓊手一揚，冷森森長虹一般一道紫光，直住西方野佛頂上飛來，這才想起用「轉輪缽」去收。

他剛剛將缽往上一舉，誰知英瓊飛劍厲害，眼看那道紫光，如神龍入海，被黑白二氣裹入缽內，猛覺右手疼病徹骨，知道不好，連忙用自己護身妖法「芥子藏身」，遁出去有百十丈遠近，一看手中缽盂業已被那道紫光刺穿，還削落了右手三指！

若蘭飛劍敵住番僧禪杖，正覺吃力，忽見英瓊寶劍得勝，妖僧敗退到半崖腰上，更不怠慢，一面指揮飛劍迎敵，暗誦咒語，手一揚處，將紅花姥姥所傳的十三粒「雷火金丸」，朝番僧打去。

西方野佛一時大意輕敵，反而毀了寶貝，還算見機得快，沒有傷了性命。剛剛敗逃出去，敵人飛劍竟一絲也不放鬆，隨後追至。正在心慌意亂，忽然又從敵人方面飛來十幾個火球，再想借遁已來不及，被火球在背上掃著一下，立刻燃燒起來，同時那道紫光又朝頭上飛到！

西方野佛出世以來從未遇見敵手，自從和玉清大師鬥法敗逃以後，今日又在這兩個小女孩手裡吃這樣大虧，如何忍受？本想將「天魔陰火」祭起報仇，未及施為，敵人飛劍、法寶連番又到。知道再不先行避讓，就有性命之憂！顧不得身上火燒疼痛，就地下打一個滾，仍借遁回到原處，取出魔火葫蘆，口中念咒，將蓋一開，飛出一枝小幡，幡見風一招展，立刻便有百十丈黃塵、紅霧湧成一團，朝敵人飛去。

英瓊、若蘭見敵人連遭挫敗，那隻神鵰盤旋高空，也在覷便下攫之際，忽見敵人又遁回了原處，從身畔取出一個葫蘆，由葫蘆中飛出一大團黃塵紅霧，直向她飛來。

若蘭自幼隨紅花姥姥，見多識廣，知道魔火厲害，一面收回金丸、飛劍，忙喊道：「妖法厲害，瓊妹快將寶劍收回走吧！」

英瓊本來機警，聞言將手一招，把紫郢劍收回。若蘭拉了英瓊正要升空逃走，已自不及！那一大團黃塵、紅霧竟和風捲狂雲一般，疾如奔馬飛將過來，將二人罩住。還虧英瓊紫郢劍自動飛起，化成一道紫虹，上下盤舞，將二人身體護住。

二人耳際只聽得一聲鵰鳴，以後便聽不見黃塵外響動，只覺一陣腥味撲鼻，眼前一片紅黃，身上發熱，頭腦昏眩！

似這樣支持了有半個多時辰，忽聽對面有一個女子聲音說道：「李、申兩位姊姊將寶劍收起，妹子好救你出險。」若蘭不敢大意，忙問何人。

紫玲用「彌塵幡」下去時，有寶幡護體，魔火原不能傷她，以為還不一到就將人救出。及至到了下面一看，李、申二人身旁那道紫光，如長虹一般，將李、申二人護住。

漫說魔火無功，連自己也不能近前，心中暗暗佩服峨嵋門下，果然能人異寶甚多。知道紫光不收，人決難救。情知自己與二人俱素昧平生，在危難之中未必肯信，早想到了主意。

果然若蘭首先發問，立刻答道：「神鵰佛奴與齊靈雲姊姊送信，尋蹤到此，才知二位姊姊被魔火所困，特命妹子前來救援，如今靈雲、輕雲二位姊姊俱在上面，事不宜遲，快將劍收起，隨妹子去吧！」

英瓊、若蘭聞言才放了心，將紫郢劍收起，隨紫玲到了上面。也是忙中有錯，李、申二人該有此番小劫，竟忘了二人在下面不曾受傷，全仗紫郢劍護體。

正在英瓊收回紫郢劍，紫玲近前用幡救護之際，英瓊收劍時快了一些，紫郢一退，紅霧侵入，雖然紫玲上前得快，已是沾染了一些，二人只覺眼前一紅，鼻端嗅著一股奇腥，容到紫玲將二人救上谷頂，業已昏迷不省人事了。

西方野佛見來人出入魔火陣，將人救出，心中又驚又怒，用手一指面前香爐，借魔火將爐內三枝大香點燃，口中念誦最惡毒不過的「天刑咒」，咬碎牙尖，大口鮮血噴將出來。

對崖靈雲等忽見谷底紅霧直往上面飛來，接著便是一陣奇香噴鼻，立刻頭腦昏暈，站立不穩，知道妖法厲害。

正有些驚異，忽見紫玲道：「諸位姊姊不要驚慌。」言還未了，便有一朵彩雲飛起，將眾人罩住，才聞不見香味，神智略清，同時朱文寶鏡的光芒雖不能破卻魔火，卻已將飛來紅霧在十丈以外抵住，不得近前。

紫玲一見大喜道：「只要這位姊姊寶鏡能夠敵住魔火，便不怕了。」說罷，向寒萼手中取過「彩霓練」，將「彌塵幡」交與寒萼，吩咐小心護著眾人，自己駕「玄門太乙遁法」隱住身形，飛往妖僧後面，左手祭起「彩霓練」，右手一揚，便有五道手指粗細的紅光，直往西方野佛腦後飛去。

那紅光乃是寶相夫人傳授，用五金之精煉成的「紅雲針」，比普通飛劍還要厲害。西方野佛猛覺腦後一陣風起，知道不好，不敢回頭，忙將身往前一竄，借遁逃將出去有百十丈遠近。回頭一看，一道彩虹連同五道紅光正朝自己飛來。眼見敵人如此厲害，自己法寶業已用盡，再不見機逃走，定有性命之憂！不敢怠慢，一面借遁逃走，一面口中念咒，準備將魔火收回。

誰知事不由己，紫玲未曾動手，已將「顛倒八門鎖仙旗」各按五行生剋祭起，西方野佛才將身子起在高空，便覺一片白霧瀰漫，撞到哪裡都有阻攔。知道不妙，又恨又怕，無可奈何，只得咬一咬牙，拔出身畔佩刀一揮，將右臂斫斷，用「諸天神魔化血飛身」之法，逃出重圍。

他才往上升起，剛慶幸得脫性命，猛覺背上似被鋼爪抓了一下，一陣奇痛徹心，只當又是敵人法寶，身旁又聽得鵰鳴，哪敢回顧！慌不迭掙脫身軀，借遁逃走！一氣逃出去有數百里地，落下來一看，左臂上的皮肉去掉了一大片，連僧衣絲條及放魔火的葫蘆都被那東西抓了去。這才想起適才聽得鵰鳴，定是被那畜生所害！

西方野佛想起只為一粒「雪魂珠」，把多年心血煉就的至寶毀失，自己還身受重傷，成了殘廢，痛極思痛，不禁悲從中來！

正在悔恨悲泣，忽聽一陣極難聽的「吱吱」怪叫，連西方野佛那種兇橫強悍的妖僧都被叫得毛骨悚然，連忙止泣起身，往四外看去。

他站的地方，正是一座雪山當中的溫谷，四圍風景又雄渾又幽奇。面前坡下有一彎清溪，流水淙淙，與松濤交響。那怪聲好似在上流頭溪澗那邊發出，心想：「定是什麼毒蛇怪獸的鳴聲。」估量自己能力還能對付，便走下澗去，用被劍穿漏了的紫金缽舀了小半缽水，掐指念咒，畫了兩道符，將水洗了傷處，先止了手背兩處疼痛。一件大紅袈裟被鵰爪撕破，索性脫了下來，撕成條片，裹好傷處，然後手提禪杖，尋聲而往。

這時那怪聲越叫越急，西方野魔順著溪澗走了有兩三里路，轉過一個溪灣，怪聲頓止。那溪面竟是越到後面越寬，快到盡頭，忽聽濤聲聒耳。往前一看，迎面飛起一座山崖，壁立峭拔，其高何止千尋。

半崖凹處，稀稀地掛起百十條細瀑，下面一個方潭，大約數十畝。潭心有一座小孤峰，高才二十來丈，方圓數畝，上面怪石嵯峨，玲瓏剔透。峰腰半上層，有一個高有丈許的石洞，洞前還有一根丈許高的平頂石柱。

這峰孤峙水中，四面都是清波縈繞，無所攀附，越顯得幽奇靈秀。暗忖：「我落得如此狼狽，也難見人。這洞不知裡面如何，有無人在此參修。要是自己看得中時，不如就在此暫居，徐圖報仇之計，豈不是好？」

想到這裡，便借遁上了那座小峰，腳才站定，怪聲又起。仔細一聽，竟在洞中發出，依稀好似人語說道：「誰救我，兩有益；如棄我，定歸西。」

西方野佛好生奇怪！因為自己只剩了一支獨龍禪杖，一把飛刀，又斷了半截手臂，不敢大意，輕悄悄走近洞口一看，裡面黑沉沉，只有兩點綠光閃動，不知是什麼怪物在內，一面小心準備，大喝道：「我西方野佛在此，你是什麼怪物？還不現身出洞，以免自取滅亡！」

話才講完，洞中起了一陣陰風，立刻伸手不辨五指。西方野佛剛要把禪杖祭起，忽聽那怪聲說道：「你不要害怕，我決不傷你，我見你也是一個殘廢，想必比我那個狠心夥伴強些，你只要對我有好心，我便能幫你的大忙，如若不然，你今天休想活命！」

西方野佛才遭慘敗，又受奚落，不由怒火上升，大罵道：「無知怪物，竟敢口出狂言！速速說出爾的來歷，饒爾不死！」言還未了，陰風頓止，依舊光明。

西方野佛再看洞中，兩點綠光不知去向。還疑怪物被他幾句話嚇退，猛覺腦後有人吹了一口涼氣，把他嚇了一大跳。回頭一看，並無一人，先還以為是無意中被山上冷風吹了一下，及至回身朝著洞口，頸上又覺有人吹了一口涼氣，觸鼻還帶腥味！

西方野佛知道怪物在身後暗算，先將身縱到旁邊，以免腹背受敵。站定回身，仍是空無一物，好生詫異！正待出口要罵，忽聽「吱吱」一聲怪笑，說道：「我不早對你說不傷你麼？這般驚惶則甚！我在這石柱上哩，要害你時，你有八條命也不夠！」

第十一回

同惡互濟　五鬼天王

西方野佛未等他說完，業已循聲看見洞口石柱上，端端正正擺著小半截身軀和一個栲栳大的人腦袋，頭髮鬍鬚絞住一團，好似亂草窩一般，兩隻眼睛發出碧綠色的光芒，脖項下面雖有小半截身子，卻是細得可憐，與那腦袋太不勻稱，左手只剩有半截臂膀，右手卻像個鳥爪，倒還完全，咧著一張闊嘴，衝著西方野佛，似笑非笑，神氣猙獰，難看已極！

西方野佛已知怪物不大好惹，強忍怒氣說道：「你是人是怪？為何落得這般形象！還活著有何趣味？」

那怪物聞言好似有些動怒，兩道紫眉往上一聳，頭髮鬍鬚根根直豎起來，似刺蝟一般，同時兩眼圓睜，綠光閃閃，益發顯得怕人，倏的又斂了怒態，一聲慘笑，說道：「你我大哥莫說二哥，兩下都差不多，看你還不是新近才吃了人家的大虧，才落得這般光景？現在光陰可貴，我那惡同伴不久回來，你我同在難中！幫別人即是幫自己，你如能先幫我一個小忙，日後你便有無窮享受！你意如何？你大概還不知道我的來歷，可是我一說出，你如不能幫我的忙，你就不用打算走了！」

西方野佛見怪物口氣甚大，摸不清他的路數，一面暗中戒備，一面答道：「只要將來歷說出，如果事在可行，就成全你也無不可，如果你心存奸詐，休怪我無情毒手！讓你知道我『西方野佛』雅各達也不是好惹的！」

那怪物聞言驚呼道：「你就是毒龍尊者的同門西方野佛麼？你我彼此聞名，未見過面，這就難怪了。聞得你法術通玄，能放千丈魔火，怎麼會落得如此狼狽？」

西方野佛怒道：「你先莫問我的事！且說你是什麼東西變化的

罷！」

那怪物說道：「道友休再出口傷人，我也不是無名之輩，我乃百蠻山陰風洞綠袍老祖便是！我在慈雲寺吃了極樂真人的大虧，被他飛劍斬腰，眼看連元神都可能不保。在這間不容髮之際，我門下大弟子『獨臂韋護』辛辰子從陰風洞趕到，將我救到此地。後來才知他救我並不安什麼好心，他是看中了我那粒『玄牝珠』，打算將珠得到手中，再回山收服眾同門，自為魔祖。那珠子本是我第二元神，用『身外化身』之法修煉而成，我雖然失了半截身子，只須尋著一個資質好的軀殼，使我與他合而為一，再用我道法修煉三年零六個月，一樣能返本來面目！」

西方野佛雖是窮凶極惡之人，聽到這裡，也不禁暗抽一口涼氣。

綠袍老祖又道：「他趁我不防，先用我傳他的厲害法術『陰魔網』將這山峰封鎖，還嫌不足，又在崖上掛起『魔泉幡』，以防我運用元神逃走。還算我主意拿得穩，自從看穿了他的奸計，一任他恐嚇哄騙，好說歹說，老守著我這第二元神不去理他。再要被他逼得太急時，我便打算和他同歸於盡，他投鼠忌器，我才得熬到現在。他每一走開，我便在洞中借著山谷回音大喊，連喊了八九日，天幸將道友引來，想是活該他惡貫滿盈，我該脫難報仇了！」

西方野佛聽得他是南派魔教中的祖師綠袍老祖，早就大吃一驚，暗想：「久知他厲害狠毒，從來不說虛話，說得到行得出。前數月聽人說他已在成都身死，不想還剩半截身子活在此地！今日如不助他脫險，說不定還得真要應他之言，來得去不得！但是自己法寶盡失，已成殘廢，那『獨臂韋護』辛辰子的厲害，他久有耳聞，正不亞於綠袍老祖，倘若抵敵不過，如何是好？」

一路盤算，為難了好一會，才行答道：「想不到道友便是綠袍老祖，適才多有失敬！以道友這法力，尚且受制於令高徒，不瞞道友說，以前我曾煉有幾件厲害法寶，生平倒也未遇見幾個敵手。不想今日遇著幾個無名小輩，鬧得法寶盡失，萬一敵令徒不過，豈不兩敗俱傷？」

綠袍老祖道：「道友有所不知，逆徒防備周密，他防我遁走，在我身上傷口同前後心插上八根魔針，這針乃『子母鐵』煉就，名為『九子母元陽針』。八根子針插在我身上，一根母針卻用法術鎖在這平頂石柱之下，如不先將母針取去，無論我元神飛遁何方，被他發覺，只須對著母針念誦咒語，我便周身發火，如同千百條毒蟲鑽咬難過。因為我身有子針，動那母針不得，只好在此度日如年般苦捱。只須有人代我將母針取出毀掉，八根子針便失了效用，就可逃出羅網了，我但能生還百蠻山，便不難尋到一個根骨深厚之人，借他軀殼變成全人！」

西方野佛聞言，暗想：「久聞這廝師徒多人，無一個不心腸歹毒，詭計多端，莫要中了他的暗算！既然『子母針』如此厲害，我只須將針收為己有，便不愁他不為我用！我何不如此如此……」主意打好，便問那母針如何取法？

綠袍老祖道：「要取那針不難，並非我以小人之心待你，只因我自己得意徒弟尚且對我如此，道友尚是初會，莫要我情急亂投醫，又中了圈套！如真願救我，你我均須對天盟誓，彼此都省下許多防範心思，道友以為如何？」

西方野佛聞言，暗罵「好一個奸猾之輩！」略一沉吟，答道：「我實真心相救，道友既然多疑如此，若是心存叵測，我雅各達死於亂箭之中。」

綠袍老祖聞言大喜，也盟誓說：「我如恩將仇報，仍死在第二惡徒之手！」

二人心中正是各有打算。

綠袍老祖發完了誓，一字一句地先傳了咒語。接著叫西方野魔用禪杖先將石柱打倒，柱底下便現出一面大幡，上面畫有符籙，符籙下面埋著一根一寸九分長的鐵針，然後口誦護身神咒，將那針輕輕拔起，將針尖對著自己，口誦傳的咒語，將針收到後，再傳他破針之法，才可取那八根子針。

西方野魔哪知究理，當下依言行事。一禪杖先將石柱打倒，果然山石上有一道符籙，下面有一根光彩奪目的鐵針，知道是個寶貝，忙念護身神咒，伸手捏著針頭往上一提。那針便黏在手上，發出綠陰陰的火光，燙得手痛欲裂，丟又丟不掉。

他先前取針時，見綠袍老祖嘴皮不住喃喃顫動，哪裡知道這火是他鬧的玄虛，只痛得亂嚷亂跳！

綠袍老祖冷冷地說道：「你還不將針尖對著我念咒，要等火將你燒死麼？」

西方野佛疼得也不暇尋思，忙著咬牙負痛，將針尖對著綠袍老祖，口誦傳的咒語。果然才一念誦，火便停止，那咒語頗長，稍一停念，針上又發出火光，不敢怠慢，一口氣將咒念完。

他念時，見綠袍老祖舞著一條細長鳥爪似的臂膀，在那裡念念有詞，臉上神氣也帶著苦痛。等到他剛一念完，從綠袍老祖身上飛出八道細長黃煙，他手上的針也發出一溜綠光，脫手飛去，與那八道細長黃煙碰個正著！忽然一陣奇腥過處，登時煙消火滅！

綠袍老祖獰笑道：「『九子母元陽針』一破，就是孽障回來，我也不愁不能脫身了！」說罷，朝天揮舞著長臂，又是一陣怪笑，好似快活極了的神氣！

西方野佛忿忿說道：「照你這一說，那針已被你破了，你先前為何不說實話？」

綠袍老祖聞言，帶著不屑神氣答道：「不錯，我已將針破了。實對你說，這針非常厲害，我雖早知破針之法，無奈此針子母不能相見，子針在我身上，我若親取了針，便要與針同歸於盡。適才見你舉棋不定，恐你另生異心，我如將真正取針之法寶傳了你，此寶不滅，早晚必為我害。所以我只傳你取母針之法，使你先用母針將我子針取出，九針相撞，自然同時消滅，無須再煩你去毀掉他了。我只為此針所苦，沒有母針不能去收子針，我自己又不能親自去取那母針，須假手外人，因此多加一番小心，倒害你又受一點小苦了。」

西方野佛見上了綠袍老祖的大當，還受他奚落，好不忿恨，知道敵他不過，只得強忍在心。勉強笑答道：「道友實是多疑，我並無別意。如今你我該離開此地了吧？」

綠袍老祖道：「業障今明日必回，我須要叫他難受難受再走。」說罷，對著洞中念了一會兒咒語，揮著長臂，叫西方野佛將他抱起，自會飛下峰去。

西方野佛無奈，剛將他半截身軀抱起，只聽他口才喊得一聲：「走！」便見一團綠光將自己包圍，立刻身子如騰雲駕霧一般下了高峰，綠光中只聽得風聲呼呼，水火白龍一齊擁來，只見那團綠光帶著自己上下翻滾了好一會兒，才得落地。猛聽濤聲震耳，回望山崖上，數十道細瀑不知去向，反掛起一片數十丈長、八、九丈寬的大瀑布，如玉龍夭矯，從天半飛落下來。

西方野佛正要開言，綠袍老祖道：「業障的法術、法寶俱已被我破去，他素性急暴，比我還甚，回來知我逃走，不知如何忿恨害怕。

可惜我暫時不能報仇，總有一天將他生生嚼碎，連骨渣子也咽了下去，才可消恨呢！」說罷，張著血盆大口，露出一口白森森的怪牙，將牙錯得山響。

西方野佛索性人情做到底，便問是否要送他回山。綠袍老祖道：「我原本是打算回山，先尋一個有根基的替身，省得我老現著這種醜相！不過現在我又想，我落得這般光景，皆因毒龍尊者而起，聽孽障說，他現在紅鬼谷招聚各派能人，準備端陽與峨嵋派一決雌雄，他煉有一種接骨金丹，於我大足有用。你如願意，可同我一起前去尋他，借這五月端午機會，只要擒著兩個峨嵋門下有根基之人，連你也能將殘廢變成完人，豈不是好！」

西方野佛點頭答應間，忽聽得呼呼風響，塵沙大起，綠袍老祖厲聲道：「孽障來了！還不速將我抱起快走！」西方野佛見綠袍老祖面帶驚慌，也著了忙，剛將綠袍老祖抱起，東南角上一片烏雲黑霧，帶起滾滾狂風，如同饑鷹掠翅般，已投向那座山峰上面！

綠袍老祖知道此時逃走，必被辛辰子覺察追趕，自己如今對敵時有許多吃虧的地方，西方野佛又非來人敵手，事在緊急，忙伸出那一隻鳥爪般長臂，低告西方野佛：「不要出聲！」口中念念有詞，朝地上一畫，連自己帶西方野佛俱都隱去！

西方野佛見綠袍老祖又不走，反用法術隱了身形，暗自驚心。靜悄悄朝前看時，那山峰上已落下一個斷了一隻臂膊的瘦長人，打扮得不僧不道，赤著腳，手上拿著一把小刀，閃閃發出暗紅光亮，面貌狡詐，生得十分兇惡。

那瘦長人才一落地便知有異，仰天長嘯了一聲，聲如梟嗥，震動林樾，極為淒厲難聽，隨又跑到綠袍老祖藏身的洞口。

剛要往前探頭，忽從洞內飛起兩三道藍晶晶的飛絲。那瘦長人又怪嘯了一聲，化成一溜綠火，疾如電閃般避到旁邊，從身上取出一樣東西，才一出手，發出五顏六色的火花，飛上去將那幾道藍絲圍住，等到火花被瘦長人收回，藍絲已失了蹤跡。

西方野佛看得仔細，那藍絲出來得比箭還疾，瘦長人猝不及防，臉上好似著了一下。

藍絲破去後，那瘦長人在洞口轉了一轉，暴跳了一陣，飛起空中，四外尋找蹤跡。不一會，那人跳到這面坡來，用鼻一路嗅聞，一路找尋。

西方野佛才看出這人是一隻眼，身軀甚長，長臉上瘦骨嶙峋，形如骷髏，白灰灰的，通身沒絲毫血色。左臂已斷去，衣衫只有一隻袖子，露出半截又細又長又瘦的手臂，手上拿著一把三尖兩刃小刀、一面小幡，渾身上下似有煙霧籠罩，口中不住的喃喃念咒，不時用刀往四旁亂刺，山石樹木著上便是一溜紅火。

西方野佛抱著綠袍老祖，見來人漸走漸近，看敵人舉動，估量已知道綠袍老祖用的是隱身之法，心中一驚。略一轉動，覺著臂上奇痛徹骨，原來是綠袍老祖鳥爪般的手將他捏了一下，強忍痛楚，再看綠袍老祖臉上仍若無事一般，同時又看敵人業已走到身旁，手上的刀正要往自己頭上刺到。

忽聽山峰上面起了一種怪聲，那瘦長人聽了，張開大口，把牙一錯，帶著滿臉怒容，猛一回頭，駕起煙霧，往山峰便縱。身子還未落在峰上，忽從洞內飛起一團綠影，破空而去，那長人大叫一聲，隨後便追。眼看長人追著那團綠影，飛向東南方雲天之中，轉眼不見，猛聽綠袍老祖喊一聲：「快走！」身子已被一團綠光圍繞，直往紅鬼谷飛去。

約有個把時辰，到了喜馬拉雅山紅鬼谷外落下。

綠袍老祖道：「前面不遠便是紅鬼谷，等我吃頓點心再走進去，我已好幾個月沒吃東西了！」

西方野佛久聞他愛吃人的心血，知道他才脫羅網，故態復萌，心想：「紅鬼谷有千百雪山圍繞，亙古人跡罕到，來此的人俱都與毒龍尊者有點淵源，不是等閒之輩，倒要看他如何下手！」卻故意解勸道：「我師兄那裡有的是牛羊酒食，我們既去投他，還是不要造次的好！」

綠袍老祖冷笑道：「我豈不知這裡來往的人，大半是他的門人朋友！一則我這幾個月沒動葷，要開一開齋；二則也是特意讓他知道知道，打此經過的要是孤身，我還不下手呢！他若知趣的，得信出來將我接了進去，好好替我設法便罷，不然我索性大嚼一頓，再回山煉寶報仇，誰還怕他不成！」

西方野佛見他如此狂法，便問道：「道友神通廣大，法力無邊，適才辛辰子來時，你我俱在暗處，正好趁他不防下手將他除去，為何反用替身將他引走？難道像他這種忘恩叛教之徒，還要姑息麼？」

綠袍老祖道：「你哪知我教下法力厲害！他一落地，見寶幡法術被人破去，以為我已逃走，偏我行法時匆忙了一些，一個不周密，被他聞見我遺留的氣味尋蹤而至。他也知我雖剩半截身子，並不是好惹的，已用法術護著身體。他拿的那一把『魔血刀』，乃是苗疆紅髮老祖鎮山之寶，好不厲害！不知怎的會被他得到手中！此時我要報仇，除非與他同歸於盡，未免不值。因見他越走越近身前，才暗誦魔咒，將洞中昔日準備萬一之用的替身催動，將他引走！」

正說之間，忽然東方一朵紅雲如飛而至，眨眨眼入谷內去了。綠袍老祖道：「毒龍尊者真是機靈鬼，竟將我多年不見的老朋友，東方魔鬼祖師五鬼天王請來了！」一言還未了，又聽一陣破空聲音，雲中飛來兩道黃光，到了谷口落下。

西方野佛還未看清來人面目，忽聽綠袍老祖一聲怪笑，一陣陰風起處，綠煙黑霧中現出一隻寸許方圓的大手，直往來人身後抓去，剛聽一聲慘叫，忽見適才那朵紅雲較前還疾，從谷內又飛了出來，厲聲說道：「手下留人，尚和陽來也！」

說罷，紅雲落地，現出一個十一、二齡的童子，一張紅臉圓如滿月，濃眉立目，大鼻闊口，穿一件短衫，赤著一雙紅腳，頸上掛著兩串紙錢同一串骷髏骨念珠，一手執著一面金幢，一手執著一個鎚，鎚頭是五個骷髏攢在一起造成，連鎚柄約有四尺，滿身俱是紅雲煙霧圍繞。

西方野佛認出來人正是「五鬼天王」尚和陽，知他的厲害，連忙起身為禮。尚和陽才同綠袍老祖照面，便厲聲說道：「你這老不死的殘廢，哪裡不好尋人享用，卻跑在朋友門口作怪！傷的又是我們的後輩，我若來遲一步，日後見了鳩盤婆怎好意思？快些隨我到裡面去，不少你的吃喝，還要在此作怪，莫怨我手下無情了！」

綠袍老祖哈哈笑道：「好一個不識羞的小紅賊！我尋你多年，打聽不出你的下落，以為你已被優曇老乞婆害了！不想你還在人世，我哪裡是有心在此吃人，只為谷內毒龍存心賺我，害我只剩半截身軀，還受了惡徒辛辰子許多活罪，今日特意來尋他算帳！打算先在他家門口掃掃他的臉皮，就便吃一頓點心！」

先前黃光中現出的人原是兩個女子，一個已被綠袍老祖大手抓到，未及張口去咬，被尚和陽奪了去。她二人是苗疆著名女魔，赤身教教主鳩盤婆的門下弟子金姝、銀姝，因接了毒龍尊者請柬，派她們前來相機行事，不想剛飛到谷口，銀姝便險些做了綠袍老祖口內之食！

她二人俱認得「五鬼天王」尚和陽是師父好友，有他在此便不妨事，連金姝也走了過來，等尚和陽和綠袍老祖談完了話，先向尚和陽謝了救命之恩，然後說道：「家師因接了毒龍尊者請柬，有事在身，特命弟子等先來聽命，不想金姝、銀姝以為到了紅鬼谷口，在毒龍尊者仙府左近，還愁有人欺負不成？自不小心，險些送了一條小命，可見我師徒道行淺薄，不堪任使，再留此地，早晚也是丟人現眼。好在毒龍尊者此次約請的能人甚多，用弟子等不著，再者弟子也無顏進去，求師伯轉致毒龍尊者，叱名代弟子師徒告罪，弟子等回山，如不洗卻今朝恥辱，不便前去拜見！恕弟子等放肆，不進去了！」

綠袍老祖聽她二人言語尖刻，心中大怒，不問青紅皂白，又將元神化成大手抓去。金姝、銀姝早已防備，不似適才疏神，未容他抓到，搶著把話說完，雙雙將腳一頓，一道黃煙過處，蹤跡不見！

尚和陽哈哈大笑道：「果然強將手下無弱兵，綠賊早晚留神鳩盤婆尋你算帳吧！」

綠袍老祖二次未將人抓著，枉自樹了一個強敵，又聽尚和陽如此說法，心中好生憤怒，只因尚有求人之處，不得不強忍心火，勉強說道：

「我縱橫二、三百年，從不怕與誰作對，鳩盤老乞婆恨我又待如何！」

正說話間，忽然一道黃煙在地下冒起，煙散處，現出一個番僧打扮的人說道：「佳客到此，為何還不請進荒谷敘談，卻來此地閒話！難道怪我主人不早出迎麼？」

來人身材高大，聲如洪鐘，正是西藏派掌教毒龍尊者。

綠袍老祖一見是他，不由心頭火起，罵道：「你這孽種害得我好苦！」一伸開大手便要抓去！

尚和陽見二人見面便要衝突，忙伸左手，舉起白骨鎚迎風一晃，發出一團愁煙慘霧，鬼哭啾啾，鎚上五個骷髏一齊變活，各張大口，露出滿嘴白牙，往外直噴黑煙，攔住綠袍老祖。

尚和陽罵道：「你這綠賊，生來就是這小氣，不問親疏黑白，一味賣弄你那點玄虛，既知峨嵋厲害，當初就不該去，去吃了虧，不怪自己本領不濟，卻來怪人，虧你不羞！」

毒龍尊者搖手道：「道友休怪，我曾在慈雲寺附近仔細尋找，也曾派人到北海陷空老祖處求來『萬年續斷』，供道友接體之用，只是遍尋不獲！」

綠袍老祖正要答話，西方野佛已上前先與毒龍尊者見禮，轉對綠袍老祖道：「如今真情已明，皆是道友惡徒辛辰子之罪，且等過了端陽，上天入地尋著那廝，明正其罪便了。道友血食已慣，既然數月未知肉味，不如我們同進谷去，先由師兄請道友飽餐一頓，再作詳談吧！」尚和陽也催著有話到裡面去再說，毒龍尊者為表示歉意，親自抱了綠袍老祖在前引路。

毒龍尊者移居紅鬼谷不久，西方野佛尚是初來，進谷一看，谷內山石土地一片通紅，入內二十餘里，忽見前面黑霧紅塵中隱隱現出一座洞府，洞門前立著四個身材高大的持戈魔士，見四人走近，一齊俯伏為禮。耳聽一陣金鐘響處，洞內走出一排十二個妙齡赤身魔女，各持舞羽、法器，俯伏迎了出來。

不一會，進了洞府，綠袍老祖見著左右侍立的這些妖童、魔女，早不禁張開血盆大嘴，饞涎欲滴。毒龍尊者知他毛病，忙吩咐左右急速安排酒果牲畜，一面著人出去見取生人，來與他享用。

侍立的人領命去後，不多一會兒，擺好酒宴，抬上活生生幾隻牛羊來。毒龍尊者將手一指，那些牛羊便四足站在地下，如釘住似的不能轉動。在座諸人宗法稍有不同，奉的卻都是魔教，血食慣了的。由毒龍尊者邀請入席坐定後，綠袍老祖更不客氣，兩眼覷準了一隻肥大的西藏牛，身子倚在錦墩上面，把一隻鳥爪般的大手伸出去兩丈多遠，直向牛腹抓去，將心肝五臟取出，回手送至嘴邊，張開血盆大口一陣咀嚼，咽了下去。

西方野佛呵呵大笑道：「異日擒到我們的對頭，須要叫他們死時也和這些牛羊一樣，才能消除我們胸中一口惡氣呢！」

又對毒龍尊者說起在鬼風谷遇見那幾個不知來歷的少年男女同自己失寶受傷之事，毒龍尊者聞言怒道：「照你說來，定是俞德在成都所遇峨嵋門下新收的一些小狗男女了！」

西方野佛道：「我看那些人未必都是峨嵋門下，我初遇見的兩個年輕賤婢騎著一隻大鵰，內中一個佩著一柄寶劍，一發出手便似長虹般一道紫光。我那『轉輪盂』也不知收過多少能人的飛劍、法寶，竟被她那道劍光穿破了去！」

毒龍尊者道：「你哪裡知道近年來各派都想光大門戶，廣收門徒，以峨嵋派物色去的人為最多。據俞德說，峨嵋門下很有幾個青出於藍的少年男女門人！」

正說之間，一道光華如神龍夭矯從洞外飛入，毒龍尊者連忙起身道：「俞德回來說仙姑早就動身，如何今日才到？」

言還未了，來人已現身出來，答道：「我走在路上，遇見以前崑崙派女劍仙陰素棠，爭鬥了一場，倒成了好相識。我知她自脫離了崑崙派，不甚得意，想用言語試探，約她與我們聯合一氣，便隨她回山住了些日，所以來遲了一步。」

尚和陽與西方野佛見來人正是「萬妙仙姑」許飛娘，互相見完了禮。綠袍老祖喝飽了牛羊血也醒過來。萬妙仙姑不料他雖然剩了半截身子，還沒有死，知他性情乖戾，連忙恭敬為禮。

大家正落座談話，俞德從外面進來，朝在座諸人拜見之後，說道：「弟子奉命到青海柴達木河畔請來師文恭師叔，怎知走到半路，遇上一批青年狗男女，鬥法失敗，師師叔斷了雙手，又中了敵人兩飛針，弟子也被削去了兩個手指。如今師師叔成了殘廢，氣憤欲死，特來請師父同諸位師伯師叔前去與他醫治報仇！」說時，神色忿然。

看官，那師文恭是當今天下著名的劍仙，「三仙二老，一子七真」

之中，青海柴達木盆地藏靈子的徒弟，他和俞德遇到的一干男女，就是靈雲、金蟬、秦紫玲、寒萼等人，詳情後文自有交代。

當下萬妙仙姑道：「我適才有許多話還沒有顧得向你提起。如今救人要緊，我帶有靈丹，如果斷手還在，便可接上，有什麼話，到青螺再談吧。」一句話將毒龍尊者提醒，問在座諸人可願一同前去。

西方野佛一手正扶著綠袍老祖，自忖能力現時已不如眾人，心無主意。

綠袍老祖忽趁人不注意，暗中伸手拉了他一把，隨即說道：「我等當然都去，我仍請西方道友攜帶好了。」說罷，又向萬妙仙姑道：「久聞仙姑靈丹接骨如天衣無痕，不知怎麼接法，可能見告麼？」

萬妙仙姑尚是頭一次見綠袍老祖說話如此謙恭，不肯怠慢，連忙從身畔葫蘆內取出八粒丹藥，分授綠袍老祖、西方野佛，道：

「此丹內有陷空老祖所賜的千年續斷，外加一百零八味仙草靈藥，在丹爐內用文武火符咒祭煉一十三年，接骨生肌，起死人而肉白骨。像二位道友這樣高深的道行，只須尋著有根基的替身，比好身體殘廢的地方，將它切斷，放好丹藥，便能湊合一體。此丹與毒龍尊者所煉的『接骨神丹』各有妙用，請二位帶在身旁，遇見真機便能使法體復舊如初了。」

二人聞言大喜，連忙稱謝不迭。

當下俞德早已先行，毒龍尊者陪了尚和陽、綠袍老祖、西方野佛、萬妙仙姑，一齊起身出洞，尚和陽道：「待我送諸位同行吧！」腳一頓處，一朵紅雲將四人托起空中。

不一頓飯時候，到了青螺宮，迎接進去。到了裡面，見著「獨角靈官」樂三官同一些魔教中知名之士，因為救人情急，彼此匆匆見完了禮，同到後面丹房之中。

見師文恭正躺在一張雲床之上，面如金紙，不省人事。斷手放在兩旁，兩隻手業已齊腕斷去。

尚和陽近前一看傷勢，驚異道：「他所中的，乃是天狐『寶相夫人』秦珊的『白眉針』！她如超劫出世，受了東海三仙引誘，與我們為難，倒真是一個勁敵呢！此針不用五金之精，乃天狐自身長眉所煉，只要射入人身，便順著血脈流行，直刺心竅而死。看師道友神氣，想必也知此針厲害，特意用玄功阻止血行，暫保日前性命，至多只能延長兩整天活命了！」

毒龍尊者一聽師文恭中的是天狐的白眉針，知道厲害，忙問尚和陽：「道兄既知此針來歷，難道不知解救之法麼？」

尚和陽道：「此針深通靈性，慣射人身主穴，當初我有一個同門師弟祭德曾遭此針之厄，幸虧先師知道此針來歷，只有北極寒光道人用磁鐵煉成的那一塊吸星球，可將此針仍從原受傷處吸出，一面命蔡德阻止周身血液流行，用玄功動氣將針抵住不動，一面親身去求寒光道人借來吸星球，將針吸出，運用丹藥調治年餘，才保全了性命！但自從寒光道人在北極兵解，吸星球便下落不明了！」

萬妙仙姑在一旁，也早已認出白眉針的來歷，只是她城府甚深，所以並不明言，知道這個天狐非同小可，不但她修道數千年煉成了無數奇珍異寶，最厲害是她這次如果真能脫劫出來，便成了不壞之身，先立於不敗之地，雖不一定怕她，總覺又添了一個強敵，自己這方面實難討好。略為和眾人寒暄一會，先行藉故離去。

許飛娘走後，眾人商議一會，毒龍尊者猛想起後日才是端陽，何不用「水晶照影」之法觀察觀察敵人的虛實？一面吩咐俞德去準備，對眾人道：「我想後日便是會敵之期，峨嵋派究竟有多少能人來到還不知道，我意欲在外殿上搭起神壇，用我煉就的水晶球行法觀察敵人虛實。此法須請兩位道友護壇，意欲請樂、尚兩位道友相助，不知意下如何？」

眾人久聞魔教中水晶照影之法，能從一個晶球中將千萬里外的情狀現將出來，雖然只知經過，不知未來，如果觀察現時情形，恍如目睹一般，自然想開一開眼界，齊聲道好。

綠袍老祖卻閉目靜養，一聲不出，毒龍尊者也不敢再去問他，一會兒俞德進來，毒龍尊者便命他在丹房中陪伴綠袍老祖與西方野佛，自己陪了尚、樂二人，率領八魔到前面行法去了。毒龍尊者也是一時大意，以為綠袍老祖行動不便，不如任他和西方野佛在丹房中靜養，不想日後因此惹下殺身之禍。這且不提。

眾人到了前殿，法壇業已設好，當中供起一個大如墨斗的水晶球。毒龍尊者分配好了職司，命八魔按八卦方位站好，尚、樂二人上下分立。自己跪伏在地，口誦了半個多時辰魔咒，咬破中指，含了一口法水朝晶球上噴去，立刻滿殿起了煙雲，通體透明的晶球上面白濛濛好似罩了一層白霧。

毒龍尊者同尚、樂二人各向預設的蒲團上盤膝坐定，靜氣凝神望著前面。一會兒工夫，煙雲消散，晶球上面先現出一座山洞，洞內許飛娘居中正坐，旁邊立著一個妖媚女子，還有一個瞎了一隻眼的漢子，在那裡打一個綁吊在石樑上的少年，一會兒又將少年解綁，才一落地，那少年忽從身上取出一面小幡一晃，便化了一幢彩雲將少年擁走，不知去向。

球上似走馬燈一般，又換了一番景致，現出是一片崖澗，澗上面有彩雲籠罩，從彩雲中先飛起一隻似鷹非鷹的大鳥，背上坐著一雙青年男女，直往西方飛去。一會又飛上三個少年女子，也駕彩雲往西方飛去。

第十二回 黑煞落魂 瘵屍三寶

這晶球視影之法，最耗人精血，輕易從不妄用。這次因見西方野佛同師文恭都是道術高強的魔教中知名之士，竟被幾個小女孩子所傷，知道敵人不可輕侮；又聽尚和陽說寶相夫人二次出世，尤為驚心。所以才用「晶球照影」之法觀察敵人動靜。及至球上所現峨嵋派幾個有名能人並未在內，好生奇怪。

只見晶球上面又起了一陣煙霧，煙霧消散之後，現出一座雪山底下的一個崖凹。凹中磐石上面坐定一個形如枯骨的道姑。正待往下看去，球上景物未換，忽然現出一個穿得極其破爛的化子，面帶譏笑之容，對面走來，越走人影越大，面目越真。

尚和陽在旁已看出來人是個熟臉，見他漸走漸近，好似要從晶球中走了出來，先還以為是行法中應有之境，雖然驚異，還未喊毒龍尊者留神。轉瞬之間，球上化子身體將全球遮蔽，猛聽毒龍尊者道：「大家留神，快拿奸細！」手揚處，隨手便有三枝飛叉夾著一團煙火，往晶球上化子飛去！

尚和陽首先覺察不好，一面晃動「魔火金幢」，一面將「白骨鎖心鎚」祭起迎敵。就在這一眨眼的當兒，晶球上忽然一聲大爆炸過去，眾人耳旁只聽一陣哈哈大笑之聲，敵人未容法寶近身，早化成一道匹練般的金光，沖霄飛去！

毒龍尊者不暇再顧別的，連忙升空追趕時，那道金光只在雲中一閃，便不見蹤跡。知道追趕不上，只得收了法寶回來。

進殿一看，那個晶球業已震成了千百碎塊，飛散滿殿。八魔當中有那防備不及的，被碎晶打了一個頭破血出，白白傷了一件寶貝，敵人虛實一點也未看出。

毒龍尊者正在懊喪，回頭見俞德立在身後，吞吞吐吐，欲言又止，便問：「又有什麼事？這般神色恍惚！」

俞德答道：「啟稟師父，西方師叔與綠袍老祖走了！」

毒龍尊者道：「綠袍道友性情古怪，想是嫌我怠慢了他，只是他二人尚未覓得替身，如何便走呢？」

俞德又說道：「師師叔也遭慘死了！」毒龍尊者聞言大驚，忙問何故。俞德戰戰兢兢的答道：「弟子在丹房之外向內偷看，只見從綠袍老祖身旁飛起一團綠光，將師師叔罩住，師師叔好似知道不好，只說了一聲：『毒龍誤我，成全了你這妖孽吧！』說罷，綠袍老祖便催西方師叔動手，西方師叔拔出身上的戒刀，上前將師師叔齊腰斬斷，弟子這時才看出綠袍老祖並非行動須人扶持，先前要人抱持是裝假的。

「西方師叔斬下了師師叔半截身軀，綠袍老祖便和一陣風似地，將身湊了上去，與師師叔下半截身軀合為一體，奪過西方師叔手中戒刀，將師師叔左右臂卸下，連那兩隻斷手將一隻遞與西方師叔，自己也取了一隻接好。喊一聲『走』，化成一道綠光飛出房中，沖霄而去！」

毒龍尊者聞言，只氣得鬚眉戟立，暴跳如雷，當時便要前去追趕，與師文恭報仇。

尚和陽勸毒龍尊者道：「我早疑綠賊元神既在，又能脫身出來，如何行動還要令師弟抱持？萬不想會做下這種惡事！如今敵人未來，連遭失意之事，你身為此地教祖，強敵當前，無論如何，也須定了勝負，才能前去尋他，何必急在一時呢？」

毒龍尊者道：「道友難道還不知師道友是藏靈子的徒弟？如不為他報仇，他知道此事，豈肯與我干休！我寧將多年功行付於流水，也要與二賊拼個死活，如不殺他，誓不為人！」

尚和陽又將綠袍老祖在谷外險些傷了鳩盤婆弟子之事說了一遍，毒龍尊者聞言，愈加咬牙切齒忿恨！

尚和陽道：「適才震破晶球的那個人，叫作『怪叫化窮神』凌渾，真是一個萬分可惡的仇敵，以前不知有多少道友死在他的手中，我久已想尋他報仇，這次又尋上門來找晦氣，起初不知他弄玄虛，錯以為是球中現影，手慢了一些被他逃走。峨嵋派既能將他都網羅了來，定還能人甚多，倒真不可輕敵呢！」

這時八魔中有被晶球碎塊打傷的，都用法術丹藥治好，領了他們邀請來的一些妖僧妖道上來參見，毒龍尊者又吩咐了一些應敵方略，才行退去。

俞德已將師文恭殘骨收拾，用錦囊裹好，放在玉盤中捧了上來。毒龍尊者見師文恭只剩下半截渾圓身體，連兩臂也被人取去，又難受又憂驚，再加師文恭面帶怒容，二目圓睜不閉，知他死得太屈，再三祝告說俟青螺事完，定與他尋找這幾個仇人，萬剮凌遲！這才命俞德取來玉匣將殘骨裝殮，異日擒到仇人，再與藏靈子送去，這且不提。

作書人補敘師文恭受傷的情形。

原來當時靈雲姊妹、朱文、周輕雲與紫玲姊妹等在鬼風谷救出英瓊、若蘭，大家合力趕走了「西方野佛」雅各達，還斷了他一條手臂。各人將法寶飛劍收起，回身再看若蘭、英瓊，俱都昏迷不醒，靈雲忙叫金蟬去尋了一點山泉，取出妙一夫人賜的靈丹與二人灌了下去。

因鄧八姑尚是新交，英瓊、若蘭中毒頗深，須避一避罡風，仗著人多勢眾，不怕妖僧捲土重來，索性大家抱了英瓊、若蘭，同至谷底妖僧打坐之處歇息，等她二人緩醒過來再一齊護送同走。

眾人下到谷底，重又分別見禮，互致傾慕。各人談起前事，靈雲聽說吳文琪也來了，司徒平棄邪歸正，與紫玲姊妹聯了姻眷，並奉玄真子、神尼優曇、餐霞大師、追雲叟諸位前輩之命，同歸峨嵋門下，心中大喜。

見英瓊、若蘭服藥之後，英瓊以前服過不少靈藥仙果，資秉已異尋常，首先面皮轉了紅潤，不似適才面如金紙，若蘭面色也逐漸還原，知道無礙，便請紫玲姊妹先去將「女空空」吳文琪、「苦孩兒」司徒平接來，再同返玄冰谷，商議破青螺之法！

紫玲姊妹走後不多一會，英瓊、若蘭相繼醒轉，只是精神困憊，周身仍是疼痛，見靈雲姊弟與朱文在側，又羞又忿。

靈雲安慰了二人幾句，便介紹輕雲與二人相見，並說還有兩位新歸本派的姊妹，去接吳文琪與司徒平去了。英瓊、若蘭對於輕雲、文琪久已傾仰，一聽本派又新添了幾位有本領的師姊妹，才轉愧為喜。

靈雲仔細考查二人神態，知道尚不便御劍飛行，與輕雲計議一會，決計暫時不令英瓊、若蘭等去受雪山上空的罡風，由二人騎著神鵰低飛，大家在她二人頭上面飛行，以便保護。

神鵰佛奴自從傷了妖僧，便飛起空中，不住迴旋下視，以備遇警回報。靈雲等把神鵰招了下來，請英瓊、若蘭騎了上去，先緩飛上高崖，再命神鵰低飛往峰下飛去。靈雲姊弟與朱文、輕雲四人，著一人在神鵰身後護送，餘下三人將身起在天空飛行，觀察動靜。

英瓊、若蘭在鵰背上與輕雲一路說笑，剛剛離峰腳不遠，輕雲猛見對面走來一個身高八尺、臉露凶光、耳戴金環的紅衣頭陀，隨同一個中等身材，面容清秀的白臉道上，從峰下斜刺裡走過。定睛一看，那道人不認得，那頭陀正是「瘟神」俞德！

因為彼此所行不是一條路徑，俞德起先好似不曾留神到輕雲等三人，輕雲便對英瓊、若蘭說：「對面來了兩個妖人，須要留心！」言還未了，俞德同那道人忽然回頭，立定腳步，注視著輕雲等三人，好似在議論什麼。

英瓊、若蘭適才吃了妖僧的虧苦，本來又愧又氣，一聽輕雲說對面來了妖人，便也不顧身體疼痛，雙雙跳下鵰背。這時雙方相隔不過數十步遠近，英瓊先下手為強，手揚處，紫郢劍化作一道數十丈的紫色長虹，直朝俞德飛去！

那道人正是青海柴達木河畔藏靈子的得意門徒師文恭，應了毒龍尊者的邀請，在路上聽俞德說起鄧八姑得了「雪魂珠」之事，雖然一樣起了覬覦之念，只不過他為人好強，不願去欺凌一個身已半死不能轉動的女子，打算先到冰玄谷去見鄧八姑，自己先用法術將她半死之身救還了原，然後和她強要那「雪魂珠」。依了俞德，原要駕遁光前去，師文恭因為左右無事，想看一看雪山風景，這才一同步行前往。

他們剛剛走離小長白山不遠，俞德恭恭敬敬隨侍師文恭一路談說，輕雲等從峰上下來，並未察覺，還是師文恭首先看見峰頭上飛下來一隻金眼大黑鵰，上面坐著兩個女子，心知不是常人，使喚俞德觀看。

俞德偏身回頭一看，鵰後面還跟著一個女子護送，正是周輕雲，知道這幾個女子又是來尋青螺的晦氣無疑！不由心中大怒，當下喚住師文恭說道：「這便是峨嵋門下餘孽，師叔休要放她們逃走！」

師文恭雖是異派，頗講信義，以為這幾個女子還能有多大本領？勝之不武，只要對方不招惹，就犯不著動手。

正和俞德一問一答之際，忽見鵰背上女子雙雙跳了下來，腳才著地，便有一道紫色長虹飛來。師文恭認得那道紫光來歷，大吃一驚，知道來不及迎敵，喊聲「不好！」將俞德一拉，同駕遁光縱出去百十丈遠近，因救俞德，慢了一些，頭上被紫光掃著一點，戴的那一頂束髮金冠，連頭髮都被削下一片，又驚又怒！

那紫光更不饒人，又隨後飛來！師文恭知道厲害，不敢怠慢，先從懷中取出三個鋼球往紫光中打去，才一出手，便化成紅、黃、藍三團光華，與紫光鬥在一齊。同時輕雲、若蘭的飛劍，也飛將起來助戰，若蘭更從百忙中，將十三粒「雷火金丸」放出，十三團紅火如雷轟電掣飛來！

師、俞二人措手不及，早著了一下金丸！將鬚髮衣服燒燃。師文恭心中大怒，一面掐訣避火，忙喊：「俞德後退，待我用法寶取這三個賤婢的狗命！」

俞德見勢不佳，聞言收了飛劍，借遁光退逃出去。

師文恭早從身上取出一個黃口袋，口中念念有詞，往外一抖，將他煉就的「黑煞落魂砂」放將出來，立刻陰魂四起，慘霧沉沉，飛劍隕芒，雷火無功！一團十餘畝方圓的黑氣，風馳雲湧般，朝英瓊等三人當頭罩下！

輕雲知道厲害，忙收飛劍，喊道：「二位留神妖法厲害！」說罷，首先縱起空中。

英瓊紫郢劍雖不怕邪汙，怎耐求勝心切，不及收劍，若蘭也慢了一些，剛要收起飛劍，猛覺眼前一黑，一陣頭暈眼花，立刻暈倒，不省人事！

師文恭正要上前拿人，忽聽空中幾聲嬌叱，雨後長虹一般，早飛下一道五彩金光，照在落魂砂上面。

黑氣先散了一半，同時又飛下一幢五色彩雲，飛入黑氣之中，電閃星馳般滾來滾去，哪消兩轉，立刻陰魂四散，黑霧全消！把師文恭多少年辛苦煉就的至寶，掃了個乾淨，化成狼煙飛散！

師文恭、俞德定睛往前一看，空中飛下來幾個少年男女，一個手中拿著一面鏡子，鏡上面發出百十丈五色金光。一轉眼間，那幢彩雲忽然不見，現出一個身長玉立的少女。

這幾個人才一落地，先是一個幼童放出紅、紫兩道劍光，跟著還有一男四女也將劍光飛起，內中一個女子還放出一團紅光，同時朝師文恭、俞德二人飛來！

俞德認出來人中有齊靈雲姊弟、「女神童」朱文，還有萬妙仙姑門下的「苦孩兒」司徒平，不知怎的會和敵人成了一黨。

師文恭見敵人才一照面便破了他的落魂砂，又忿恨又痛惜，咬牙切齒，把心一橫，正要披頭散髮，運用地水火風與來人拼命，誰知敵人人多勢眾，竟不容他有緩手功夫，法寶、飛劍如暴風雨點般飛來！

俞德見勢不佳，兩次借遁避了開去。師文恭認得朱文所拿寶鏡與寒萼所放出來那團紅光，俱非自己的法寶所能抵敵，在這間不容髮之際，行法已來不及，只得一面將三粒飛丸放起，護著身體，往空遁走。準備先逃回去，等到端陽再用「九幽轉輪大藏法術」擒敵人報仇。

身才飛起地面，紫玲見眾人法寶、飛劍紛紛飛出，早防敵人抵敵不住逃走，將身起在空中等候，果然敵人想逃，更不怠慢，取了兩根寶相夫人遺傳的白眉針放將出去！

這針乃寶相夫人白眉所煉，共三千六百五十九針，非常靈應，專刺人的要穴，見血攻心，厲害無比！寶相夫人在日一共才用了一次，紫玲因母親遺愛，平日遵照密傳咒語加緊祭煉，已煉得得心應手，今日見師文恭頭上隱隱冒著妖光，一身邪氣籠罩，知道此人妖術決不止此，如被他逃走，必為異日隱患，又見他遁光迅速，難於追趕，這才取了兩根白眉針打去。

那「白眉針」出手便是兩道極細紅絲，光焰閃閃，直往師文恭身上要穴飛去。師文恭知道不好，正要催遁光快逃時，偏偏那隻金眼黑鵰先前見主人中了敵人「落魂砂」倒地，早想代主報仇，將身盤旋空中，遇機便行下擊，忽見敵人想逃，哪裡容得？兩翼一束，飛星墜石般追上前去。

師文恭「白眉針」還未避過，神鵰已經飛來，防得了下頭，防不了上頭。一個驚慌失措，將身往下沉。雖然躲過頭部，左臂已被神鵰鋼爪抓住。暗罵：「扁毛畜生，也來欺我！」正待運用右手用「獨掌開山」之法，回身將神鵰劈死，耳旁忽聽得呼呼風響，右臂上一陣奇痛徹骨，回頭一看，不知從何處又飛來一隻獨角神鷲，將右臂抓住！

就在這轉瞬之間，師文恭已被「白眉針」打了個正著！當下奮起全身神力，咬緊牙根，運用真氣，將兩臂一抖，「喀喀」兩聲，兩隻手臂同時齊腕折斷。

師文恭原是想裝作落地，再借土遁逃走，正趕上俞德伏在隱處，見師文恭情勢危急，自己又無力去救。忽見師文恭從空落下，兩隻手臂已斷，恐落敵人之手，冒著萬險借遁光衝上前去，連兩隻斷手一把抱個正著，駕起遁光，斜刺裡飛逃回去！

靈雲等早見俞德逃走，便全神貫注師文恭一人，一見師文恭中了兩支「白眉針」，又被神鵰神鷲雙雙飛來擒住，更以為師文恭決難逃走。忽見師文恭自斷兩手，身軀墜落下來，因兩下相隔甚遠，正待上前將他擒住，卻被俞德從潛伏處衝將上去，將師文恭抱住逃走！

眾人還要分人跟蹤追趕，紫玲道：「妖人已中了我白眉飛針，兩手又廢，不消多時，那針便順穴道血流直攻心房，雖然被同黨救走，也準死無疑！我看那妖道滿身邪氣，本領定非尋常，適才如非我們人多勢眾，使他措手不及，勝負正難逆料。中、李兩位妹子中毒甚重，青螺虛實尚未聽鄧八姑說完，窮寇勿追，由他去罷！」

眾人看英瓊、若蘭時，只見她們面容灰敗，渾身寒戰不止，只得由靈雲先給二人口中塞了兩粒丹藥，保住二人性命，到了玄冰谷再說。

一行人到了玄冰谷，大家捧持英瓊、若蘭同進谷凹，見了鄧八姑，略談前事。八姑聞言，又看了看英瓊、若蘭的中毒狀態，大驚失色道：

「這兩位道友中的乃是黑煞落魂砂！只青海藏靈子有此法寶。藏靈子雖是邪教，為人正直，決不與毒龍尊者一黨，放砂的人乃是他的徒弟師文恭。他這黑煞落魂砂，一經中上便即魂散魄消！」

大家聞言非常著急，便問可有解救之方？鄧八姑道：「她二位中毒已深，甚難解救。除非尋得三樣至寶靈藥！一是千年肉芝仙生血，二是異類道友用元神煉就的金丹，三是福仙潭的烏風草。先用金丹在周身貼體流轉，提清其毒，內服烏風草祛除邪氣，再用芝仙生血補益元神，尚須休養多日才能復元！這三樣至寶靈藥求一尚甚難，何況同時全都得到，哪裡有此湊巧的事？」

（注：「金丹」，所謂「異類道友」，就是指非人類，而苦修成仙的其他動物，如書中的金眼神鵰、神鷲、寶相夫人等是異類修仙，要先煉「內丹」，「內丹」也稱「金丹」，是異類的命根，失去「內丹」，一切苦修，皆成泡影。）

金蟬跳起身來說道：「你說的，我們已有了兩樣了！」

八姑聞言，驚喜問故。朱文便說出申若蘭是桂花山福仙潭紅花姥姥的弟子，藏有一瓶烏風酒，比烏風草還要有力；金蟬在九華得了一個「肉芝」，已經成形，類如嬰兒，金蟬因他已有數千年道行，不肯傷害，後來又從九華移植到了凝碧崖等事。

八姑道：「人間至寶都歸峨嵋，足見正教昌明！不過她兩位已不能御劍飛行，尤其不能再受罡風，峨嵋相隔數千里，還有異類元神煉就的金丹，無從尋覓，雖有三寶也是枉然！」

寒萼聽到這裡，忍不住看了紫玲兩眼。

紫玲也不去理她，逕向眾人說道：「愚姊妹來時，餐霞大師曾傳諭命愚姊妹救李、申兩位眼前之厄，愚姊妹有一『彌塵幡』，能帶人頃刻飛行千里，周身有彩雲籠罩，不畏罡風，金丹更是現成，事不宜遲，此刻動身，尚可趕回來破青螺。不過聽說凝碧崖有仙符封鎖，極難下去，最好請一位同行才好！」

眾人聞言大喜，靈雲因金蟬與肉芝有恩，取血較易，使命金蟬隨行。

八姑忽問紫玲道：「適才聽說師文恭中了道友的『白眉針』，如今聽道友用『彌塵幡』，這兩樣俱是當年寶相夫人的至寶，初見匆忙，未及詳談，不知道友與寶相夫人是何淵源，可能見告麼？」

紫玲躬身答道：「寶相夫人正是家母，紫玲年幼，對於先母當時的交遊所知無多，不知仙姑與先母在何時訂交？請明示出來，免亂尊卑之序。」

八姑見紫玲姊妹果是寶相夫人之女，好生驚異，知道紫玲姊妹定得了寶相夫人的金丹，故此對救李、申二人敢一手包攬。又見紫玲謙恭有禮，益發高興，便答道：「我與令堂僅只見過幾次，末學後輩，並未齊於雁齒。當時承她不棄，多所獎掖指導，算起來我與道友仍是平輩，道友休得太謙。」

紫玲聞言，口稱遵命，因司徒平道力較淺，背人囑咐了神鷲幾句，教牠加意護持，然後與寒萼分抱著英瓊、若蘭，請金蟬站好，晃動「彌塵幡」，喊一聲「起！」立刻化成一幢五色彩雲，從谷底電閃星馳般升起，眨眨眼飛入雲中不見，眾人大為嘆服。

輕雲、文琪又將紫玲姊妹與司徒平這段姻緣經過，一一說知。

鄧八姑道：「寶相夫人得道三千年，神通廣大，變化無方。異類散仙中第一流人物。秦家姊妹秉承家學，又得許多法寶，現在歸入貴派，為門下生色不少。李、申兩位道友得寶相夫人金丹解救，不消多日便能復元了！」

靈雲又問八姑昨晚探青螺結果，八姑道：「昨晚我去青螺，見魔宮外面烏雲密佈，邪神四集，我從生門人內，因是元神，不易被人覺察，到了裡面，才知他們還約了有東方『五鬼天王』尚和陽，那是異派中有名人物！」

靈雲等人聽了尚和陽的名字，俱都面有憂色，八姑又道：「我在歸途，卻遇到了一位前輩異人，『怪叫化窮神』凌渾，將我喚住，也問起青螺魔宮的事，看來他有意相助，那就不怕了！」

靈雲等人俱都聽父母師長說起過「怪叫化窮神」凌渾其人，知道他和嵩山二老一樣，法力極高，遊戲人間，性情古怪滑稽，聽八姑說起他肯幫忙，俱皆大喜。

正在說著，各人只覺眼前一花，接著現出一個化子，喝道：「背後說人，該當何罪！」

靈雲追隨父母多年，見多識廣，見這個化子非常臉熟，曾在東海見過一次，略一存思，便想起他正是「怪叫化窮神」凌渾，不禁大吃一驚，忙喊餘人上前跪見道：「凌師伯駕到，弟子齊靈雲率眾參拜！」

凌渾喚眾人起來，對靈雲道：「我適才知道毒龍尊者要用水晶球觀察你們過去同現在的動靜，好用妖法中傷，恐你們不知，日後受了暗算，已行法將之破去了！」

靈雲正想請凌渾助破青螺魔宮，凌渾一晃身形，蹤跡不見。鄧八姑適才見了凌渾，元神也隨眾參拜，未及上前請求渡厄，凌渾業已飛走，好生嘆息。當下轉托眾人代她向凌渾懇求一二。

靈雲道：「這位師伯道法通玄，深參造化，只是性情特別，人如與他有緣，不求自肯渡化，與他無緣，求他枉然，且等凌師伯少時如肯再降，或者青螺相遇時，必代道友跪求便了！」

八姑連忙稱謝。

等了半天，凌渾仍未返回。那獨角神鷲和神鵰佛奴竟和好友重逢一般，形影不離。靈雲因雪山中無甚生物可食，問起司徒平，知獨角神鷲在紫玲谷內也是血食，便喚二鳥下來，命牠們自去覓食，神鷲搖搖頭。司徒平知牠是遵紫玲吩咐，不肯離開自己。正想向寒萼說話，神鵰忽然長鳴了兩聲，沖霄飛起。神鷲也跟著飛了上去。

不多一會兒，神鷲仍舊飛回，立在雪凹外面一塊高的山石上面，往四外觀望。神鵰去了有半個時辰，飛將回來，兩爪上抓著不少東西，眾人近前一看，一隻爪上抓著兩個黃羊，一隻爪上卻抓了十幾隻雪雞。

在座諸人雖然均能辟穀，並不忌熟食葷腥。輕雲首先高興，取了四隻雪雞，喊了司徒平與朱文，商量弄熟來吃。

靈雲笑道：「你們總愛淘氣，這冰雪凹中既無鍋釜之類的傢俱，又沒有柴火，難道還生吃不成麼？」

人家一想果然，一手提著兩隻雪雞，只顧呆想出神。

八姑笑道：「這雪雞是雪山中最好吃的東西，極為肥美，早先我也偶然喜歡弄來吃。這東西有好幾種吃法，諸位如果喜歡，我自有法弄熟了它。冰雪中還埋藏著有數十年前的寒碧松蘿酒，可以助助雅興，只可惜我不便親自動手，就煩兩位道友將崖上的冰雪鏟些來，將這雪雞包上，放在離我身前三尺以內的石上，少時便是幾隻上好熟雞，與諸位下酒了。」

朱文聞言，首先飛身上崖去取冰雪。靈雲見神鵰還未飛走，便命牠將羊、雞取去受用。神鵰便朝上長鳴兩聲，神鷲飛下，二鳥各取了一隻黃羊、三隻雪雞，飛到崖上吃去了。

朱文、輕雲各捧了一堆冰雪下來，見雪雞還剩下十隻，已被司徒平去了五臟，便用敲碎的冰雪碴子包好。

八姑口中念念有詞，先運過旁邊一塊平片大石。請朱文用劍在石面上掘開一個深槽，將包好的雪雞放在裡面，又取了些冰雪蓋在上面，用一塊大石壓上。

準備停當，八姑又指給眾人地方，請一位去將埋藏的酒取了出來。然後說一聲：「獻醜。」只見一團綠森森的火光從八姑口中飛下，將那塊石頭包圍。不一會兒工夫，石縫中熱氣騰騰，直往外冒，水卻一絲也不溢出。眾人俱聞見了雞的香味。

朱文、輕雲走過去揭開蓋石一看，一股清香直透鼻端，石槽中冰雪已化成一槽開水，十隻肥雞連毛臥在裡面。提起雞的雙足一抖，雪白的毛羽做一窩脫下，露出白嫩鮮肥的雞肉。

除八姑久絕煙火，靈雲也不願多吃外，算一算人數，恰好七人，各分一隻，留下三隻與紫玲姊妹和金蟬。各人用堅冰鑿成了幾隻冰瓢，盛著那涼沁心脾的美酒，就著雞吃喝起來。朱文、文琪、輕雲、司徒平各人吃了一隻。靈雲只在輕雲手中撕了一點嘗了嘗，便即放下。

大家吃喝談笑，不覺時光既過，到了半夜，一幢彩雲從空飛下。紫玲姊妹同金蟬已由峨嵋飛回，說到了凝碧崖，金蟬先取出烏風酒與李中二人服了，又由寒萼用寶相夫人的金丹與李中二人周身滾轉，提清內毒，再由金蟬去求芝仙討了血，與二人服下。不到一個時辰，雙雙醒轉，依了李中二人，還要隨紫玲姊妹帶回，同破青螺。紫玲因見二人形神疲頓，尚須靜養，再三苦勸！

英瓊、若蘭只得請紫玲回到八姑那裏，即速命神鵰飛回，又請靈雲等破了青螺，千萬同諸位師兄師姐回去，以免她們懸念寂寞。

靈雲仍恐李、中二人於心不死，決定破了青螺再命神鵰回去，又恐神鵰見主人不來私自飛回，使喚了下來囑咐一番，誰知神鵰一聽主人不來，又傳話叫牠回去，哪肯聽靈雲吩咐？靈雲吩咐剛完，神鵰只把頭連搖，長鳴一聲，沖霄飛起，那隻獨角神鷲也飛將過來，追隨而去。

靈雲知道神鵰奉白眉和尚之命長護英瓊，相依為命，既不肯留，惟有聽之。

一會功夫，神鷲飛回，向著紫玲不住長鳴。紫玲聽出牠的鳴意，便對靈雲道：「那隻神鵰真是靈異，牠對神鷲說，英瓊妹子尚有災厄未滿，牠奉白眉和尚之命，一步也不能遠離，請姊姊不要怪牠。適才我在峨嵋，也見英瓊妹子煞氣直透華蓋，恐怕就要應在日前呢！」

靈雲等聞言，雖都頗為擔心，怎奈難於分顧，只得等到破了青螺之後，回去再作計較。

朱文已將石槽中留與三人的雪雞連那寒碧松蘿酒取出來，與三人食用，金蟬、寒萼連聲誇讚味美不置。大家又談了一陣破青螺之事，各人在石上用起功來。

這時，只聽遠處傳來凌渾的口音道：「『五鬼天王』尚和陽要來盜『雪魂珠』，八姑小心！」語音不響，可是入耳全身皆震。靈雲嘆道：「這位師伯，真有通天徹地之能，這時他人不知在哪裡，萬里傳音，如同對面！」

八姑聽得凌渾的警告，沉思一陣，才請眾人依她指定方位站好，只留吳文琪一人，各運劍光將玄冰谷封住，以防萬一。由她先行了一陣法，然後元神退出軀殼，下了石台，口中念念有詞，她坐的那一個石台忽然自行移向旁邊。

文琪近前一看，下面原來是個深穴，黑洞洞的隱隱看見五色光華，如金蛇一般亂竄。八姑先口誦真言，撤了封鎖，止住洞中五色光華。請文琪借了朱文的寶鏡在手中持著，飛身入洞。寶鏡光華一照，才看出下面竟是一所洞府，金庭玉柱，銀宇瑤階，和仙宮一般，只是奇冷非常，連文琪修道多年的人都覺難以支持。

八姑移開室中白玉靈床，現出一個石穴，裡面有一個玉匣，「雪魂珠」便藏在裡面。

八姑叫文琪先藏起寶鏡，洞府依舊其黑如漆。八姑口誦真言，喊一聲：「開！」便有一道銀光，從匣內沖起，照得滿洞通明。八姑從匣內取出那粒「雪魂珠」，原來是一個長圓形，大才徑寸的珠子，晶光四射，耀目難睜，不可逼視。

八姑望著吳文琪，道：「尚和陽不知何時才來，各人隨時要去攻青螺魔宮，只有妹子你肯幫忙，真感謝不盡！」

文琪笑道：「何出此言！」

第十三回 白骨鎖心 大破魔宮

八姑望著吳文琪道：「這便是我費盡千辛萬苦九死一生得來的萬年至寶『雪魂珠』，凡人一見，受不了這強烈光華，立刻變成瞎子，我因得珠之後未及洗煉，使珠子光芒不用時能夠收斂。後走火入魔，壞了身體，這珠的金光上燭霄漢，定要勾引邪魔前來奪取，幸而預先備有温玉匣子將它收貯，又用法術封鎖洞府，自己甘受雪山刺骨寒飆，在洞頂石台守護至今，才未被外人奪去。此珠只和西方野佛雅各達鬥法用過一次，若非此珠，我早已被魔火化成飛灰了。」

文琪道：「那五鬼天主尚和陽，比雅谷達要厲害得多，你可有什麼善法？」

八姑嘆了一聲，道：「此珠已經我用心血點化，只要玉匣不加符咒封鎖，便能隨心所欲。明日道友無須迎敵，只須潛伏洞中，代我守護玉匣，如見我這『雪魂珠』自飛入匣，必是我抵敵不過來人。道友可將此珠緊帶身旁，無論洞上面有什麼異象也不去管他，由下面駕劍光沖出，遁回峨嵋，我自會追隨前去。此乃預先防備最後失敗之策，並非一定如此慘敗，因敵人厲害，不得不作此打算，萬一軀殼被毀，說不得仍求諸位道友代求凌真人和掌教真人設法援救，以免把多年苦功付於流水。我此時便要將元神與珠合一，我在前引路上去吧。」說罷，一晃身形，八姑便不知去向。

只見亮晶晶一團銀光往上升起，文琪隨著飛身上來，眼看那團銀光飛進石台之上，挨近八姑身旁便即不見，同時石台回了原處。八姑在石台上開口，請大家收了劍光，近前說道：「有勞諸位道友，適才那團銀光便是我的元神與『雪魂珠』合在一起，我已將珠帶在身旁，靜候與敵人決一勝負存亡了！」

靈雲等雖覺只有文琪一人協助八姑，有點不放心，但端陽正日，就在明天，破青螺魔宮是頭等大事，不能不做，只得再三叮囑。

第二天，各人離了玄冰谷，在青螺附近會見了「俠僧」軼凡的弟子「煙中神鶚」趙心源等人，商議下來，決定由靈雲、金蟬等人負起對敵之責，由金蟬先打頭陣。

金蟬興高采烈，借「彌塵幡」之力，一晃到了魔宮之前，一現身，就和八魔交起手來。金蟬的飛劍，兩柄成雙，光華一紅一紫，名喚「鴛鴦霹靂劍」，乃是妙一夫人當年降魔至寶，何等厲害，八魔哪裡抵敵得住？只好發動事先佈置的妖陣對峙。

雙方正在鬥法間，忽聽空中一聲大喝道：「爾等速退，待我取他性命！」金蟬聞言往前一看，從空中飛下一個紅衣赤腳的童子，看年紀不過十一、二歲，頸上掛著兩串錢紙同一串骷髏念珠，兩條手臂比他身子還長，一手執著一面金幢，一手執著五個骷髏攢在一齊造成的五老鎚，滿身俱是紅雲煙霧圍繞。才一落地，諸魔俱都收了妖術法寶，紛紛後退！

金蟬雖未見過尚和陽，因聽鄧八姑說過此人的打扮，知道是五鬼天王，乃這次青螺延請來的最厲害人物。金蟬本該立即遁走，什麼事也沒有。無如貪功心切，就在這一剎那的當兒，尚和陽已將「魔火金幢」展動，立刻便有一團紅雲彩煙，直朝金蟬那道紅光飛去，才一接觸，光焰便減了好些，金蟬知道寶劍已受傷，幸是紫光還未受損，連忙將手一招，剛將劍光收回，尚和陽已將「白骨鎖心鎚」祭起！

只見一團綠火紅雲中，現出栲栳大五個惡鬼腦袋，張著血盆大口，電轉星馳般，直朝金蟬飛到。金蟬知道單是那團紅雲已難抵敵，何況又加上這一柄妖鎚！不敢戀戰，將「彌塵幡」展開，喊一聲「起！」，化成一幢彩雲而去！

尚和陽眼看「白骨鎖心鎚」飛到敵人面前，心想你有多大道行，只要被那五個魔鬼頭咬住，決無倖理，忽見敵人取了一面小幡，身子一閃化成一幢彩雲，只一晃便失了蹤影，認得是寶相夫人的「彌塵幡」，不知怎的會到那小童手內，只得將法寶收回。

這時，忽然四方八面同時金鐘響動，知道敵人來得不少，忙將「魔火金幢」與「白骨鎖心鎚」插在腰間，披散頭髮，雙手合攏，搓了幾搓，對四面八方發了出去，便聽雷聲殷殷。

尚和陽發動了魔陣，仔細往四面一聽，那雷聲四面都有回應，只正面谷口死門上沒有迴響，大為驚異，連忙取出「七情網」，往空中撒去，想先罩住了上面，然後親身到死門上再觀察動靜。

他那「七情網」，是魔教中的至寶，一旦發動，被網罩住，神智昏迷，七情六欲一起攻上心頭，幻象環生，如癡如醉，任由擺佈，極是厲害。

誰知這時，尚和陽取網在手，正在掐訣念咒，倏地手中一動，被人劈手一把將「七情網」搶去。尚和陽大吃一驚，也未看清來人，將口一張，噴出數十丈魔火，直朝對面飛去。

只見一個穿著破爛的化子在魔火紅雲中一晃，往空中飛去。認得那化了正是晶球上所見的「怪叫化」凌渾。他失了「七情網」，怎肯干休！將牙一挫，一朵紅雲往空便追，看著追到谷口，那花子忽從空中落下，尚和陽跟蹤飛下一看，已不知去向。

再看死門上橫著兩具屍身，死門已被人破去，又驚又怒。這魔陣共有七門，要一起發動，相生相剋，威力無窮，少了一門，反倒有損，而其時四面波濤洶湧，火勢熊熊，風聲大作，知道其餘各門的地水火風業已發動，死門既破，恐怕有失，連忙飛身回到主峰。

這時毒龍尊者和俞德在主峰上行法幫助尚和陽發動魔陣，不多一會，魔陣各門上都起了地水火風。毒龍尊者正喜敵人已入羅網，猛一抬頭，各處都是水火烈風響成一片，惟獨死門那一面依舊清明，正在驚疑，忽見尚和陽飛來。

只見他神色緊張，滿面怒容，人在半空就大叫道：「我的『七情網』被人搶去，死門失守，所幸七面陣勢只破了一面，還可施為！如今生門是全陣命脈，那裡守陣之人雖多，恐怕敵那賊叫化不過，意欲親身前去鎮守。現在敵人破了死門，以為有了退路，必定深入，死門上無人，可著一人拿我的『白骨鎖心鎚』同你的『軟紅砂』前去防守，還可反敗為勝！」

正說之間，「獨角靈官」樂三官從空飛到，口稱自己願去把守死門。這時八魔請來的妖僧妖道除分守各門外，全部聚集在生門，主峰上只毒龍尊者和俞德同十二個侍者，並無他人。尚和陽報仇心切，一些也未打算，輕易將「白骨鎖心鎚」交與樂三官，匆匆傳了用法，囑咐小心在意。樂三官滿面含歡接過來，口稱遵命，又向毒龍尊者要了兩把「軟紅砂」，也傳了用法口訣，便往死門上飛去。

尚和陽等樂三官走後，將腳一頓，一朵紅雲直往生門飛去。尚和陽和毒龍尊者所設的七門魔陣，分別是：生、死、陷、弱、墮、滅、怖七個門戶。生死兩門，是全陣命脈，死門已給「怪叫化」凌渾破去，尚和陽非親自去主持生門不可。

尚和陽飛到，才一落地，首先拔起一面大旗，只誦魔咒，往空舞了幾下，立刻慘霧瀰漫，陰風四起，紅焰閃閃，雷聲大作。同時手中魔火金幢，正待念咒祭起，倏地從空中照下一道百十丈五色霞光，光到處，先後兩三聲慘呼過去，霧散風消，雷火無功，接著飛下數個妙齡女子。來者正是靈雲、朱文、紫玲姊妹。

這時眾人見尚和陽將旗一揮，煙雷四起，敵人除尚和陽一人外俱都不見蹤跡，大吃一驚，各用劍光護住周身，不敢迎敵。

金蟬一雙慧眼，看見霧影中一干妖僧妖道一同飛起十來道雜色飛劍飛刀，分頭向各人飛去。金蟬喊聲：「不好！」正要取出彌塵幡展開時，恰好靈雲等趕到。就中女神童朱文見下面山坡上有一童子手執大旗一揮，立刻霧雷齊起，知是敵人妖法，先將寶鏡往下一照。

靈雲、輕雲見光影裡兩三個同道正在危急，忙將劍光往下飛去。下面這一些妖僧妖道仗著尚和陽的妖法護身，各將飛刀飛劍放起去殺敵人，絲毫沒有防到上面。

就中有八魔請來的神馬谷巴巴廟的兩個番僧，一名宗圓，一名小雷音，見金光寺三羅漢迎敵心源、陶鈞、趙光斗，心源、陶鈞雖然力弱，仗著趙光斗七點紅星還能兼顧，並沒有分出什麼高下。知道心源、陶鈞劍術平常，容易下手，便在霧影裡飛起兩把飛刀，直取心源、陶鈞。

金蟬雖然看見，因為事在緊急，無法救援。心源、陶鈞又不知霧影裡有人暗算，等到朱文寶鏡照散了煙霧雷火，敵人飛刀業已臨頭。

就在這千鈞一髮之際，被靈雲、輕雲兩道劍光飛來，迎著敵人兩把飛刀只一絞，便即化為頑鐵墜地。

宗圓、小雷音見飛刀被敵人破去，正想使用妖法逃走，被靈雲、輕雲的劍光電閃星馳般追將過來，圍住二妖僧攔腰一繞，腰斬成四截。

靈雲、輕雲、朱文、紫玲姊妹也都飛身下來，聯合下面鐵蓑道人等，各用劍光飛上前去。

五鬼天王尚和陽見敵人又添幫手，才一照面便破了煙霧雷火，還傷了兩個同黨，心中大怒，一擺魔火金幢，正待上前。「萬妙仙姑」許飛娘一眼看見朱文手中持著一面寶鏡，知道尋常魔火法術奈何他們不得，忙喊：「天王且慢動手，只管去將陣勢發動，待貧道上去迎敵。」一面說著，早將手一指，發出五道青光，迎著靈雲等劍光鬥將起來。

其餘妖僧妖道也各將飛刀飛劍上前助戰。當下靈雲、輕雲雙戰許飛娘，七星真人趙光斗、白水真人劉泉與金蟬迎敵白象山金光寺三羅漢朗珠、慧珠、玄珠，鐵蓑道人迎敵「聖手雷音」落楠伽，黃玄極迎敵竹山教妖道蔡野湖，「女神童」朱文迎敵巫山牛肝峽「穿心洞主」吳性，陶鈞、心源雙戰吳性的門徒「瘟篁童子」金鐸，秦紫玲姊妹合鬥神羊山蝸牛洞「獨腳夜叉」何明、「雙頭夜叉」何新、「粉面夜叉」何載弟兄三人。

紫玲姊妹迎敵蝸牛洞三夜叉，寒萼與獨腳夜叉一照面，差點笑出聲來。原來三夜叉中，以何明牛得最為醜惡：頭如麥斗，凹臉凸鼻，獠牙外露，臉上紅一塊紫一塊，身子卻又細又長，又是天生一隻獨腳，長身細頸托著一個大腦袋，搖搖晃晃，形狀極其難看。

寒萼又好氣，又好笑，心想：「八魔等人不知從哪裡去尋來這些山精水怪，也敢到人前賣弄。不如早些打發他回去，省得叫他留在世上現眼。」

敵人方面只有五鬼天王尚和陽不曾動手，他在山坡上將兩手據地，圍著那面大旗倒行急轉，口中念念有詞，周身俱有雲霧籠罩。眾人知尚和陽在那裡施展妖法，但是俱有敵人迎著動手，不得上前。

只見五鬼天王尚和陽念咒倒轉越疾，隱隱還聽得水火風雷之聲在地下發動，知道再有一會，魔陣中地水火風便要發動！

陡然間，只聽尚和陽一聲大喝，翻躍而起，手持那面大旗，向上揚起，立時便有一團十餘畝方圓的紅雲，向峨嵋諸劍俠飛湧過來。對敵的那些妖僧妖道見魔陣已然發動，也都各將法寶飛劍收回，退了開去。

靈雲這一面，見山坡上飛起一團紅雲，敵人將劍光紛紛收回，不敢怠慢，恐怕劍光被紅雲所汙，也都各自收了飛劍。朱文早有準備，站在眾人前面將寶鏡照將過去，鏡上面發出五色金光，將那團紅雲擋住。

尚和陽一見紅雲無功，用手往四外指了幾指，接著便是幾聲雷響過處，毒龍尊者同各門上妖僧妖道，知道敵人俱已在生門上困住，便將陣勢往生門縮攏。靈雲等在朱文寶鏡金光籠罩之下，只聽金光外面震天價大霹靂與地下洪濤烈火罡風之聲響成一片。

一會功夫，毒龍尊者趕到，口中念念有詞，號令一聲，各門上妖僧妖道將妖幡一展，紛紛將「軟紅砂」祭起，數十團綠火黃塵紅霧起在半空，遮得滿天暗赤，往靈雲等頭上落將下來，同時地面忽然震動，眼看崩塌！

朱文一面寶鏡只能攔住那團紅雲，正愁不能兼顧，紫玲見勢危急，忙將金蟬手中取回「彌塵幡」，口誦真言，接連招展，化成一幢彩雲升起。忽然山崩地塌一聲大震過處，眾人適才立身之處陷了無數大小深坑，由坑中先冒出黃、綠、紅三樣濃煙，一出地面便化成烈火、狂風、洪水，往眾人直捲上去。

紫玲朱文不敢怠慢，一個用「彌塵幡」，一個用「天遁鏡」，護著眾人，不讓妖法侵犯。

這樣支持了兩個時辰，「五鬼天王」尚和陽滿以為地水火風一齊發動，又有毒龍尊者「軟紅砂」，敵人決難逃生。誰知敵人先用一面鏡子攔住自己的魔火紅雲，接著又化成一幢彩雲在水火烈風上滾來滾去，雖然將敵人困住，竟不能損傷分毫。正在心焦，偶一回顧各門上妖僧妖道，個個都在，只死門上「獨角靈官」樂三官沒有到來。空著一門，只要被敵人看出破綻，仍可用那幢彩雲從死門逃走，不由又驚又怒！

他還不知樂三官居心不良，想誑他「白骨鎖心錐」逃回山去，想起那錐是自己多年心血煉就的至寶，恐怕樂三官有什麼差錯，忙對毒龍尊者道：「道友且在此主持，待我去死門上觀察一番就來！」說罷，一朵紅雲便往死門上飛去。

到了青螺谷口一看，日光已快交正午，四外靜悄悄的沒有一些動靜，再尋樂三官已不知去向，好生驚異，猛一尋思，不由頓足大怒道：「我受了賊道的騙了！這錐被他騙去，又誤傳了他的用法，除非得到『雪魂珠』，才能收回此寶，報仇雪恨！」

正在忿恨，猛想起：「鄧八姑得了『雪魂珠』，如今又與峨嵋一黨，她走火入魔，身子不能轉動。今日未來，必然還在玄冰谷內。敵人傾巢來此，谷中只剩她一人，何不趁此時機飛到玄冰谷，奪了她的『雪魂珠』，再去尋樂三官奪回『白骨鎖心錐』，豈不是兩全其美？」想到這裡，自以為得計，逕自喊一聲「疾！」駕紅雲往玄冰谷而去。

原來樂三官將「五鬼天王」尚和陽的「白骨鎖心錐」騙到手中，

又傳了用法，仍恐尚和陽看破，不敢現於辭色，及至辭別尚和陽與毒龍尊者，往谷口死門飛去，心想：「這『白骨鎖心鎚』乃是尚和陽在雪山數十年苦功，按五行生剋，尋到五個六陽魁首，還糟蹋了四十九個有根基人的生魂，才煉成此寶，準備二次出山尋峨嵋派的晦氣，得來煞非容易！他竟肯將這種至寶借我，還傳了用法，真是千載良機，不如帶了此寶，尋一個無人注目的深山岩穴之中，隱藏起來！」

樂三官想到這裡，非常高興，轉眼到了死門，並不往下降落，正待往東方飛去，猛覺腳底被一種力量吸住，往下降落，低頭一看，下面正是青螺谷口外面，有一人朝上面招手，自己便身不由主的往下降落，知道遇見能手。先還仗著「白骨鎖心鎚」在手，倘若那人為難，還可借他試試鎚的厲害，及至落地一看，那人正是日前晶球上現身的那個「怪叫化」凌渾，不由大吃一驚。

才一見面，那化子齜牙一笑，說道：「今天青螺山這麼熱鬧，道爺往哪裡去？何不與我這化子談談，解個悶兒！」

樂三官知他厲害，一面暗中準備，假作歡容，躬身答道：「貧道本是應青螺友人之招，來此閒遊，誰知兩派又起殘殺，實非修道人本分！不願參加這場死劫，告辭回山，打此經過，道友相招，不知有何見教？」

凌渾聞言笑道：「我招道爺下來，不為別的，俗語說得好，『強賊遇到乖賊，見一面分一半』，可惜道爺只得了鬼娃娃一件死人骨頭，不好分得，就這樣送我，我又於心難安！這麼辦，我如今正想趕走青螺這一群魔崽子，道爺反正暫時拿他無用，不如借我用上幾天，再行奉還如何？」

樂三官知他說的是「白骨鎖心鎚」，既敢明言強要，一定來者不善！心下雖然作慌，仍假作敷衍道：「道友敢是要借這柄『白骨鎚』麼？貧道將此鎚借與道友，原無關緊要，怎奈此鎚乃尚天王之物，貧道向他借來，原另有用處。如今雙方正在尋仇，貧道豈能將朋友之寶借與他的敵人？久聞道友神通廣大，要此寶何用？休得取笑，告辭了！」

樂三官原知這個怪叫化難惹，自己騙寶逃走，未免情虛，所以強忍怒氣，只圖敷衍脫身了事。誰知言還未了，被凌渾劈面呸了一口，罵道：「賊妖道，給臉不要臉！你還打量我不知道你是從鬼娃娃騙來的吧！」說罷，伸手就是個大嘴巴。

樂三官驟不及防，被凌渾一下打得半邊臉腫起，太陽穴直冒金星！心中大怒，將手一拍腰間，飛起一道青光，直取凌渾。

凌渾哈哈大笑，手伸處，將那道青光接住，在手上只一搓，成了一團，放在口邊一吸，便吸入腹內，張開兩手說道：「你還有什麼玩意，快都使出來吧！」

樂三官又急又怕，口中念念有詞，將「白骨鎖心鎚」一擺，立刻鎚上起了紅雲綠火，腥風中五個骷髏張開大口獠牙，直朝凌渾飛去。

凌渾口喊：「妖法厲害！」回身往谷內就跑，樂三官不捨那口飛劍，一手掐訣指揮「白骨鎚」，隨後便追，口中高叫道：「賊叫化，你只將飛劍還我，我便饒你不死！」

剛剛追進谷口，忽見前面凌渾跑沒了影子，正在用目往外視察蹤跡，暗中頭上被人打了一掌，立時心中一陣迷糊。耳中只聽尚和陽的聲音罵道：「大膽妖道，竟敢將我的法寶騙走！今日不要你的狗命，我尚和陽誓不為人！」

樂三官回頭一看，尚和陽手中執定「靈火金幢」，發出百丈紅雲，從後追來。嚇得心驚膽裂，幾次想借遁駕風逃去，不知怎的，法術竟失了靈驗。知道尚和陽意狠心毒，被他追上便死無葬身之地，只得亡命一般往前飛跑！

他跑出去約有十餘里地，聽得追聲漸遠，正在慶幸，猛聽前面又一聲斷喝，抬頭一看，尚和陽又在前面現身追來，把樂三官嚇了一大跳，慌不迭的往回路就跑。

剛跑到谷口，尚和陽又現身出來攔住。似這樣來回來去跑了幾十次，末後一次，看見前面岩上有一個大洞，回看後面尚和陽沒有追來，這時業已力盡精疲，再也支持不住，提起精神，用盡平生之力，想從下面縱進洞去躲避。身才縱起，便見凌渾站在那塊山石上面，自己想退回，已收不住腳，恰巧鑽在他的胯下，被他騎住。樂三官還想掙扎時，被凌渾兩腿一夾，眼前一黑，便暈死過去。

及至醒來，一眼看見站在面前的正是「怪叫化」凌渾，手上拿著自己從尚和陽手中騙來的「白骨鎖心鎚」。他並不知適才尚和陽追他，是凌渾的法術，一見尚和陽不在，那鎚卻到了他的手中，揣想尚和陽不是被凌渾趕跑，便是遭了毒手，自己如何能行？嚇得回身就走！

居然順順利利，奔出了里許。喘氣停下，才在慶欣，忽見前面石凹中露出一雙泥腳，低頭一看，正是凌渾抱著那柄鎚，睡得甚是香甜，鼾聲大作。鎚上面五個骷髏又都在那裡張嘴伸牙，像要咬來的神氣。

樂三官一驚間，那鎚上五個骷髏忽然憑空離鎚飛起，在綠火紅煙圍繞之中上下翻滾，直朝他飛來！

他哪知其中厲害，不但不逃，還妄想用尚和陽所傳收鎚口訣將鎚收回，誰知口訣還未念完，那個骷髏業已飛到！樂三官只聞見一陣血腥味，立刻頭腦昏眩，暈倒在地。眼看那五個骷髏飛近樂三官身旁，正要張口去咬。

凌渾已一躍而起，大喝道：「王長子，快些領了夥伴回來，這牛鼻子我還留他有用處呢！」說罷，那五個骷髏一齊飛回，凌渾迎上前去，將身上破衣服脫下，露出　身白肉，那五個骷髏竟上前圍住凌渾，張開大口咬住他不放。

凌渾喝道：「王長子你遭劫三十六年，平白代人作惡，現在我來救你，你還不即早醒悟回頭麼？」說罷，便聽得一種嗚咽之聲起自骷髏口中，緊咬住凌渾的白牙，也鬆了開來，只是懸空在凌渾身前，看來似在哀告求救。

凌渾伸手捧住了其中一隻骷髏，取了一粒丸藥，塞在那骷髏口中說道：「王長子，你總算同我有緣，該你絕處逢生，現在我已給你解了魔法禁制，服了靈丹，少時我便帶你到軀殼前去，快照我的話先去辦吧！」說罷，將手中骷髏往空中一拋，喊一聲「起！」手揚處，一道金光擁著那骷髏，直升高空，往前面飛去，轉眼沒入雲中不見。

凌渾又朝在地上昏迷不醒的樂三官踹了一腳，樂三官立時醒來，凌渾手向樂三官一指，樂三官如癡如醉，直向前奔去，又受凌渾法術驅使，更去倒戈相向。

這時，在青螺魔陣之中，靈雲等眾人都在一處聚攏，由紫玲展動「彌塵幡」，朱文用「天遁鏡」，化成一幢彩雲，萬道霞光，在魔陣上面滾來滾去，一任雷火烈焰，罡風洪水，毒雲瀰漫，妖霧紛紛，一絲也到不了眾人身上。

眾人俱怕妖法汙了法寶，只護著身體，不求有功，但求無過。只紫玲的「白眉針」不怕邪汙，百忙中放將出去，魔陣諸妖人，道行淺點不知厲害的，挨著便倒。

毒龍尊者怒發如雷，將毒砂儘量放出，魔陣中轟轟烈烈之聲，驚天動地。

靈雲等眾人正覺有點難以支持，忽見一道金光，如同匹練下射，金光影裡現出凌渾，將手往靈雲一揮。

紫玲一聲暗號，一幢彩雲護著眾人飛起，凌渾全身被金光圍繞，只見他在金光照耀之下，神情威猛，再也不是平時突梯滑稽神氣，雙手一搓一放，便聽地裂山崩一聲大震，魔陣上罡風大起，烈焰沖霄，十數道青黃光華紛紛往四外飛去，接著空中無數斷頭斷腳，殘肢剩體，與砂石塵霧，滿天飛舞。

那些屍體殘骸，便是被凌渾以玄門無上法術破了魔陣時震死的妖人，只有十數個道行較高的妖人亡命逃走。毒龍尊者在魔陣之中聞得驚天動地的大震，心知不妙，又驚又怒，仗有妖法護身，還想作困獸鬥。

忽見陣前火山上有一披髮道人，手中拿著一面小幡，不住招展。幡指處便有一溜五色火光發出，遇著的人非死即傷。定睛一看，正是適才代尚和陽把守死門的樂三官。

毒龍尊者不由又驚又恨，再回頭一看，自己的黨羽俱已死傷逃亡了個淨盡，把心一橫，重又掐訣念咒，咬破舌尖，一道血光直朝樂三官噴去，光到處，樂三官從小峰上倒下，滾入火海，死於非命。

第十四回 魔火焚身 聚魂更生

毒龍尊者還待施為，忽然一道青光從空而下，光影中一個長身道童，高聲喝道：「毒龍孽障，還我師兄師文恭的命來！」說罷，手一張，便照出殷赤如血的一道光華，直朝毒龍尊者捲去。

毒龍尊者認得來人是藏靈子得意弟子熊血兒，知道不好，想借遁逃走，已來不及，被血光捲了進去。熊血兒用「紅欲袋」裝了毒龍尊者，逕轉柴達木河去了。

熊血兒走後，怪叫化凌渾現身出來，正待設法善後，倏地又是一道金光從天而降，現出一個白髮老尼，對凌渾道：「凌道友大功告成，可喜可賀！貧尼無以為敬，待貧尼替道友驅除魔火吧。」

凌渾認得來人是神尼優曇，心中大喜，連忙稱謝道：「大師此來，不是單為驅逐魔火吧？」

神尼優曇笑道：「凌道友果然不凡，青螺魔宮之中有一件異寶，毒龍尊者不知開啟寶盒之法，已經白便宜你了，不過，需借寶給鄧八姑作解難之用，你可願意？」

凌渾笑道：「出家人也打我這窮叫化主意麼？」

神尼優曇笑而不語，從懷中取出兩個羊脂玉瓶，瓶口發出百丈金光，朝水火風雷捲去。凌渾將足一頓，也化作長虹般一道金光，朝那水火風雷圈去，二人這一圈一收，不消片刻，水火風雷一齊消散。

神尼優曇道一聲「行再相見」，金光起處，人已不見，凌渾飛進魔宮，在大殿中尋到一隻玉盒，口中念誦真言，將手一拂，玉匣便開。裏面原是兩層，藏著六粒丹藥同一根玉尺。玉光閃閃，照耀全殿，凌渾見了大喜，忍不住大聲道：「廣成子九天元陽尺，與聚魄煉形丹，同時出世，真是快事！」

言還未了，忽然兩道光華穿進殿來，現出兩個佩劍女子，跪在凌渾面前，正是齊靈雲、周輕雲兩人。

凌渾笑道：「你二人來要我新得的九天元陽尺和聚魄丹去救鄧八姑，是與不是？」

靈雲輕雲雙雙躬身說道：「師伯慈悲，仙丹便賜兩粒，九天元陽尺，天府至寶，何敢妄求？不過借去一用！」

凌渾笑道：「優曇老婆子算計我日後有用你二人之處，竟打發你二人來挾制！」

靈雲輕雲道：「弟子等怎敢無禮！師伯，異日如有使命，赴湯蹈火，在所不辭！」

凌渾道：「你們年輕人說話便要算話，日後用你們時休得推諉，拿去吧！」說罷，便取兩粒聚魄丹，連那九天元陽尺交與二人，說道：「此尺乃廣成子修道煉魔之寶，率性傳授你們，回到玄冰谷後，先將兩粒丹與八姑服下，另著一人守護，三日之後，便可還她本來，行動自如了！」靈雲輕雲拜傳了符咒，重行叩謝一番，作別飛去。

鐵桶般的青螺魔宮，還有許多厲害妖人相助，就在這半日之內冰消瓦解。從此青螺便由「怪叫化」凌渾主持，將魔宮重新改造，在峨嵋、崑崙之外另創雪山派，後來和雲南派教祖藏靈子還有許多糾葛。此是後話，暫且不提。

話說鄧八姑自從靈雲走後不久，便覺心神不定，知道劫數快來。留下來的吳文琪、司徒平二人不是「五鬼天王」尚和陽的敵手，主要還是得自己小心！便對文琪道：

「貧道此刻心神不大安寧，生死存亡在此一舉，我那粒『雪魂珠』還關係日後邪正兩教興衰。少時敵人來到，道友只在洞底守緊玉匣。如見此珠飛回，我的元神便已與珠合一。道友千萬不可存代我報仇之想，只管護著此珠，真要覺得守護不住，可將此珠捧在頭上，駕劍光逃回峨嵋。此乃迫不得已的下策，保全此珠，貧道一身也就不暇計及了！」說罷，滿臉愁容。

文琪、司徒平聽了，都代她難過。文琪道：「既然此珠關係重大，尚和陽又如此厲害，道友何不暫時避往他處？只須各位道友回來，那時再合力對付敵人，豈不是好！」

八姑道：「道友哪裡知道，一則劫數當前，無可解脫；二則貧道自走火入魔，軀殼半死，血氣全都凍凝，敵人魔火正可助我重溫心頭活火。不過他那魔火與眾不同，時候一多，身子便煉成飛灰！所以危機在於一發，卻又非此不可！」

當下再三囑咐了一陣，先將司徒平安置在谷頂一個小石穴之內，用隱形符隱住身形。看著天快交午，忙請文琪到洞底去，獨自一人在石台上坐定，施展法術，祭起濃霧，將谷頂遮了個風雨不透。剛剛佈置完後，忽見上面濃霧中有十幾道紅綠光閃動，知道尚和陽已經到了！

尚和陽一心想來找便宜，來到玄冰凹上空，見下面有濃霧擋住，便即口念真言，運用五行真氣，接連朝魔火金幢噴去，化成五道彩焰，飛入霧陣之中，恰似春蠶食葉，彩焰所到之處，濃霧如風捲狂雲般消逝。

八姑也非弱者，見敵人魔火厲害，念咒愈急，那濃霧和蒸汽鍋一般，從石台上面「骨朵朵」往上冒個不住。尚和陽見上層濃霧纔滅，下層濃霧又起，勃然大怒，把心一橫，晃動魔火金幢，怪嘯一聲，將身化成一朵紅雲，飛入霧陣之中。轉了兩轉，濃霧完全被紅雲驅散！

八姑見勢不好，忙將煙霧縮斂，緊緊護著石台時，尚和陽業已現出身來，指著霧影中的鄧八姑說道：「鄧八姑！依我好言相勸，快將『雪魂珠』獻出，免我用魔火將你煉成灰燼，永世不得轉劫！」（注：「轉劫」，肉體死亡，元神不滅，或借體還生，或再行投胎，開始另一次生命，叫作「轉劫」。）

八姑知他心狠意毒，不獻「雪魂珠」，還可以藉峨嵋二雲之力，助自己脫劫。即或不然，也有人代自己報仇！如獻此珠，尚和陽也決難饒了自己。便答道：「尚和陽！你枉為魔教宗主，竟不顧廉恥，乘人於危，我鄧八姑雖然已半死，自信還不弱於你，『雪魂珠』在我手，我就遭你毒手，你也休想拿去！」

尚和陽大怒，將金幢一指，五道彩焰直往八姑飛來。頃刻之間，又將八姑護身煙霧消盡，魔火才一近身，八姑便覺身上有些發燒。一會魔火將八姑渾身包攏，八姑雖然仗著「雪魂珠」護身，不至送命，已覺渾身如火炙一般，周身骨節作痛，心中又喜又怕！

喜的是肉身既已知痛，身子便可還原；怕的是尚和陽比鬼風谷紅衣番僧所用的魔火厲害十倍，時間稍長，身子便成飛灰！本想將「雪魂珠」祭起一試，又恐尚和陽既知「雪魂珠」是「魔火金幢」剋星，竟還敢用此寶，必然別有打算。不要中了他的道兒，將珠奪去！偏偏靈雲諸人還不回來，看著支持不住，欲待捨了肉身，元神飛回洞底，又恐為山九仞，功虧一簣！

鄧八姑左右為難，尚和陽原是明知「魔火金幢」見不得「雪魂珠」，起初時刻留神，並未敢於深用，滿想等八姑「雪魂珠」出手，拼著金幢不要，身化紅雲搶珠逃走。及至見八姑業已支持不住，還不放珠出來，心疑「雪魂珠」已被峨嵋方面的人取去，越想越恨，將身一抖，身上衣服全部卸淨，露出一身紅肉，將「魔火金幢」往上一拋，兩手據地，倒豎起來。

八姑一見，剛喊得一聲「不好！」尚和陽已渾身發出烈火綠焰，連人帶火逕往八姑撲來！

八姑萬沒料到尚和陽魔火煉得如此厲害，見來勢緊急，不暇再作尋思，心一動念，「雪魂珠」化成一盞明燈般金光照耀，從八姑身上飛起。尚和陽一見此珠出現，又驚又喜！正待化身上前搶奪時，就在這一轉瞬問，忽聽空中大聲叱道：「無知妖孽，膽敢無禮！」

隨著叱聲，只聽得三聲霹靂過處，數十道金光直射下來，同時飛下一個妙齡女尼，手中拿著兩面金光照耀的金鈸，雷聲隆隆，金蛇亂竄，直往魔火叢中打去！只震得山鳴谷應，霰起雪飛，響個不住！

尚和陽不知「雪魂珠」經八姑多年修煉，已與身心相合，妄想奪珠逃走，未曾想到來了剋星！起初看見雷火金光，認得此寶是「神尼」優曇的「伏魔雷音鈸」，已知不妙。及見來人是玉清師太，又恨又怕，不肯功敗垂成，仗著多年苦煉，還想拼命支持，並不逃走，將身就地一滾，重又赤身倒立旋轉起來。

果然尚和陽魔火厲害，一任雷電金光將他包圍，並不能將魔火紅雲震散，反在火雲中指著玉清大師，不住地辱罵。

玉清師太本是鄧八姑好友，兩人同在旁門之際，鄧八姑外號「女殃神」，玉清師太外號「玉羅剎」，後來玉羅剎皈依佛門，成了「神尼」優曇門下弟子，這時趕來相救，正在此際，靈雲、朱文等人，已自青螺魔宮趕到！

眾人一到，朱文先將寶鏡祭起，放出百丈光華，照入紅雲之中。紫玲姊妹忙喊：「諸位留神魔火污了飛劍！待愚姊妹取妖魔性命！」說罷，彌塵旛晃處，姊妹雙雙飛入魔火紅雲之中，寒萼手起處，一團紅光首先打出，紫玲也將白眉針祭起！

尚和陽正在火雲擁護之中，耀武揚威，忽見彩雲散處，現出適才在魔宮中所見一些男女敵人，便知魔宮已破，對面敵人添了這許多生力軍，決難討好！誰知還未及盤算進退，內中兩個女子將小幡取出一晃，化成一幢彩雲飛來，魔火紅雲竟阻擋不住！知道不好，剛要想法脫身時，那兩個女子才一照面，一個發出一團紅光，一個發出兩道銀線般的東西朝自己打來，知道再延下去，定有性命危險！將牙一挫，猛的將身一滾，化成一溜火光，沖天而去！

就任他跑得怎樣快，到底還中了紫玲一「白眉針」，日後另有交代，這且不提。

話說眾人趕走尚和陽，過來拜見玉清大師。靈雲便問：「八姑如何？」玉清大師道：「恩師知她遭劫，憐她苦修不易，特地命我帶了『雷音鈸』趕來，已然晚了一些。八姑不知尚和陽魔火厲害，不該妄自以身試火，早早將『雪魂珠』放出抵擋，弄巧成拙。如今除她心頭一片有『雪魂珠』護持，未曾受傷外，其餘全被魔火所傷，三個時辰以內，全身大半都要化成灰燼，那『九天元陽尺』和『聚魄丹』已自凌真人處取來了麼？」

靈雲輕雲忙答應著，將借自怪叫化凌渾處的「九天元陽尺」和「聚魄丹」取了出來。

玉清大師先用法術將石台移開，叫朱文持著寶鏡引路，到了裏面，文琪一人雙手捧著玉匣守在洞內，忽見彩光射入，見是玉清太師，心中大喜，忙即過來相見。

玉清太師接了玉匣，一同出洞，問明了「九天元陽尺」用法，囑咐靈雲舉尺對準石台，如見「雪魂珠」飛出，便將此尺指著珠下黑影，引八姑真靈入竅。說罷，將玉匣交與輕雲捧持，取了兩粒「聚魄丹」，走到石台前面，先將靈丹分置兩手，掌心對準八姑「湧泉穴」輕輕貼按上去，閉目凝神，將真氣運入兩掌，由八姑「湧泉穴」導引靈丹進去。

眾人只見玉清大師兩手閃閃發光，一會功夫，撒手下來一看，兩粒靈丹已不知去向！

玉清太師忙走過來，從輕雲手中要過玉匣，命餘人各將法寶劍光祭起，將谷口封了個風雨不透。然後招呼靈雲注意，自己盤膝坐在靈雲前面，手捧玉匣，低聲默祝。然後口誦真言，片刻之間，金光亮處，從匣內飛出一盞明燈般的光亮，照眼生輝，熒熒流轉。光亮下一團黑影冉冉浮沉，行動非常遲慢，並不往石台飛去。

靈雲更不怠慢，早將「九天元陽尺」指定金光明燈下的黑影，心中默誦九字靈符，尺頭上便飛起九盞金花，一道紫氣簇擁著那團黑影，隨著靈雲手指處，引向八姑軀殼。

看著黑影將與身合，玉清太師倏的化成一道金光飛將過去，將珠收入玉匣。頃刻之間，便見八姑身上直冒熱氣，面色逐漸轉變紅潤，迴不似以前骷髏神氣。

玉清太師才命靈雲收了「元陽尺」，對眾說道：「八姑雖仗靈丹法寶得慶重生，暫時尚不能復元。須有人在此守護，如今峨嵋有事，諸位道友均須即刻回去，由我守護八姑便了。」

靈雲等驚聞得峨嵋有事，不由得歸心似箭，巴不得當時就走，正要請紫玲將「彌塵幡」取出動身時，文琪笑道：「諸位師姊師弟只顧回家，也看看我們的人短不短呀！」一句話將眾人提醒，一點人數，只不見了司徒平。

靈雲忙問文琪道：「昨日議定，原恐許飛娘與司徒道友為難，曾請八姑用隱身之法將他藏好，現在八姑尚未還陽，你既留守在此，當然看見八姑施為，快指出來同走吧！」

文琪正要還言，玉清太師忙趕過來說道：

「八姑將司徒道友藏在崖上，用隱形符咒封鎖。本來極為穩妥，偏偏一個極厲害的人物打此經過，他見司徒道友資質不差，非常心喜，將司徒道友帶往巫山靈羊峰九仙洞去了。眾位道友回到峨嵋，不出三月便會回轉，無須多慮，秦道友座下仙禽當時救主心切，排雲下擊，幸得我同家師趕到，恰好那人祭起『烏龍剪』，正在危急萬分，被家師暗施法力將他救下，連『烏龍剪』一齊收去，命我師妹齊霞兒騎了牠回山等候去了，大約至多一年即可物歸原主，那時牠的橫骨已化，比現在還要通靈得多。二位道友不必介意吧！」

當下眾人與玉清大師等作別，仍由紫玲用「彌塵幡」帶了寒萼、靈雲姊妹、輕雲、文琪、朱文等，化成一幢彩雲，直往峨嵋飛去。

請續看《紫青雙劍錄》第二卷　老魔‧淫娃

天下第一奇書

紫青雙劍錄 1 俠女・神劍

作者：倪匡 新著 ／ 還珠樓主 原著
發行人：陳曉林
出版所：風雲時代出版股份有限公司
地址：10576台北市民生東路五段178號7樓之3
電話：(02) 2756-0949　　　傳真：(02) 2765-3799
執行主編：朱墨菲
美術設計：許惠芳
行銷企劃：林安莉
業務總監：張瑋鳳
出版日期：2023年1月
版權授權：倪匡
ISBN ：978-626-7153-58-1
風雲書網：http://www.eastbooks.com.tw
官方部落格：http://eastbooks.pixnet.net/blog
Facebook：http://www.facebook.com/h7560949
E-mail：h7560949@ms15.hinet.net
劃撥帳號：12043291
戶名：風雲時代出版股份有限公司

風雲發行所：33373桃園市龜山區公西村2鄰復興街304巷96號
電話：(03) 318-1378　　　傳真：(03) 318-1378
法律顧問：永然法律事務所 李永然律師
　　　　　北辰著作權事務所 蕭雄淋律師

行政院新聞局局版台業字第3595號 營利事業統一編號22759935

定價：299元　

國家圖書館出版品預行編目資料

天下第一奇書之紫青雙劍錄／還珠樓主 原著；倪匡 新著. -- 臺北市：風雲時代出版股份有限公司, 2022.11
冊；　公分.
ISBN : 978-626-7153-58-1（第1冊 : 平裝）

857.9　　　111016918